ハヤカワ文庫JA
〈JA1213〉

天冥《てんめい》の標《しるべ》IX
ヒトであるヒトとないヒトと　PART1

小川一水

早川書房
7691

目次

天冥《てんめい》の標《しるべ》Ⅸ

ヒトであるヒトとないヒトと　PART1

第一の人々　見えない犬と、しゃべる羊たち

「メララ廟《びょう》」には一応、決まった建て方の作法が存在する。

まず最初に小高い場所を選び、人の頭ぐらいの大きさの石を積んで、塚を作る。塚の上には三つ編みの女の姿をした石像を据える。全体で高さ二メートル以上にすることはまずない。それは手間がかかるし、この後に張る屋根を突き破ってしまうからだ。だいたい人の背丈ぐらいに留めることが多い。

そして像の背中を海に向ける。もちろん、「植民地の風は海から吹く」からだ。

次に塚を囲むように板や丸太を立て並べて、奥の壁と側壁を作る。最初は三メートルから四メートル四方にするのが普通だ。壁の上端はきっちりと水平に切りそろえる。

壁が出来たら適当に梁《はり》を渡して、余り材や油引きの毛布で屋根を張る。一方には壁を立てない。

これだけで、ひとまずの完成となる。陸側から眺めると箱型の薄暗い空間となる。間に合わせの屋根から漏れる細い光が、円錐形の石積みを照らす。

そこに羊飼いがやってきて一晩の宿を取り、翌朝に側壁の壁板を手前に一本ずつ追加して立ち去る。

そう、「メララ廟」は、植民地をさすらう羊飼いたちが用いる、仮宿なのである。

古来、メニー・メニー・シープの市民たちは、十一の町から町へと行き交う道すがら、路傍《ろぼう》に立つ質素なほこらを目にしてきた。それらのあるものは草生《くさむ》して崩れかけ、あるものはできたばかりのように新しく、またあるものは側壁がうんと延ばされて、細長いトンネルのようになっていた。

毎年毎年、植民地のあちこちで季節の恵みにより豊かな牧草が茂る。それを追い求める羊飼いの動きが盛んな道筋では、廟がいくつも建てられて側壁を伸ばし、またよそで草が生えると忘れ去られた。

そうやってつかのま茂っては朽ちていく、名もない街路樹のような存在が「メララ廟」なのであり、それだけのものなのだと、植民地の誰もが思っていた。

その昔、羊飼いの女が死んで丁重に弔《とむら》われた。たいそう羊の扱いが達者で、深い愛と悲しみを抱いていたという。しかし植民地の誰も、多くの羊飼いたちですらも、女についてそれ以上のことを知らなかった。どこにその墓が築かれたのかすらも。

とにかくそれは、どこかの草原にひっそりと築かれた一つの塚だったはずだ。

だが歳を経た今、塚はあちこちの草原に築かれて廟となった。

西暦二八〇四年二月一日。ヨール市北西にあるメラ廟のまわりには、およそ一千八百名の人々がキャンプを作って居住している。

そのほとんどは、北のニジニーマルゲリスクから逃げてきた避難民だが、ほかにもヨール市や他の町から抜け出してきた人、もともとの郊外居住者、《海の一統《アンチヨークス》》、《恋人たち《ラバーズ》》など、様々な人々が入り乱れていた。

もちろん、奇妙な三角形の帽子を愛用する人々、羊飼いたちもそこにいた。

ケンカの原因は飯の盛りではなかった。食べることで言えば、貴重な財産である羊を一頭、黙って食われてしまった時ですら、彼らは怒らなかった。後払いの示談で引っこんだ。体臭がきついとか衣装が変だとかの陰口でもなかった。羊飼いはどんなときにも温厚で、争いを好まない人々なのだ。当然、彼らが逆に避難民たちを負け犬だと笑ったわけでもなかった。

「固ェこと言うんじゃねえよ、羊とヤッてんだろ、てめえら」

この一言がきっかけだったという。羊飼いの娘が男たちに乱暴されかけ、危ういところで逃げ帰り、抗議に向かった数人に男たちが浴びせたのが、その言葉だった。

その一報が入ったとき、キャンプに近いヨール市の前線司令部は、先日のニジニーマルゲリスク市での勝利を受けて、失われた市政府の業務を肩代わりするための、行政部門の強化で大わらわだった。もとより、世界が暗黒に包まれた大閉日《ビッグ・クロージング》以来、植民地のどこでも混乱は続いていたが、ここでは特にそれが激しかった。

で――業務多忙の行政部門に代わって、異星人カンミアが率いる難民対処チームが、大統領補佐官ヴィクトリア・キムの許可を得て活動を始めたことも、やむを得ないと思われていた。

チームのリーダーのカンミアは、メララ廟で市民と羊飼いの乱闘が起きたと聞くと、即座にモルフィン銃を装備した人間の兵士一個小隊三十名と、救難キットを携《たずさ》えたカンミア姉妹八体を集め、防寒鎧を身に着けて現場へ向かった。

彼女の複雑な内心の大部分は、現下の大きな災厄に占められていた。しかし大きな事象を正確に理解するには、細部のディテールもまた、欠かせない。

それで、彼女は心の一部を割《さ》いて乱闘事件について考え、おそらくは遺体と対面することになるだろうと予測した。人間集団の心理は長い付き合いでかなり学習しており、その知識を理解するための知能も今では十分に備えていたからだ。生活に余裕のない環境では、人間はすぐ小さなコミュニティ同士のいざこざを起こす。まして羊飼いは彼らの中でも異端であり、かつ少数派だ。鬱憤《うっぷん》のはけ口だとみなされやすい。きっと手ひどく痛めつけられているだろう。

ところが輸送気動車で現場に到着したリーダーが、その青く輝く複眼で見たのは、意外な光景だった。

キャンプ地には三百もの仮設テントが立ち並び、あちこちに機材や建材の小山ができていた。その間を縫って進んでいくと、木と石と盛り土からなるちょっとした古墳のようなマウンドがあり、いくつかのむき出しのアーク灯で照らされた手前の広場めいたところに人垣の輪ができていた。その中心では二つの集団が険しい顔で向き合っていた。どちらも冷たい地面にへたり込んではいるが、倒れて意識をなくしている者はいないようだ。

そして、両者の中間を、妙なコンビが行き来していた。――三角帽をかぶった小柄な人影と、一頭の羊。

リーダーは声をかける。

「新政府難民対処チームです。救護に来ました。けが人はいますか？」

すると小柄な人影が振り向いて、うろんそうな目で言った。

「おっせぇですよあんたらぁ。殴り合いらーとっくに終わりおりました。今話し合いらあしておるところでれん、引っこみおりてくりょ」

「あなたは――」

言いかけてリーダーはまじまじと相手を見つめる。目つきは鋭く、たたずまいにも隙はないが、鼻もあごも丸くて、顔も握りしめた拳も小さい。腰を帯で縛った貫頭衣の裾からは、骨ばった膝と砂まみれの細いすねが覗いている。

小柄なのも道理で、その人物はまだ幼い子供なのだった。短い首に巻いた毛皮の薄汚れたマントの両肩に、女の子のような固く編んだ三つ編みが乗っている。が、くっきりした濃い眉と足の開き方から判断するに、どうやら男の子らしい。

いやそれよりも目に付くのは、泥に汚れた右の頰と左のこめかみの赤いあざ、両耳からじくじくとにじむ黄色い耳垂れ、それに右ひじと左ひざの派手な擦り傷だった。

「――未成年にありおるね？　しかもケガらぁしおりおるよう。手当てらぁしおろうか？」

「……なんなぁ、そのへたげーなしゃべり方らぁ」

少年が、ただでも鋭い両目を、さらにキッと細めてにらむ。リーダーは小首をかしげて答える。

「羊飼いらあのしゃべり方らぁ、分析らしおりて使いおりとるのですが、なんないげくたるところの、ありおるでしょうか？」

「やめーて」うざったそうに手を振って少年は言い捨てる。「すがらしいわ、普通にしゃべりおれ」

「では元通りに。かなりの傷を負っていると観察しましたが、加害者は誰ですか？」

「あぁ？　加害者？　ありおらんわそなーな。俺らぁいま調停らぁしおる真っ最中でれん、引っこみおれ白蟻めらぁ」

「白蟻では」言いかけてリーダーは、羊飼いの習慣と情勢とを考え合わせ、方針を変更する。彼らは、初対面での名乗りを重んじる。「私はカンミアのクレヴです。あなたは？」

「ヨログの子ゴフリ。いいらぁ？　黙りおれよ」

短く言うと、少年はそっぽを向いて二つの集団へ戻っていた。再び両者の間を行き来する。

二つの集団は、まだ緊迫した気配を放っていた。むろんカンミアに気配などというものはわからないが、男たちの目つきや呼吸頻度、何かを隠していそうな懐をまさぐる仕草などでそう判断したのだ。だからリーダーは配下の兵士たちに命じて、すぐにも制圧にかかるような「気配」を放射させた。背負っていた武器を手に持たせて、男たちと同じように険しい目つきで場をにらみつけさせたのだ。

そして考えた。――争いの原因は、あちらのならず者めいた若者たちが羊飼いの娘を襲ったことだった。しかし今聞こえてくるのは木材がどうとか、薬がどうとかいったことだ。何がどうなっているのだろう。

そういえば、そもそも最初に通報してきた者は？　まわりにいるのは野次馬たちだけだ。誰も近づいてこない。

そのうちに、ゴフリと名乗った少年がまたこちらへやってきた。後ろにはやはり羊を連れているのが奇妙だ。彼はさっきと違ってやや声を低めて言う。

「冥王斑の薬らぁ二十五人分、しきーと手に入りおらんか。ありおるろう、新政府の作り始めおりたると聞きおったぞ」

それは驚くべき指摘だった。この子供には本来知りえないはずのことだ。だがリーダーは驚くことなく、群体カンミア特有の高い判断力で、答えを考え出した。

「それが手に入れば抜本的解決になるのですね？　しきーと、とは即座にということですね。それは無理です。適正分配プログラムにより、ヨールにある治療薬はすべて配布先が既定されています」

「そがーことすっとわかりおるわ。ナガサキ市らぁ予備在庫抱えおるろう？　あの町らぁいまだに感染者の生じおらんはずな。あれら回し寄せられんか」

その言葉でリーダーの疑問は確信に変わった。

「その分配変更は不可能ではありません。感染確率計算と動的流通管理によって、ナガサキ市の危険性を最小に抑えたまま、こちらで二十五個を確保することができます」

「できおるのんな？」

「ですが『炎《ファイヤー》の道《ロード》』定期便の到着は、どのみち来週になります」

「チッ、汁《リキッジ》すすりが」

少年はそう罵《ののし》ると、マントのポケットから歯型のついた茶色の小枝をつまみだして、苛《いら》立《だ》たしく口にくわえた。

むしろ、その恐ろしく古い太陽系時代の罵声《ばせい》にこそ驚いて、リーダーは軽く頭を跳ね上げ、カチンと真珠色の甲殻の音を立てた。

かえりみれば羊飼いの系譜はおよそ三百年前のメララ・テルッセンに連なる。そこからさらに遡って、はるか昔のノイジーラント大主教国のガルドヘッピゲン会派にまでよすがを求めることも、あながち無理筋だとは言えない。主流派であるセナーセーのアウレーリア一統とは、性格も居住まいもずいぶんかけ離れてしまったが、彼らとても《酸素いらず《アンチ・オックス》》の末裔であることには変わりないのだ。

しかしそれがこうも鮮明に表れている人物を目の当たりにするのは、群体知性によって時空を超えた記憶を保ち続けるカンミアにとっても、浅からぬ感慨を呼び覚まされる出来事だった。

やがて不意に、緊張が解けた。

隠し持ったナイフやこん棒をもぞつかせていた男たちと、羊を追うための籐《とう》の杖でトントン地面を突いていたラッパ帽の人々が、立ち上がって別々の方向へ去っていった。後に残された少年が双方に向かって、古伝にある仏僧のように深く頭をさげる。その姿には見るからに、難局を切り抜けたための安堵と脱力があった。

リーダーは彼に近づいて言った。

「他人に目撃されないところへ移動しませんか」

「ああ――そがーな。あんたらぁまだ話のありおる」

「いえ、治療します」リーダーは少年の腕に触れ、黄色い膿《うみ》が乾いてこびりついている耳にも小さな白い手を伸ばす。「軽傷でも放置は悪化を招きます」

「耳ら牧羊炎な」

わずらわしそうに言ったものの、手を振り払うことまではしなかった。突っ立っている彼が見た目以上に消耗していることに、リーダーは気づいた。

護衛の兵士たちへ、先に帰るよう合図して、治療隊だけを連れてリーダーは少年の手を引いていった。途中で少年が先に立ち、逆にリーダーの手を引っ張った。

羊は依然として、その感情のない瞳でこちらを見つめながらついてくる。少年はそちらを一瞥《いちべつ》もしなかった。

彼が向かったのはマウンドの横手だった。近づくと、それが細長いコンテナをいくつも並べて土をかけたような構造をしているのがわかった。コンテナの入り口にはどれも毛布が垂らしてある。そのあたりには人影がない。

「二番廊から五番廊らぁ、患者がありおる」

少年はそう言い、一番奥の入り口へ向かった。そこだけは毛布が掛けられていなかった。

内部は薄暗かった。電気照明はなく、むき出しの土の床に小さな灯明《とうみょう》が置かれていた。一直線に点々と並ぶ灯明を避けながら歩いていくと、いちばん奥に苔《こけ》むした石積みがあって、最後の灯明がすり減った女性像を照らしあげていた。

その前に立つと、少年は胸の前でうやうやしく四芒星を切る仕草をして、「ルッゾツー・ウィース・タン」と唱えた。

それから急にぞんざいな態度で積石の一つにどすんと腰を下ろすと、ようやくこちらを向いて、テキの枝をかじりながら「つまりこがーことよ」と説明し始めた。

乱闘は羊飼いの娘への暴行未遂をきっかけにして起こった。が、そうなる前にやるせない不満の積み重ねがあった。

まず、若者たちは満足に休むことのできない仮設テントでの暮らしに疲れていた。市民が暮らすことができるように仮設住宅を建てるための部品と工具は届き始めていたが、それがまだ完成していなかった。一方で、冥王斑患者たちが屋根壁のあるメララ廟の仮泊所を占領していた。そして羊飼いたちは野で暮らすすべを心得ており、気温が寒冷になった今でも難なくしのいでいた。実際は彼らも苦労していたのだが、とにかく避難民たちからはそう見えた。

「で、あのゴロツキらぁ、お廟様らぁ明け渡しおりて病人らぁ羊飼いらぁは裸で寝転がりおれと、そがーこと思いおったるわけな」

「救援物資の絶対量が足りない以上は、全員を満足させることはできません。しかし人間は、強力なリーダーシップなくしては、不満を均等に分け合うのがことのほか苦手です。結果として必然的に弱者にしわ寄せが行きます」

言いながら、リーダーは共有意識で姉妹たちを前に出して、少年の治療を始めた。意外にも少年はおとなしく身を任せた。

いや、意外でも何でもない。少年の体に触れたカンミアは、彼がまだ十歳かそこらだろうということに気づいた。

こんなに幼い、華奢《きゃしゃ》な男の子が、よくもまあ。

「それだけの怨恨の蓄積が暴発した乱闘現場に、あなたはあえて入っていったのですか」

「別に殴り合いら加わるつもりらあ、おらんかったでれ」

「でもこんなに」

「痛っ。こなーな傷ら、まるうおごくありあらん。声ら比べおったら」

「声？」

「俺らあな、薦めおっただけりょ」

何やら強引に少年は話を進める。

「あんたらぁ毎日食っては寝てばかりしておらるるようにあるが、そがー無能な人らあではありおらんろうって。ニジニーマルゲリスクではそれなりなご生業のありおったろう。

大工のー、左官のー、またらぁ鍛冶《かじ》のー職人のーエンジニヤーのー、な。体格に手つきらぁ見ればわかりおる。ぬれどらって娘らぁ襲いおりおらんと、ご生業に精らぁ出しおるのがよろしいでしょうと」

「それは、殴られます」

そんな直接的な訴えをすればそうなるだろうと、カンミアにさえわかった。「さに」と満身創痍の少年はうなずく。

「でれん、父さんらぁ羊飼いのみんならぁ、助けおろうとしてくれおったるけどな、俺らぁ断りおりて、つっきん一身ぼっ立ちおりて、存分殴りおれとにらみ止めおいた。そがーらぁ、あいつらそこより三発も殴りおらんかったりょ。いげ腹筋ら薄かる磁石足どもらぁな。あっはは」

言葉の細かいニュアンスまでは汲み取れなかったが、気迫だけで相手をひるませたと言いたいのだろうと、リーダーは見当をつけた。

連中の頭が冷えたと見て取ると、部品も工具もあること、周辺にはまだ伐採できる木立もあって、彼らがその気になりさえすれば、自分たちだけでなく他の避難民のための住居も作ることができ、同行の女子供や年寄りに喜ばれるに違いないということを、よく言い聞かせて、わからせたと言った。

それは子供の行動ではない、とリーダーは考える。大人同士の切迫した争いに割り込んで、説得してやめさせるとは。少年は笑い声をあげたが、楽しそうでもない。目に見えない重荷を背負っているような苦しさがうかがえる。

なぜ、そこまで。

姉妹たちが少年の打ち身や擦り傷の手当てを終えた。引き続き、炎症を起こしている耳を覗きこもうとする。少年が頭を振る。

「いりおらんて。牧羊炎らぁたやすく治りおらんわ」

「私たちは災厄を受けて、先週、新しい抗炎症薬を開発しました。症状を抑えられます」

「——なんな言いおった？」

突然、少年が真剣な目つきになった。リーダーの顔を覗きこむ。

「治りおるのか？　これ。声ら抑えらるると？」

「音の聞こえはよくなります」そう、一般的な説明をしてから、おそらくこの少年が求めているであろう答えを、リーダーは付け加えた。「羊の声は遮《さえぎ》れません。——微弱なそれを受け取れるように、《酸素いらず《アンチ・オックス》》の体はできているのでしょうから」

「そ……」少年が息を呑む。「それらおまえ、何ゆえ知りおる……」

「あなたは羊に命じられているのでしょう」訊きながら、リーダーは確信に至っていた。

「その若さにして、その発言と行い。あなたは羊に言われて大人でも難しい調停行動をとったのですね。おそらくは、もっと前から羊に話しかけられて、羊飼いの身空《みそら》ではもてあますような、さまざまな物事を教えこまれたのではありませんか」

「それら」

言いかけた少年が、ぐっと口を閉ざして、そばに立っている羊に目をやった。うなずきもしなかったが、リーダーには明確に伝わった。

それは、お互いがお互いを理解した瞬間だった。――植民地メニー・メニー・シープの羊は、生まれつき体内に特殊な機械を作り上げる。それは最初期に太陽系宇宙から持ちこまれた個体群が、そういう品種だったからだ。その機械が今でも羊の体内に発生して電波を発するが、ただの昔の名残であって今では何の意味もない、というのが植民地の常識だ。だがその常識の裏に大きな秘密が隠されていることを、この少年は、この異星人は、知っているのだ。

偽薬造《ダダー》りのノルルスカイン。そう呼ばれる、姿も大きさもわからない、意識と声だけの亡霊が、羊たちに取り憑いて古くから植民地を見守っている。その来歴は謎に包まれているが、言動のあちこちに、ある一定の目的意識はうかがい知れる。それは警告すること、助言することだった。――人類が滅ぶことのないように。

そしてカンミアは、もう少し多くのことを知っていた。

ノルルスカインは、植民地メニー・メニー・シープを三百年間守っていた。無限の怒りと呪詛《じゅそ》を抱えた地下の怪物たち、咀嚼者《フェロシアン》の目をごまかし続けることで。彼はそのために地底から運ばれてくるカンミア幼生を保護し、臨時総督の植民地統治の一端に組みこんで、社会安定のための道具として使役していた。

そのことをもって、カンミアは、ノルルスカインに隔意を抱いている。自分たちに女王を戴《いただ》かせず、愚鈍な働き手としてのみ生かし続けたダダーに、好意を抱くのは難しい。

しかし一方で、ダダーにはダダーなりの事情があるらしいことも察していた。――同じ天体に息づく二つの勢力を完全に遮断し続けるという難事を成し遂げたのもさることながら、さらに遠い過去に根差す、漠然とした大きな意志、というか意志未満の願望のようなものも、彼は抱き続けているらしい。

それこそが、いま新しく高い思考力を手に入れたカンミアにとっての、懸念の一つだった。彼に敵が、恐怖があるならば、それを知ることが彼と対等に渡り合うために役立つのではないか？

あるいは――彼と手を結ぶために。

「ヨログの子ゴフリ」カンミアのリーダーは、改めて彼の名を呼ぶ。「ダダーはあなたに何を命じたのですか？　教えてください」

そう言ってから、彼の不安そうな態度を読み取って、付け加える。

「もし身の危険を感じているのなら、私たちが守ります。今のカンミアは昔とは違い、大きな力を持っています。教えてくれるのなら、ダダーから――人間たちから――咀嚼者《フェロシアン》か

ら も、必ずあなたを守ってあげましょう。どうですか？」

それを聞くと、少年はぶるっと頭を振った。沈黙のあいだに、姉妹たちが彼の顔を拭き、耳の手当てを済ませていた。左右の耳に手を当てて、「痛みらあ薄れおった……かな」と彼はつぶやいた。

そしてリーダーを見つめ直し、やや事務的な口調で言った。

「ナガサキ市にありおる冥王斑の薬らあ、分けることらできおる言いおったな。ありおるが、運ぶ方法らあ、ないと」

「……はい」

「でれん俺ら、取りに行く」

少年は立ち上がった。驚いてリーダーは言う。

「取りに行く？　あなた一人で？　それは困難です。ナガサキ市までは七十キロ以上の距離があります。直行する街道はありませんし、道中には依然として、咀嚼者《フェロシアン》が出没する恐れがあります。お勧めは」

「あがー連中らぁと約束しおりた。俺らぁ薬らぁ取りに行きおると。さあれば、冥王斑患者らぁ外へ出して、少しは連中らお廟様へ入れてやれる」

「そんな約束を……」

驚きのあまりリーダーは絶句する。男たちを説得できたのは、そんな約束をしたからか。

しかしよく信じてもらえたものだ。それだけの気迫、気迫を支える決意があったからか。

少年は出口へ歩き出した。リーダーは小走りにそのあとを追う。

「そうしろとあの若者たちが？　いえ、ダダーが？」

「勘違いらしおるな」

霊廟の出口で足を止めて、少年はくるりと振り返る。

「俺らぁ、なんなと命じられてはおらん」

「……そうなのですか？」

「ダダーらぁ、こうするとよい、ああするとまずい、言いおるけど、これをやれ、言いおることはありおらん。ただ、それらぁアドバイスら、ことごとく正しくあるだけりょ。でれん、俺ら——やるしかありおらん。他の方法ら、なんな知りおらんから……」

そうつぶやいて肩を落とす彼の姿は、つかのま、年相応に幼く見えた。

汚れを綺麗に拭きとられて現れた、長いまつげのはしに、うっすらと滴を浮かべてつぶやく。

「《海の一統《アンチョークス》》のチョッサーに、カドム先生のイサリらぁ、俺ら助けてくれおりた。でれん俺ら人の助けおりたい」

「ダダーの強制ではなく？」

尋ねたリーダーを、少年がいやに強い目つきで見つめた。拒否とか非難ではなく——お前は本当に知っているのか、と確かめるような底深いまなざしだった。

「あれら、犬りょ」

「犬……」

「人間らぁいう、べらべらしゃべり立てておる、浅はかで臆病な羊の群れらぁ、じいっ、と見守りおる牧羊犬りょ、ダダーら。もし、この羊どもら助けるには値しおらんと、やつら見放しおったら、俺らの人類は——」

ひゅうと出口から寒風が吹きこんで、少年はぎゅっと目を閉ざした。ぶるぶるぶるっ、と大きな震えが、彼の体を細い膝から三つ編みの先まで揺さぶった。

「終わりおる」

ひゅうひゅう、ごうごうと、冬の激しい風だけが、二人の間でしばらく渦を巻いた。

やがて少年は、行く、と繰り返して背を向けようとした。その手を、「待ってくださ
い」とリーダーはつかんだ。

「わかりました。あなたはたった一人で大きなことを為そうとしています。それは単に、避難民と羊飼いを融和させようとするだけにとどまらない。——臨時政府を倒すよりも、咀嚼者《フェロシアン》を打ち倒すよりも重要なことを、あなたはやろうとしているのです。あなた自身が考えているよりも、ずっと」

そしてリーダーは彼の手を引いて廟の中へ戻り、女の像が建てられている塚よりも奥へ

入りこんで、積石の一つをごろりと転がした。

「だから、私たちがあなたを助けましょう。ヨログの子ゴフリ、きれいで根性のある羊飼いの少年」

ごろごろと音がして地面にぽっかりと穴が開き、梯子《はしご》の作りつけられた竪穴と、薄明かりの照らす、どこへ続くともしれないトンネルが現れた。

ゴフリが目を丸くして立ちすくむ。リーダーはキイキイと声を上げて姉妹たちに準備を命じると、こともなげに彼を振り向いて言った。

「かつて石工《メイスン》と呼ばれていたころ、私たちは全土に長大なトンネルを掘り抜きました。ここを通ればどこへでも、どんな手段よりも速く、移動できます。速やかに薬を入手すれば、避難民たちをより驚かせることができるでしょう？」

さらにリーダーは合図して、常にゴフリにつきまとおうとする羊を、無理やり出口から追い出した。

「私たちはダダーの扱い方も心得ていますよ」

「あ、ああ……」

ゴフリは我に返ったようにうなずいてから、初めて子供らしい心細さをあらわにして、まじまじとリーダーを見つめた。

「クレヴ……言いおりた？　あんたらぁ、頼りにしおりて、いいの？」

「それは偽名です。私は女王リリー。全土のカンミアを統《す》べます」

「リリー。よき名な」

「さあ」

三角帽の少年と、頭頂に幅広のひれを備えた奇妙なカンミアは、灯明の揺れるメララ廟の奥に消える。

第二の人々　襲い来る女と、身を守る女たち

《恋人たち《ラバーズ》》のゲルトールトは、うめき声の合唱で目を覚ました。

そこは生暖かくて薄暗い部屋だった。天井があり、壁があって、酢のような生物的な匂いとうめき声が立ちこめている。自分が寝ていたのは床に直接敷かれた毛布の上だった。起き上がってまわりを見たとたん、ひっ、と身をすくめた。

周囲には異形の影がいくつも横たわっていた。ごつごつした赤黒い硬殻を寄せ集めて、無理やり二足二腕のかたちにまとめあげたような、ヒトに似ていなくもない生き物の姿。咀嚼者《フェロシアン》たちだ。凶暴な怪物である彼らが、ゲルトールトのまわりに何体も横たわっていた。

これは、何？――ゲルトールトは、落ち着きなくまわりに目をやって、状況を理解しようとする。手は無意識に近くの床をまさぐって、身を守る道具を探している。ふと自分の体のあちこちにも触れて、異常がないか確かめた。黒髪は乱れて後頭部が腫れており、

左の頬もズキズキと痛む。光沢のある黒のドレスもほこりにまみれてちぎれかけている。が、致命的な傷はなさそうだ。

自分は——そう、戦いを挑んだはずだ。首都オリゲネスを襲って死と破壊をまき散らした咀嚼者《フェロシアン》が、住み家である雄閣にまで乗りこんできて、同族らしいイサリを取り戻そうとし、医師のカドムを殺した。そのとき立ち向かった奇妙な石造のロボットや、《海の一統《アンチョークス》》のオシアン少年とともに、自分も武器を手にして挑みかかったのだ。

ひときわ魁偉《かいい》な体格の咀嚼者《フェロシアン》の女ボスに。

だがその直後、別の敵に不意打ちを食らった。図抜けた腕力を誇る、獰猛《どうもう》な咀嚼者《フェロシアン》に顔を殴られて激しく頭を打った。そのあと肩に担ぎあげられたことまでは、ぼんやりと覚えている。

そのままさらわれたのか。自分は、敵の捕虜になったのか。

「……戦利品扱い、というわけね」

つぶやいて、痛む頭を撫でさすった。脳の片隅に意識を集中して、人間や咀嚼者《フェロシアン》には聞こえないはずの声を、遠くへ向けて発する。

（ラゴス……スキットル……聞こえる？）

生体無線で仲間を探り始めると、意外にもすぐ近くに大勢の反応があった。だが言葉をかけようとしたとたん、逆に鋭く問いかけられた。

（おまえは何者か。所属する合宿所番号と、ペットネームは？）

それは、聞き慣れた《恋人《ラバーズ》たち》の仲間の声とは、似ているようでまるで違っていた。仲間たちが常に振りまいている感情や個性が、その声からはまるで伝わってこなかった。《恋人《ラバーズ》たち》じゃない……！

ゲルトールトは恐怖に駆られて、あわてて通信を切った。しかし、しばらくして気持ちが落ち着くと、慎重に受信機能だけで聞き耳を立て始めた。するとこの近辺には多くの声が飛び交っているのがわかった。男の声、女の声。そのどれもが奉仕と労働について話していたが、雄閣で聞き慣れている知った声や名前はひとつもなかった。人格があるとすら思えなかった。彼らは咀嚼者《フェロシアン》に絶対の忠誠を抱いているようだった。

通信に聞き入ったゲルトールトは、じきに結論付けた。彼らは一種のロボットだ。《恋人《ラバーズ》たち》に似ているが別のものだ。

そういう者どもがこの近隣の通信空間を支配しているとなると、仲間たちとの連絡も慎重にやらなければならないだろう。

生体無線機能を持つ《恋人《ラバーズ》たち》は、近隣に張り巡らされている通信経路の形状を、まるで実体のあるジャングルジムのように頭の中に思い浮かべることができる。ゲルトールトは静かに目を閉じて、まわりの偽の《恋人《ラバーズ》たち》たちに見つからないルートを探り当てようとした。するとなぜか、その全体像に見覚えがある気がし始めた。

しかし、それを始めたとたんに部屋の一方でガチャリと物音がしたので、思考を断ち切られた。

見れば鉄扉を開けて誰かが入ってくるところだった。武骨な輪郭と、背をかがめなければ戸口をくぐれないほどの体格。やはり咀嚼者《フェロシアン》だ。ひとまずゲルトールトは横になり、眠っているふりをする。

そいつは何かの器具を装着した片手に、手桶のようなものを持っていた。横たわる他の咀嚼者《フェロシアン》の間を歩き回り、床に膝をついて手を伸ばす。何かを与えているようだ。飲み物？　世話をしているのか？

じきにそいつはゲルトールトのそばにもやってきた。大きな影が、自分の上にかがみこむ。

殺されるかもしれない、と思った。

だがそいつはゲルトールトの頬のあざに小さく触れて、寝息を確かめただけで、何もせずに起き上がって背を向けた。

隙だらけに見えたが、このままやり過ごすことにした。武器もなしに咀嚼者《フェロシアン》を倒すことはできない。まわりには他の者もいる。隙を見てこっそり脱《ぬ》け出すのが得策だろう。

しかし薄目を開けてそいつの様子をうかがううちに、ゲルトールトはおかしなことに気づいた。

そいつは確かに、手に持った桶から仲間に汁物を与えている。その仕草がひどく不器用なのだ。まるで手首がギプスで固定されているかのように、肘を大きく上下に動かして注いでいる。それも、匙か何かを使えばよいのに、大きな杓子《しゃくし》を握っている。仲間の口からあふれた汁物が、無様に首元へこぼれ落ちている。

いや――握っているのではない。ゲルトールトの背筋がぞくりと冷える。

そいつは、片腕の先が杓子になっているのだ。

続いてゲルトールトは別のことにも気づいていった。そいつのもう片方の腕も曲がった鉄の鉤《かぎ》になっている。そこに手桶をぶらさげている。そして、汁物を与えられているほうの咀嚼者《フェロシアン》も、欠けているところがあった。目だ。両目が、焼けた鉄棒を押し付けられたかのように、真横に走る焦げた溝になっている。

見回せば、まわりの咀嚼者《フェロシアン》は、一人残らず体に大きな損傷を受けていた。腕がない者、脚がおかしな方向に曲がっている者、うつ伏せで起き上がれないらしい者、腹の硬殻が割れた者。そしてどいつも傷口が剝き出しで、酸っぱい匂いのするじくじくした赤い肉が覗いていた。ろくな手当てもされていないようだ。

ゲルトールトは慄然《りつぜん》とする。ここがどういう場所かわかった。廃疾者《はいしっしゃ》の押しこめ部屋だ。酸鼻とはこのような光景を言うのだろう。苦痛のうめき声が虫のように耳に潜りこんでくる。胸がむかついて、「ぐっ……」と口を押さえた。

それを聞かれたらしい。杓子の手をした咀嚼者《フェロシアン》が振り向いて、「目覚めたか、女」と恐ろしくなまったしゃがれ声で言った。

こみ上げた胃液をかろうじて飲みこむと、ゲルトールトは彼をにらんで、「覚めないほうがよかったわ」と言った。

相手は「待て」と言って給仕の仕事を再開した。身動きもできない哀れな者たちの口に、まともな食物とも見えない汁物を注いで回る。

横になっていると、漂う瘴気《しょうき》に埋もれてしまいそうな錯覚を覚えて、ゲルトールトはうっそりと身を起こした。しかし吐き気がひどく、とても逃げ出すどころではなかった。うつむいて額を押さえたまま、「これが咀嚼者《フェロシアン》のやり方というわけね」とかすれた声を漏らすのが精いっぱいだった。

相手は「病室で手厚く看護してもらえるとでも思ったのか」と言った。

「私のことじゃない。あなたたちの仲間の扱いを言ったのよ」

「仲間か」ぽつりと低い声で相手が言う。どうやら男のようだ。「ここの人々は仲間ではなくなった。だからこの仕打ちを受けた」

「誰から？」

「ミヒル陛下から」

その言葉にはさまざまな感情が混じり合っているようだった。呼応するようにゲルトールトもうっすらと遠い感情を呼び覚まされた。ミヒル、その名を自分は知っている。咀嚼《フェロシ》者《アン》の女王、《救世群《プラクティス》》の議長。雄閣では、自ら彼女のことをそう呼んだ。かつて愛し合い、そして見限った女——いや、これは自分と融合していたころのラゴスの記憶だ。だがその期間はずいぶん長かった。分離した今でもなお、彼女に対して怒りと同じほど強い懐かしさを、奇妙にも覚えてしまう。

しかし、その彼女が、同胞をこのように冷酷に扱う存在になったとは。

「ミヒルが、負傷者をこのように捨てておけと言ったの？」

「陛下が罰をお与えになったのだ。あの方に逆らい、《救世群《プラクティス》》の使命を妨害した者どもに」

男はそう言って杓子の手を小さく振り上げた。ゲルトールトは息を呑む。

「では、これはただの負傷者ではなく、刑罰を受けて……」

「あの方は命まではお召しにならない。そして硬殻体《クラスト》はそうたやすく死にはしない」陰々とした口調で、男は続ける。「この者たちもいずれ起き上がれるようになる。生き抜くことができれば」

「いっそ処刑されたほうが楽だったのではないの？　こんな姿にされて」

「ならばそうしてやろうか？　女」

男は突然声を上げると、ずかずかとこちらへやってきた。杓子の手でゲルトールトの顎をぐいと持ち上げ、硬殻に鎧《よろ》われた恐ろしい顔を突きつける。

「この場で叩き殺してやってもいいのだぞ。知ったふうな口を利くな！」

「やればいいわ」会話の中のどこかで、鋭くそう答える気力をゲルトールトは取り戻していた。ただ、何がきっかけだったのかはわからない。「やってみなさいよ！　どうせ捕虜をまともに取り扱う気もないのでしょう。手足をねじ切られてのたうち回るよりも、今ここで一息に始末されるほうがずっとマシだわ。さあ！」

目を光らせてにらみつける。挑発というよりも、なかば本気だった。

だが、にらまれた咀嚼者《フェロシアン》の男は、すぐに苦しげに顔をそむけてしまった。「何もわからん未染者《プリキャッチ》の女が……」と吐き捨てるようにつぶやく。

捨て鉢な気持ちでゲルトールトは続けた。

「未染者《プリキャッチ》ではないわ。私は《恋人たち《ラバーズ》》。《恋人たち《ラバーズ》》のゲルトールトよ」

「同じことだ。未染者《プリキャッチ》だろうが《恋人たち《ラバーズ》》だろうが……」そう言ってから、男は付け加えた。「殺すなという皇配殿下のご命令だ。おまえは死なせない」

「手ぬるいこと」

男は杓子を振り上げた。だがそれを振り下ろすことはなく、背を向けて給仕に戻った。

そして全員に汁物を与え終わると、背を曲げてとぼとぼと出ていった。

「ふん……」

ゲルトールトは鼻を鳴らす。じきに怒りが収まるとともに、自分が不合理な行動をとったことに気づいた。わざわざ彼を挑発してしまった。今はむしろ、あらゆる手段で彼を味方につけるべきなのに。そのための手法を自分はいくつも知っている。

生き延びたいのなら彼の好意が得られるような態度を取るべきだ。

——けれども自分は、生き延びたいのだろうか？

普段なら考えるまでもない疑問が、胸の奥でたゆたっていることに、ゲルトールトは気づく。《恋人たち《ラバーズ》》は、多くのものを失った。首都を惨禍が襲い、仕《つか》えるべき人間たちの前途も危うい。

生き延びて、それからどうしたらいいのだろうか。そもそも今まで何を支えに生きてきた。『混爾《マージ》』を探す？　それとも？　違う、これも彼の記憶だ。

「……いやだ」

つぶやいて頭を振る。これまで自分は、こんなことは考えずに生きてきた。ただ漠然と、手に入れづらいものを手に入れようとしてきた。

その渇望は、今でも胸の中にある。埋めがたい空白が。それが満たされないまま消滅するなどということは、耐えがたい。

今はそれを支えにしよう。この自分に欠けたものを探し求めることを。

鉄扉が開いて、「出ろ、女」と声を掛けられた。先ほどの咀嚼者《フェロシアン》が立っていた。

ゲルトールトは何も言わずに立ち上がり、彼についていった。

部屋の外は殺風景な通路だった。コンクリートがむき出しの壁に、老朽化して穴の開いた配管や電線が這い回っている。歩きながら、やはりここを知っているという気がした。

そう――ここは、ハニカムだ。《恋人たち《ラバーズ》》のかつての城。

途中ですれ違った、灰茶色のごわごわしたズボンとスカートを身にまとった、人間に似た男女も、それを証明しているように思えた。生体通信をしているが、《恋人たち《ラバーズ》》らしい個性がまるでない。あれが例の、にせの《恋人たち《ラバーズ》》だろう。

少し先の別の部屋に入る。そこも机と椅子とロッカーが置かれているだけの狭い場所だった。そこで咀嚼者《フェロシアン》の男はゲルトールトを座らせ、自分は机を挟んだ床に腰を下ろして、後ろに長く尾を伸ばした。それで二人の目の高さが同じになった。

部屋の造りからというより、咀嚼者《フェロシアン》の男の態度から、尋問が行われることはわかったが、ゲルトールトは相手が口火を切るのを待った。

そのとき、相手がひどく疲労していることに気づいた。

先ほどの押し込め部屋よりは明るい照明が、扉の上で白く鋭い光を放っている。男の顔には骸骨を思わせる影があった。ただでも硬殻の隙間深くに埋めこまれている双眸《そうぼう》は、ほとんど輝きが見えない。

「われわれ《救世群《プラクティス》》は、おまえたちがいた北極地下の町について何も知らない。だから、おまえから詳しい話を聞き出すことにした」

　唐突に男は話し始めた。ゲルトールトはうなずく。

「何が聞きたいの」

「何もかもだ。広さ、人口、戦力、産物。空洞はあそこだけなのか、他にもあるのか。指導者たちの名前と居場所は」

「それを聞いて、征服するのね。メニー・メニー・シープを」

「あの町はメニー・メニー・シープというのか」

「あなたたちが見た町はオリゲネス、メニー・メニー・シープの首都よ」

「首都だと……では他にも避難民の町があると」

「避難民ではなく、植民地人よ。惑星連合の権威を授かった臨時総督ユレイン三世が治める植民地には、いくつもの町があり、多くの人が住んでいるの」

「その数は？」

　少しだけためらってから、「百万人以上」とゲルトールトは言った。

「おお……！」

　咀嚼者《フェロシアン》の男はうめいて頭を抱えた。ゲルトールトは様子を見つつ、巧みに話の流れを逸らす。

「私たちは人に愛されるための存在、《恋人たち《ラバーズ》》。植民地で三百年間務めを果たしてきた。その前にあなたたち咀嚼者《フェロシアン》、いえ、《救世群《プラクティス》》と暮らしていたことは、忘れていたけれど、思い出しつつある。あなたたちのハニカムが、植民地の――いえ、天体セレスの近くにいたことまでは知っている。けれど、これほど近くだとは思わなかった。三百年もセレスのそばにいたの？　何をしていたのかしら」

「ここはセレスだ。セレスに接地したハニカムの中だ」頭を抱えたままそう言ってから、男は奇妙な質問をした。「イサリさまは？　無事に、その、植民地にたどり着いたのか？」

「イサリさま？」

「俺はスダカ。イサリさまを使者として人間たちの居場所へ送り出した者だ」

顔を上げた男の目は、恐れでぎらぎらと輝いていた。

「その罪で、このような身分に落とされた。それでも悔いはなかった。あの方なら人間のもとにたどり着けると信じていたから。――どうなのだ。あの方は、務めを果たされたのか」

信じていたと言いながら切実に問う。その矛盾が、そのまま彼の心境を表していた。

ゲルトールトはそのとき初めて、この男の質問に答えたいと思った。

「イサリは来たわ」

おう、と男のいかつい肩が下がった。

「彼女は私たちのもとにたどり着き、手を貸してくれていた。けれども、使者だとは一言も……」

言いかけて、彼女の奇妙なふるまいの数々が思い浮かび、頭を振った。

「何かを伝えようとはしていた気がする。でも、きっと、伝え方がわからなかったのでしょう。だって、こんなことになるなんて」

「そうだ、こんなことになるとは」咀嚼者《フェロシアン》のスダカは、うつむいて牙を噛みあわせる。

「こうならないようにと、あの方に願いを託したのに……いや、しかし、たどり着かれたのか！　たったお一人で。それだけでもお送りした甲斐が……」

「彼女は今でも生きていると思う」愛する男を失いはしたが。いや、彼は本当に死んだのだろうか？　最後に見たときの奇妙な行いには、別の意味があったのかもしれない。「そして、まだこの上何かをしようとしていた。きっと彼女は務めを果たしているのよ。いま、この瞬間も。でも――」

でも、結局のところ、プラクティスは最終的に何がやりたいの？

植民地を滅ぼし尽くせば気が済むの……？

そう尋ねたくなったが、かろうじて思い止まった。そうだと答えられたら後がない。

代わりに別のことを尋ねた。

「あなたは反乱者だったのね。それは……今でも？」

　びくりと男の肩が震えた。

　それで、わかった。彼の今の気持ちが。「ミヒル陛下」と口にした時の、あの複雑な響きの意味が。

「そう……反乱など、したくはないということね」

「お前に何が――」

　顔を上げた彼は、だがゲルトールトの黒く輝く瞳を見つめた瞬間、何かを感じたらしかった。

「俺は……」

「いい。言わないで。あなたは忠誠を示さねばならない。私は植民地を滅ぼされたくない。私たちの立場は違う。……けれども、折り合うことはできるんじゃないかしら」

「折り合う、だと」

「ええ」

　ゲルトールトはうなずいて、部屋を見回す。

「ハニカム……ここは私たちがいたころよりも、さらに古くなっているようね。いろいろなところが傷んで、壊れかけているんじゃないかしら」

「だったら？」

「私は雄閣の籠の鳥だったから、植民地の全体のことをほとんど知らないのだけれど――ハニカムのことは大工《カーペンター》のラゴスから聞いてよく知っている。古い知識を使って、多少なりともハニカムを直したり、改良したりすることができるかもしれない。つまり」

露骨な演技をするべきかどうか迷ったが、やめた。

「私にできることをして役に立ってみせるから、どうか殺さないで。そう命乞いをしても、いいかしら……？」

もともとスダカは、強い意志と考えを持つ男だったのだろう。深く考えこむ様子になり、やがて慎重に言った。

「ミヒル陛下に弓引くような者を生かしておくことはできん。俺はおまえを厳重に監視しながら、使えるだけ使ってやり、引き出せるだけの情報を引き出す。そのために生かしておいてやる……わかったな？」

「ええ」

言葉面とはまるで正反対の意味のこもったうなずきを、二人は交わした。

スダカは立ち上がり、部屋の奥の洗面台から不自由な手で水を汲んできて、机にコップを置いた。

「飲め。あとで飯を出してやる」

「電気がほしいわ」

言いながら水と電気以上のものをこの男から引き出そうと、ゲルトールトは決めている。

男の見る前でコップを捧げ持って、唇を薄く開き、何呼吸もかけて胸を上下させながらゆっくりと水を嚥下《えんげ》する。顎を上げ、ひとしずく肌に伝わせて、ドレスの襟に縁どられた白い喉を明かりにさらす。

飲み終えたコップを置いて口元をぬぐいつつ、反応を感じ取ろうとした。見ている。スダカはこちらの仕草を見ている。感情を殺してはいるようだがゲルトールトにはわかる。

彼は、《恋人たち《ラバーズ》》の女を受け入れる下地がある。

「ひどい水ね。……でも、ありがとう」

奇妙に金臭《かなくさ》い匂いのする水だった。そして男はこちらに好意を持とうとしている。だからそれに応えて、言った。

何が失われ、何がまだ手に入っていないのかも、わからない。ならばそれを探し求めるあいだだけでも、生き続けてやろうとゲルトールトは思う。

そうだ、ラゴスも言っていた。いつだって目的は増えていくのだと。

最初の数日は、押し込め部屋で寝起きした。そのあいだに、鉄扉に鍵がかかっていないことを知った。部屋の罪人たちは、その罪を心得るがゆえにみずから部屋に留まっているのだ。出ようと思えば外へ出られ、ゲルトールトは実際に出た。近隣にはにせの《恋人た《ラバー》ち《ズ》》である能無《ノウム》が下働きに出歩いており、彼らの服を手に入れて紛れこむのは簡単そうに思われた。しかし実行はせず、部屋に戻った。

生体無線を通じて通信経路を探し、現在のハニカムの通信環境を大まかに把握した。ハニカム内部と外部をつなぐルートがあって、頻繁に使われているのを見つけた。だが、そこにも手は出さなかった。

三日目にスダカが訪れて、「水がひどいと言ったな」とにらんだ。

確かにゲルトールトはそう言ったが、彼はそれを責めに来たのではなかった。彼女に言われたことで、初めてスダカもそれに気づいたというのだ。

「では、水をきれいにできるか？」

それがスダカの最初の依頼だった。古びた水道システムを手直ししろということだ。

ゲルトールトは浄水場を見せてほしいと頼んだが、それは断られ、代わりに造水担当者だという能無《ノウム》と引き合わされた。聞けば、現在のハニカムではセレスから採掘した氷を最上層に運び入れて大電力で溶かし、そのまま配水するという、きわめて荒っぽい方法で水を送っているそうだった。

ゲルトールトはラゴスであった時期の記憶を頼りに、かつて稼働していた生物学的処理系と濾過《ろか》装置の現状を把握しようとした。驚いたことにというか、情けないことにというか――こちらはラゴスよりさらに古い感慨のようだ――ハニカムの汚水を高山の清水のような浄水に変えていたそれらの機構は、不調のためにまるごと廃止されて埃をかぶっていた。濾過装置を定期的に逆流させて洗浄するという、当然のメンテナンスをきちんとやっていたのかと尋ねたが、能無《ノウム》は何を言われているのかわからないようだった。彼女は水の融解槽とX線滅菌装置の操作法の他は何ひとつ知らなかった。

ゲルトールトは洗浄法を示し、それに加えて、二つの時代の上水系を結合させるための古い小技を二、三付け加えて、返答とした。

はたしてそれでうまくいくのか、すっかり自信があるわけではなかったが、スダカは成功か失敗かをさほど問わないだろうという気もした。苦痛と異臭に満ちた部屋に戻って、結果が出るのを待った。

二日後の夜、スダカがまたテーブルのある小部屋へ彼女を招いた。今度は尋問されるのではなく、代わりにおかしな扱いを受けた。――壁際に毛布を敷かれ、そこに座るように命ぜられたのだ。

言われた通りに足を折って腰を下ろし、ピンと姿勢よく背を伸ばして、ゲルトールトはあいだのテーブル越しに対面のスダカを見つめた。彼は壁を背にして座りこみ、瞑想でもするように指を組み合わせて目を閉じた。

この妙な対面は何なのだろう。彼の精神修練に黙って付き合えということだろうか。ゲルトールトはしばらく首をひねったが、やがて単純な結論に思い当たった。

「今夜からここで寝ろということ？」

「……そうだ。おまえはきちんと施設を直したからな」

「つまりここはあなたの私室なのね？」

「……なんだと思ったんだ」

「尋問室」

スダカは目を開けずに苦笑したようだが、はっきりとはわからない。そのまま動かず眠りについたようだった。

ゲルトールトはやや的を外した気分だった。男の部屋に連れてこられたのだと最初からわかっていれば、また別の態度を取っていたのだが。それがわからず間抜けなところを見せてしまった。下級の硬殻体《クラスト》は（座ったまま眠るのと、その大きな体がもう収まらなくなってしまったという理由で）、ベッドに入らないのだ。

それはともかく、彼に近づけたのは収穫だった。

翌朝――朝というか、スピーカーから咀嚼者《フェロシアン》独特の、打楽器交じりの起床の呼びかけが流れて、起きなければならなくなった時間に――スダカは年老いた大型動物のように鈍重に起き上がって、室外のどこかで朝食を受け取ってきた。どろどろした半分溶けた芋類の灰色のペーストに、真っ白に色の抜けた肉片がいくらか浮かんでいる気味の悪い代物で、アルミの皿に盛っていなければ食べ物に見えなかっただろう。

スダカはそれを二人分にわけて、食べながらぼそぼそと話した。

「ハニカムの他の問題個所を教える」

この朝以来、ゲルトールトは、誰かと出遭《であ》い頭《がしら》に斬り殺される恐れなく、ハニカムの中を歩けるようになった。

薄暗い整備通路を通って、ゲルトールトはさまざまな場所を見て回った。アブラナとキャベツが作れなくなった農場。ほとんど定期的に停止するために、大タンクから直接酸素を放出することで大気を維持している浄気場。出所不明の不快な唸り音が響き続ける紡織工場。火星産の赤稲麦《レッドリート》で覆い尽くされたグラウンド。どこも応急処置とその結果の混沌に食い荒らされ、荒廃していた。にもかかわらず、驚くほど大勢の咀嚼者《フェロシアン》たちが黙々と立ち働き、我慢づよく暮らしていた。

ゲルトールトはアブラナ科の植物を害する線虫の駆除方法を教え、浄気ポンプ内にトラップされていた厚さ二メートル半の埃と虫の死骸を、発火に気をつけて取り除くよう指示し、紡織工場から二百メートル離れたところで低周波を発していた冷却器の、摩耗しきったベアリングを交換させ、赤稲麦《レッドリート》は土壌ごと舷外《そと》に曝露するよう提案した。それらは監視者であるスダカを通じて、しかるべき身分のある咀嚼者《フェロシアン》に伝えられて、最後の提案以外は実行された。

「なぜ赤稲麦《レッドリート》を滅ぼさないの？」

「あれが食料になるかもしれないから、なんとかして加工方法を探せ、というミヒル陛下のお達しなのだ」

できるわけがないと書いてあるような顔で、スダカが言った。

愚かなことだとゲルトールトは憫笑《びんしょう》したくなったが、見分を進めるにつれて、笑う気もなくなった。ハニカムのすみずみまでミヒルの威令は行き届いていた。愚かな指示もたくさんあったが、果断な指示も散見された。そう、ミヒルは多くの問題点を抱えながらも、とにかく決断と行動にかけては、余人のはるかに及ばない力量を示していた。明らかに彼女は必死だった。生来の狂気に駆られてというよりは、その狂気すらも燃料として、限界速度で回り続ける強力なエンジンのように、何かに向かって突き進んでいた。疲れ切り、不満を蓄えた咀嚼者《フェロシアン》たちも、その何かに向かっているという点では、ミヒルと思いを一つにしているようだった。

一体何に向かって？

当初の猜疑《さいぎ》に満ちた監視が緩み——押し込め部屋がやはり監視されていたということが、このころにはわかった——小天体ハニカムの下半分をおおむね自由に移動できるようになっても、同行のスダカにそれを訊くことを、ゲルトールトは慎重に保留し続けていた。何を言ってもよくて、何を訊いてはいけないかが、不思議とわかるような気がした。女帝がこの世界に張り巡らせた強制と禁止のルールが、能無《ノウム》たちの通信網のように身近に感じ取れた。自分の洞察力がことのほか優れているからではない、これは……考え方が似ているからなのだ。自分と彼女には、きわめて近い部分がある。

「ミヒル……陛下は、いつもどこにいるのかしら？」

「聞いてどうする」

「ただの興味よ。普通のことじゃない？　ここの住人たちだって、自分たちの指導者がどこにいるのか、近くにいるのかどうかということは、気にするでしょう」

「警備上の問題から陛下の居所は明かされていない」言いながらスダカは上を見る。「だが、われわれの軍団にご指示を下すのに適当な場所におられるのは確かだ。それに、つい今朝のご公知では、北極世界巡幸の際のご不調も回復されて、体調もすこぶるおよろしいそうだ」

《救世群《プラクティス》》は依然として戦闘状態にあるということか。そして雄閣では確かにある程度のダメージを受けていたわけだ。

「それより女」

「ゲルト、と呼んで」

「……ゲルト」復唱する口調が、ぎこちない。「おまえの話も聞かせろ。北極世界の軍隊はどれほどの勢力があるのだ？　この三百年の間に、技術レベルはどこまで進んだ？　まさか宇宙兵器や高度なサイバー攻撃手段を実現してはいまいな？」

「詳しくないと言ったでしょう」

首を横に振りつつも、ゲルトールトはかたわらに立つ傷ついた武辺に顔を寄せて、小声で言う。

「でも、それなりの軍備があるのは確かよ。領主《レクター》——植民地を統治していた男は、多数の砲台を備えた人口八万の都市、セナーセーを攻略して滅ぼした。先導工兵《パイオニア》や航空警邏《けいら》艦といった兵器を揃えている。けれども、そうね、たとえばテレビは実現していない。再発明していない、と言うべきかしら。基本的には、昔のロイズ社団が保持していた道具や技術を、縮小再生産しながら使い続けているていどよ」

「ロイズ非分極保険社団、奴らか」奇妙に心情のこもった口調でスダカはつぶやく。「奴らは多くの宇宙船を持っていた。それらはまだあるのか」

「いいえ」ゲルトールトは首を振る。「植民地には宇宙船はないわ。厳密には、地下に埋没したシェパード号という古い船が、エネルギーを供給してくれていた……しているとされていたけれど、それが嘘だとわかってしまった。シェパード号など存在しなかった。それが一体何だったのかはさっぱりわからない。そこに住んでいる者でも全貌が把握できない、謎めいた世界なのよ、植民地は」

「宇宙船はない、そうか……あれほどあったのにな」

「まるで見たことがあるような言い方ね、スダカ」

「ある。俺たちはやつらの戦艦を数えきれないほど沈めた。それでもすべては沈め切れなかった」

ゲルトールトは驚いて目を見張った。

「それはいつの話？　あなた一体、何歳なの？」

ゲルトールトは遅ればせながら気づく。ミヒルは今でも生きている。いくら硬殻体化《クラスト》したと言っても、自分たちのように体を作り直せるわけではあるまい。

「あなたたちは……不老不死を実現したの？」

「下らん。俺たちにも寿命はある。不老など……その反対だ」そう言うと小さく頭を振って、スダカはにらんだ。「それよりおまえたちのことを話せと言っているだろう。先導工《パイオニ》兵《ア》はどれぐらい残っているのだ。航空警邏艦とはどんな兵器だ？」

ゲルトールトは質問に適当に答えながら、内心で考え続けた。彼は三百年前の人間そのものなのだ。それなのに不老でないという。つまりは老化を遅らせたのか。そんなことが三百年前に可能だったのか？　いや、そうだ。つまり彼らは冷凍睡眠を実現したのだ。敢行した、というのがふさわしいだろう。当時それを実用化していたのは、ノイジーラント大主教国の巨大な恒星船、ジニ号だけだった。彼らはどうしてか、あの技術を手に入れて自分たちに応用したのだ。

しかし、まさか、《救世群《プラクティス》》の全員を？　十数万人はいたはずだ。

彼らの底知れない決意を感じて、ゲルトールトは身震いする。

もちろん、決意だけでそんな大それた事業を成し遂げられるわけがない。

ラゴス譲りの目で改めて詳細に観察していくと、ハニカムの中にある、どうにも奇妙な箇所が見えてきた。

大師父ウルヴァーノが築いた原型に《救世群《プラクティス》》が手を加えた部分は、ひと目でその現状と問題点がわかる。それに比べてカルミアンが参加した部分は、恐ろしく精巧で手が込んではいるが、とにかくハニカムの駆動と安定の維持を目的としているという点では他の部分と同様であり、まずまず用途も運用法も察しがついて、信頼できた。

しかしハニカムの一部には、根本的に理解の及ばない部分があった。

それはまず物理構造よりも先に、通信空間での暗部としてゲルトールトの目に映った。

動き回る五千もの結節点を持つ、複雑な格子状のオブジェ、それがハニカム各所に散らばる能無《ノウム》たちの通信網の、概念的な様態だ。ところどころには、強い出力を備えた大きな結節が見える。特定の場所に設置されて大電力を供給されている中継処理装置だ。ゲルトールトにコンピューターやデジタル通信についての高度な知識があれば、各所の装置が行っている情報処理の手順まで理解できるのだろうが、そこまでの能力はないので、大ざっぱな姿と流れしか見えない。

しかしそれでも、通信空間の一部に、内部を見ることも呼びかけることもできない、いくつかの黒い影があるのは、おぼろげに感じ取れた。その黒い影同士が大量の情報をやり取りし、さらに、外部のいずこかへ向けて頻繁に連絡を取っていることも。

物理空間においては、その影のある場所は、いずれも立ち入り禁止とされて調べられなかった。ただ、その一か所がなんであるかは、やがて知ることができた。

漢土西端、玉門関《ユイメンクアン》。――地球のゴビ砂漠のほとりにたたずむ、はるか昔の東洋の遺跡を模した、差し渡し数百メートルの大型プレイルームだ。

ゲルトールトにとって遠い思い出の地でもあるそこは、今ではなぜか、〝ドック《DOC》〟という奇妙にそっけない名前で呼ばれて、通信だけでなく人員と物資流通の焦点にもなっていた。

他の場所から運びこまれる物資の種類や量から、そこで非常に急迫した活動が行われているのがわかった。ゲルトールトは直感的に、ぜひともそこを確かめねばならないと感じた。

確かめてどうする？　もちろん、はるか植民地の仲間たちに知らせるのだ。これまでの通信空間の観察を経て、能無《ノウム》の通信網の一部が、五百キロ、一千キロも離れた地点まで広がっているのを見つけていた。一千キロといったらセレスの直径に等しい。植民地と接している《救世群《プラクティス》》の前線部隊にまで、中継器を通じて通信経路が届いているのだろう。ハニカムがセレスの南極に接地していることはすでにスダカから聞いていたが、それに便乗すれば、自分の見聞をはるか離れた《恋人たち《ラバーズ》》の仲間たちへ届けられるかもしれない。玉門関《ユイメンクアン》、〝ドック〟に、ぜひとも潜入する必要がある。それはゲルトールトがスダカに近づく理由が一つ増えたということに他ならない。

とはいえ実のところ、そんな理由など必要ないかもしれないと、ゲルトールトは思い始めてもいた。


「そっちを持て、早く」

「ええ」

「もたもたするな。手を挟むんじゃないぞ」

「わかってる」

　薄暗い、洞窟の奥の地底湖にも似た水場で、ゲルトールトはスダカと足を濡らして水を汲む。押し込め部屋には水道がないので、掃除用の水を外から運ばねばならない。信じられないことに、人力でいくつもの樽に水を汲んで、鉄と木で作った荷車へ乗せるのだ。中世の水売り人さながらの重労働。

「一杯か。そっちは」

「一杯よ」

「よし、押せ！」

スダカが轅《ながえ》の間に体を入れて、力いっぱい頸木《くびき》を引く。赤黒い硬殻に覆われた胸の筋肉が膨らみ、鋭利なかかとが石質の床にがっきりと食いこむ。ゲルトールトは重い荷車の後ろに両手を添えているが、樽が落ちるのを防いでいるだけで、推進の役に立っていない。態のように剛強な《救世群《プラクティス》》の男が、ほとんど一人で数百キロの質量を曳いていく。

「ゲルト……いるか」

「いるわよ。押してる」

「ふん……おまえは煙霧の霊《ガイマー》のように気配が薄いな。ときどき、いるのかいないのかわからなくなる」

「逃げやしないってば。逃げてもすぐ見つかってしまうじゃない。見逃してくれるの？」

「馬鹿な、逃がすものか」居丈高《いたけだか》な嘲弄《ちょうろう》の声。「おまえは貴重な人質だ。死ぬまで働かせてやる」

しかし、いなくてもわからないなどと言ってしまったら、逃走を促すようなものではないか。そのつもりで言ったのか？

ここで目覚めたばかりのころだったら、そんな言葉尻からゲルトールトは彼の好意を捉えて、逃げ出す算段に集中したかもしれない。

今はそうではなかった。逃げられるように彼が隙を作ってくれているのかもしれないと考えるのが、あまり愉快ではなかった。むしろわずかに苛立《いらだ》たしささえ覚えた。

自分は彼に惹かれ始めている。——惹きつけてやろうとした代償に。それが《恋人たち》《ラバーズ》というものだからだ。

押し込め部屋に到着すると、転がっている罪人たちに半ば浴びせるようにして、桶の水を撒いた。これがただの病室なら、傷病者に水などかけるのは虐待もいいところだが、ここでは話が別だ。水撒きは唯一の衛生処置である。罪人たちも体をこちらへひねって、むしろありがたがるそぶりを見せる。

分厚い胸の殻を割られた男に水をかけていたゲルトールルトは、ふとあることに気づいて眉をひそめた。傷口を観察していると、じっとこちらを見つめる男と目が合う。まるで訴えかけるように彼は目を覗きこんでくる。ゲルトールルトは無表情に顔をそむける。

「どうした」と訊くスダカに、「いいえ」と答えた。

水撒きを終えると、桶を戻すために荷車を押した。会話はないが、車を引く彼と、後ろから押すゲルトールルトの呼吸が食い違うことはほとんどない。

黙々と働きながら、ふとゲルトールルトは、ずっと前から当たり前の義務として、こんなことをやっているような錯覚に陥ってしまう。そんなことはない。これはまだ、出会いから数週間しか経ていない自分と彼が作り上げた、つかのまの虚構の暮らしだ。それが、なかば日常と化してしまっているだけだ。

時計の上での昼間は、このようにして罪人の世話や生活施設の調整に精を出す。近くには水場と、周辺の居住区に食事を出す下層階級向けの厨房があって、そのあたりまでは一人で出歩くことを許されているが、娯楽はなく、立ち話をする相手もいない。そして時計の上での夜は、殺風景なスダカの小部屋に戻って、彼の見る前で休む。

陰鬱で禁欲的な徒刑者の生活そのものではあったが、しかしゲルトールトは、自分でも驚くほど苦痛に感じていなかった。それはきっと、表面上は決まり切ったことばかりで過ぎていく毎日の暮らしのはしばしに、ほんの少しずつ、だが確実に変化していく部分があったからに違いない。

彼との距離がそれだった。

朝に目覚めて食べるとき、昼に時を合わせて休むとき、午後に厳しい労働に力を合わせるとき——うまく動こうとすれば、相手の意図を察しないわけにはいかない。巧みに心を惹こうとしているのだからなおさらだ。口に出さなくても通じ合うことが増えてしまう。

こうしてともに荷車を押しているときなど、手をつないでいるかのように近い。これに比べたら、テーブルを挟んで眠る夜のほうがむしろ遠い……が、その位置づけが逆転するのも時間の問題だろうとゲルトールトは感じていた。

と、ギシギシと音を立てて進んでいた荷車が不意に止まる。ゲルトールトは、どんと胸をぶつけてしまい、とっさに樽を手で押さえた。

「急に止まらないで——」

「しっ、静かに」

スダカが通路の先を見つめて、こちらへ片手を上げていた。

さらに荷車を押して枝道に戻る。何事かとゲルトールトは横を回って彼の隣に出る。

「顔を出すな」

言われながら彼の脇の下から覗き見たのは、思いがけない光景だった。

主通路をざくざくと足音を立てて下っていく、大勢の武装した《救世群《プラクティス》》たち――。

「あれは？」

「知らん」

そう言ったきり彼が別段制止しないので、ゲルトールトは観察を続ける。これは軍勢のようだが、普段引き連れている能無《ノウム》たちをなぜか一体も伴っていない。人目を避けるかのように声を押し殺して行動している。秘密の行動なのだろうか？　女帝ミヒルはどうやら同行していないらしい。

ざっと見て五百人あまりが、ハニカムの下方へ、つまりセレス内部へと忍び出ていった。

スダカはそれを物陰から食い入るように見ていた。

何の軍勢なのかは見当がつく。ゲルトールトは想像を口にした。

「植民地を攻める部隊なんでしょうね」

「かもしれん。しかし、正式な出陣なら出陣集会が開かれるはずだが……」

「非公式の出陣だということ？」

「おそらくは。妙なことだ」

言ってから、スダカはしゃべりすぎたことに気づいたのか、顔をしかめて「行くぞ」と荷車を引いた。

そのとき彼がどんな気持ちだったのか、そして軍勢がどうなったのかは、しばらくわからなかった。

わかったのは、一週間ほどたってからだった。

押し込め部屋で苦しみ続けている咀嚼者《フェロシアン》たちに、ゲルトールトはひそかに手当てを加えてやっていた。ある日、ゲルトールトが水樽で挟んだ手をさすりながら罪人の世話をしていると、その動作を察したのか、両目を焼き潰された脚の悪い老女が話しかけてきた。

「能無《ノウム》のお嬢さん、手をかばっているわね。八つ当たりでもされたの？」

「八つ当たり？」

この部屋で一度ゲルトールトは名乗っている。だが罪人たちが苦痛のあまり聞き逃したのか、それとも他の理由か、呼ばれ方は今でも名のない能無《ノウム》のままだ。

しかしそのことよりも、老女の言葉の内容が気になった。

「誰に？　そんなことはないけれど」

「もちろんスダカによ。彼がむしゃくしゃしてやったのではないの？」

「違います。彼がなぜむしゃくしゃするの？」

「そう、違うの。いえ、だって出ていった若い人たちがやられてしまったでしょう？」

「やられた……って、誰が？　あの軍勢が？」

「スダカは彼らと一緒に行きたがっていた。それなのに同行できず、むざむざと彼らだけが倒されてしまったんだから……」

「軍勢に？　彼が？　どうして？」

「見届けたいからよ。そのために彼は体を張ってイサリさまを送り出したのだもの」

つかのま、ゲルトールルトは動きを止めた。思えばその話はスダカから聞いていた。彼女のいる植民地のことが気になるのは当たり前だろう。派遣された隊がやられてしまったなどと聞いたら、怒るに決まっている――いや、そうだろうか。

「スダカは午前中、有機物処理系当番の応援に駆り出されていたわ。もうすぐ戻ってくる」

つぶやいて、ゲルトールルトは首を振る。

「でも、怒ってはいない。そういう怒り方はしない人よ。私に当たったりしない……これは自分でやったけが」

「そうなの」

つぶやいた老女は、急に人間的な興味のにじむ声で――といっても、そのかすれ声と焼けた惨めな面差《おもざ》しで表せる程度の、だが──言った。

「あなたは能無《ノウム》じゃないのではなくて？　お嬢さん」

「……なぜ、そう思うの」

「能無《ノウム》の楽しそうな演技はわかるもの。命じられてやっていると」

「楽しそう？　私が？」

「そうでしょう？」老女は含み笑いのような声を漏らす。「隠せるものじゃないわ。戻ってくる、と言った時の口調」

「……ただの当て推量ね」

冷たく答えつつ、ゲルトールトはその問答をも、確かに楽しみ始めていた。こんな会話は久しぶりだった。

そしてその次には、楽しみに続いて、驚きが待っていた。老女がこう言ったのだ。

「《恋人たち《ラバーズ》》のゲルトールト……そう言ったわね。その名前は知っています。大工《カーペンター》のラゴスに近しい者の一人。あなたがここへ連れてこられたのは、気の毒ではあるけれど、私たちとしては嬉しいわ」

「……あなたは？」

尋ねられた老女は、ある名前を口にした。

それで、ゲルトールトは、彼女もまた《救世群《プラクティス》》の現状を憂える者の一人であることを知ったのだ。

老女は言った。

「ミヒル陛下は誤った道を進み続けている。私たちはそれを止めたかったけれど、力及ばず、このような目に遭わされてしまったの」

「彼女には、きっともう話が通じないのでしょう」

「そう思う？　あの方を止めるには、もうお命を奪うしかないと……？」

ゲルトールトは沈黙する。今となってはそれしかなさそうに思える。考えるべきなのはそれが可能かどうかということだけだった。彼女には一度、この身をもって挑んだが、仕留めることがかなわなかった。

しかしそのとき、横から別の声が割りこんできた。

「まだ手はある。ミヒルさまの野望は多くのしもべと機械に支えられている。その支えを取り除けば、力を削《そ》ぐことができる」

「そうだ……ぶ、武器を破壊しろ。北極世界の人間たちはまだ遠い。武器がなくなれば、衝突のしようもなくなる……」

気がつけば、まわりの罪人たちも身を起こしてこちらに目を注いでいた。中には身動きができないほど重傷の者もいる。

いや、重傷だった者、だ。——程度の差はあるが、罪人の多くは傷の破孔に溶接痕のような肉が盛り上がり、割れた硬殻同士がくっつくまでに再生した者もいた。水撒きのたびに彼らに近づいたゲルトールルトはそれに気がついたが、今まで見て見ぬふりをしてきたのだ。

機会が来た、とゲルトールルトは思った。

老女の手を取って、ささやきかける。

「ハニカムの武器工場らしいところを見つけてあるわ。でも警戒が厳しくて近づけない。何か方法はあるかしら」

それからしばらく、ゲルトールルトは希望を失っていない者たちとの話を続けた。

ガチャリと鉄扉が開く。手桶をさげてスダカが入ってくる。かつて武辺であり、そこから落とされてなお、女帝に忠誠を誓う男。

ゲルトールルトは老女の手を離して彼に近づく。

「手伝うわ」

「……いや、いい。お前は帰れ」

言われた通りに部屋に戻って待った。

やがてスダカが戻って、壁際の定位置に腰を下ろした。テーブルについているゲルトールルトと目を合わせる。沈黙が長く続き、やがてにらみ合いのような雰囲気になり、とうとうゲルトールルトはテーブルに目を落とした。

スダカが言った。

「彼らと物騒なことを話していたようだな」

「別に何も」

「とぼけるな。こちらを向け。何かたくらんでいるな。俺の裏をかくつもりだろうが、そうはさせん」

「見なかったことにしてくれない？　何も聞かなかったことにして。いつも通りに過ごしてくれればいいから」

「そんなことができるか」

《救世群《プラクティス》》が立ち上がった。うっそりとのしかかる硬殻の影はテーブル越しにも大きい。くぼんだ目をぎらつかせて、低く強い声でささやいた。

「俺に累が及ばないように――か？」

圧倒されて冷や汗をにじませながらも、ゲルトールトはにらみ返す。

「なんのこと？」

「彼らとの計画から、俺を外しただろう。自分たちだけでやる気か？」

戸口の上から差す冷たい光に白く牙を光らせて、スダカが凶々《まがまが》しく微笑する。

「あいにくだ――たとえそれがうまく行ったとしても、どのみち監視の手落ちで俺は裁かれる。いかにミヒルさまが寛大でも二度は許していただけまい」

そう言うと、スダカは静かに、ゲルトールトの前に手を突いた。

「言うんだ。たくらみを、すべて」

「待って」

押されていたゲルトールトは手のひらを立て、同じほど強くて静かな声で言い返した。

「あなた、わかってるのかしら。筋が真逆だということを。——私たちがあなたを陥れようとしていると思っていない？　反対よ」

「わかっているとも。そして俺はおまえを告発しようとせず、守ろうと思っている」

ゲルトールトは沈黙する。それはうすうす感じていたが、決して耳にすることはないと思っていた言葉だった。

「おまえたちは《恋人たち》《ラバーズ》、愛されないではいられない者。あの日、懲罰室に押しこめられていたおまえの頬に触れ、おまえが目を開けたときから、そうなることはわかっていた。いつか必ず《恋人たち》《ラバーズ》の機能が働き出し、おまえに俺を誘わせると。《恋人たち》《ラバーズ》とはそういうものだ、俺は知っている。そして時満ちれば誘惑の花を開かせて、相手の気持ちを思いのままにねじ曲げる……」

スダカは胸を反《そ》らして、沈んだ、むしろ悲しげなまなざしで見下ろした。

「そんなことにはならん。おまえに誘惑などさせん。そうなる前に、俺は、俺の意志で言っておく。——その計画、おまえがいなくともいずれ俺がやるつもりだったと」

ゲルトールトは啞然としてそれを見上げていた。愛のやり取りをする被造物である自分に、こんな態度を取った男は初めてだった。

口にする気もなかったひとことを、ぽつりとつぶやいてしまった。

「〝ドック〟へ行って」

「なんだと」

「私と一緒に、〝ドック〟へ行って。最初からそう言うべきだった。私、間違っていたわ」

ゲルトールトは立ち上がって、テーブルを回りこんだ。鋳物《いもの》を思わせる彼の広く分厚い上腕に触れる。

「〝ドック〟ではきっと《救世群《プラクティス》》の兵器が作られている。私は能無《ノウム》になりすまして〝ドック〟に入れるけれど、誰何《すいか》されても本物の能無《ノウム》のように、主人の名前を出して身の証《あかし》を立てることができない。あなたが手伝ってくれればごまかせる。一緒に〝ドック〟へ入って武器を破壊し、侵攻を遅らせる。それを手伝って」

「俺が、そんな計画に乗ると思うか」

「ならばなぜ今まで私を生かしておいたの？　使えるかもしれないと思ったからじゃない？　自分だけでやりたいなら、逃げろとはっきり言えばよかった。そうせずにほのめかしてばかりいたのは、待っていたからでしょう」

一息にそう言って、ゲルトールトは彼をにらみ上げた。鋭い皮肉な笑みで彼を貫く。

「私を使えばいい。イサリを使ったときのように。決して届かない手を、人間たちの町に届かせるために。そうでしょう？　それが、人間とかけ離れた姿に変わり果ててしまった、あなたたちの望むことじゃ――」

ゲルトールトは言葉を切った。咀嚼者《フェロシアン》の男が、落ちくぼんだ目をぎらぎらと光らせてにらんだ。そして何か言いたげに杓子の手を上下させると、うつむいて「グウゥ……！」とうなり声を上げた。

次の瞬間、彼は吠えた。

「人間だ、俺たちは！」男が吠え声を上げる。「虐《しいた》げられ、蔑《さげす》まれ、それでも果敢に戦い抜いて、苦難の道を歩き抜いてきた人間なのだ！　おまえたちがいかに無知で、いかに傲慢な態度を取ろうと、それだけは否定させんぞ！　俺たちは人間だ。人間が手に入れてしかるべきものを手に入れようとしているだけだ！　そのために、道を切り拓くために……！」

「――そのために、町を奪おうと？」

「違う！」

激しく首を振ると、咀嚼者《フェロシアン》の男はゲルトールトの細い両肩を、がっしりと挟んだ。手首から先がみじめな給仕道具に変えられたその腕に――彼らの攻撃性の象徴ともいえる前腕《ぜんわん》鉤《こう》を、根こそぎ剝ぎ取られた腕に——底知れぬ力がこもった。

「それが目的ではない！　ただ、障害を取り除くだけだ。俺たちは、《救世群《プラクティス》》は、決して暴戻無道《ぼうれいむどう》な破壊者などではない。俺たちは正しい行いをするのだ。《恋人たち《ラバーズ》》の女、お前に一体何がわかる！」

「……わからないわ、何も」

ゲルトールトは多くの怒れる男たちを見てきた。その誰よりも、この男は激しく怒っていたが、その誰よりも、今ではこの男に心を揺さぶられていた。

「でもそれなら、スダカ。それほど強い望みがあるのなら、なおさら私を利用すればいいのではなくて？　人間のためだというのなら？」

「おまえは人間だ！」スダカはこちらに体を向けて言い切る。「おまえたち《恋人たち《ラバーズ》》は人間だ、俺たちがそうであるように。俺たちが人間であるのだから！　これ以上、利用しろなどと言うのなら——」

スダカが剛強な腕を振り上げた。

一歩も引かずにその前に立って、ゲルトールトは両腕を広げて体をさらした。

「当たりよ、スダカ。私の機能はもう働き出してる。あなたに向かってこう言うわ。私を使おうとしないあなた。人間だというあなた。武辺スダカ——愛しています」

スダカは一瞬動きを止め、ブンと音を立てて腕を振り下ろした。

かたわらの机が紙細工のように半分にへし折れる。ゲルトールトはそのそばに立って瞬きもしない。ひと声唸って、彼女の細い体をスダカが抱き締めた。

「くそ……っ！」

「スダカ」

硬い口づけに、唇が長く塞がれた。

やがて顔を離すと、スダカはくすぶる炎のような熱い息を吐いて、無念のささやきを漏らした。

「皮肉なものだ。——俺はおまえを〝ドック〟へ行かせたくない。そういう俺が好きだから〝ドック〟へ行くとおまえは言う。行けばどうなるかわかっているのか？」

「わかっているわ。どんなところか」

「くそっ」

もう一度吐き捨てて、スダカはゲルトールトの首に顔を押し当て、腕を腰に回す。機械のように細心の注意がこもっていながら、人間の男そのものの熱い力のこもった抱擁。

ずっとそれを誘っていたはずなのに、それが叶わないほうがよかったのだとわかって、悲しく思いながら、ゲルトールトは体の柔らかさを彼の手に委ねる。

「どうなっても恨まない——いいえ、それではだめ。いいわ、逃げましょう」

「逃げる？」

目を剝く《救世群《プラクティス》》の男に、ゲルトールトは戸の隙間から差す陽光のように細い笑みを見せた。

「ええ、一緒に。私たちは死なない。ともに見るものを見てから、生き永らえるの。今そう決めた。いいでしょう?」

《救世群《プラクティス》》の男が手鉤を伸ばし、震えるその先をドレスの背の合わせ目にかける。その力と不器用さの前では女の肌を覆う布など、薄紙のようなものだ。破られてもいい。——だがゲルトールトは脱ぎたくなっていた。肘を上げて背の留め金を外す。

高まる鼓動のままに、黒い服を滑り落として白い肩をあらわにし、さらに残った布までためらいなく脱ぎ捨てていきながら、片手を差し出して手招きした。

「来て。——わかるでしょう、誘惑じゃない、私があなたに誘われてるのよ」

「ああ」

スダカも高まっているのがわかった。武骨な体の輪郭が気持ち太く感じられる。腰と首に回された腕が熱い。

それに体重を預けて、ゲルトールトはゆるやかに背後へ横たわった。

侵入のための時間は十分に与えられなかった。二人が準備を始めてすぐに、また北極世界《フェロシアン》への遠征が始まったのだ。今度は前回よりもさらに大規模で、一千名以上もの咀嚼者が気勢を上げてハニカム下方から出陣していった。

一千名――いくら前回の攻撃を植民地が乗り切ったにしても、むしろそれゆえに、今度こそメニー・メニー・シープは持ちこたえられないように思われた。

危機を知らせるなら、今でなければ遅いかもしれない。

ゲルトールルトは悩んだ末に、これまで実際には使わないでいた通信網の盗用を行って、仲間たちへの連絡を試みた。それは成功し、ごく短い圧縮した暗号を、ひそかに生き延びていたスキットルと交わすことができた。

「《恋人たち》《ラバーズ》は余力を残していたわ。今回の侵略を凌《しの》げるかもしれない」

スダカはいいとも悪いとも言わず、苦い顔でうなずいただけだった。二人のどちらにとっても、手放しで喜べる事態ではなかった。

その翌日、押し込め部屋で働いていたゲルトールルトのもとに、あわただしく彼がやってきてささやいた。

「決行だ。《恋人たち》《ラバーズ》への通信が露見した。カンザン巫議《ふぎ》の一派が内通者を探し始めている」

「ただでは済まないと思ってたわ」罪人たちに別れを告げ、ゲルトールルトはスダカとともに部屋を出た。「カンザン巫議というのはどの程度ミヒルに近しいの？　つまり、もうハニカム全土に狩りの命令が出たのかしら」

「いや、逆だ。どうも今回の侵略はミヒル陛下の意に反して行われたらしい。巫議はむしろ、生活保安部に対して謀議を隠すためにおまえを消そうとしている」

「あら、一枚岩じゃないのね」

「楽観はするなよ。巫議の一存で五十名からの武辺が動く」

「十七万人に手配書を回されるよりはずっとまし」

私室で身支度を整えて通路に出たとたん、押し込め部屋の前で二名の《救世群《プラクティス》》と鉢合わせした。いかめしい紋様を両肩に描いて細い鉄鎖を体に巻いた、見るからに強面《こわもて》の男が、

「懲罰室差配のスダカだな?」と言った。

「はい。何か――」

自分の前に立っているスダカが返事をし始めると同時に、その陰からゲルトールトは滑り出し、手にした細身のAuW対艦ハンマーをツバメのように勢いよく旋回させて、男の顔面に叩きこんだ。狙いはあやまたず、顳角《しょうかく》の付け根を眼球ごとぐしゃりと粉砕する。《救世群《プラクティス》》は絶叫してのけぞった。

スダカが獰猛に踏みこみ、渾身の回し蹴りをくれて、敵の二人組をまとめて押し込め部屋へ叩きこんだ。鉄扉を閉ざすが早いか、室内の罪人たちが一斉に群がる気配がする。悲鳴が響いて、静かになった。

二人は走り出した。スダカが苦い顔で言う。

「いきなり襲いかかるやつがあるか」

「いきなりでないと。腕力には自信がないの」

細腕の袖をひらりと翻してハンマーを背中に隠し、ゲルトールトは相手を見上げる。

「いけなかった？」

「まあいい」

一瞬だが、スダカが笑った。それを目にしたゲルトールトの胸が高鳴る。

昔なじみの、あの無限の活力がどこからともなく湧き出して、足取りが軽くなった。

複雑怪奇な整備通路の中でも特に古くて目立たない場所を、二人は選んで駆け抜ける。通信空間に聞き耳を立ててみたが、警報が叫ばれている様子はない。しかしスダカが背いたということが、あの瞬間にどこかに伝わっていないとは限らない。符丁で連絡がなされていれば聞き分ける方法はない。

ハニカム底部に近い排水処理施設にたどり着くと、点検ハッチから排水路に入りこんだ。酸素の代わりにメタンガスの充満する汚穢《おわい》な空間だが、それだけに監視の目は甘いし、二人はともに生身の人間よりずっと長く呼吸を止めていられる。暗黒の水路を遡り、途中から潜水して数十メートル進んだ。二枚あるいは三枚の分厚い隔壁を、それでゲートを使わずに通過できたはずだった。

最後に垂直の大パイプを泳ぎ昇って、開けた水中に出た。そこはもう〝ドック〟の中のはずだった。水面越しの上空にいくつかの明かりが揺らめく。旧玉門関《ユイメンクアン》の砂漠の片隅にあるオアシス池、そこがゲルトールトの狙った侵入口だった。

液体の感触からして、そこはもう池などではなくなっているような気がした。油脂と金属の匂いがする。だが、壁沿いの特に暗いあたりで頭を上げたゲルトールトは、まわりの様子をうかがうと、あまりにも予想を外れた光景に、目を見張った。

「スダカ――スダカ」

水中のスダカを蹴って呼び立てる。同じように頭を浮かばせたスダカは、まわりを見て、ぽつりとつぶやいた。

「一段と整備が進んでいる」

そこは鉄骨と鉄柱、金属通路と梯子とパイプが縦横無尽に入り組んだ、工業施設の真下だった。

暗い排水池の上に立ち並ぶ何百もの柱には肋材《ろくざい》と梁《はり》が掛け渡されて、空間を幾何学的に区切っている。それらが見上げんばかりの棚のような構造を形作っている。何段にも積み重なった、高さ数十メートルの棚の一段一段に、真珠色の丸みを帯びた軀体《くたい》がずらりと並んで、鋭い照明に輝いている。そのどれにも能無《ノウム》とカルミアンと作業用ロボットが群がって、ねじくれた真っ黒な蔓《つる》のようなエネルギーチューブや、巻貝の化け物のような機関部や、青錆びた蟹の爪のような兵器のたぐいを取り付けていた。そのどれもが差し渡し十メートルでは利かない。

　ごうっと音を立てて頭上を走行クレーンが通過し、その行く手を振り向いて見れば、燃料槽か、ミサイルか、あるいは特大の砲弾か何かのような、長さ数メートルの紡錘形の製造物が、ビルほどもあるベンダー施設から滝のような勢いで吐き出されており、象の群れを丸ごと運べそうなほどのとてつもない大きさのコンテナを、見る間に満杯にしていく。

それを吊り上げたクレーンが再び轟音を上げて走っていった先では、ちょっと見当もつかない大きさの、涙滴《るいてき》をいくつも束ねたような形の物体が横たわっており、側面にぽつんと開いたハッチの中へと、コンテナを丸ごと呑みこんだ。

　呆然としていたゲルトールトは、つぶやく。

「宇宙船……戦闘艦の〝ドック〟なのね、ここは」

　だがスダカは首を振った。

「それだけではない」

「どういうこと？」

　答えずにスダカは身ぶりで前進を促した。

　排水池から上がって物陰に入り、袋に詰めて持ちこんだ能無《ノウム》のお仕着せに着替えて、通路に出る。二十歩もいかないうちに銃を持った見まわりの《救世群《プラクティス》》に誰何された。ゲルトールトは一時間も前からあたりを歩き回っているような、落ち着いた顔で答えた。

「四層三二五号室のポルカです。主人トール・カイムの指示でこの方をE区画の作業現場まで案内しています」

「ふん。そちらは？」

「十六層八号合宿所、モジク・ノス。電気流体配管技術者」

スダカが右手を上げ、配膳用の鉤の代わりに取り付けた電気工具義手をカチリと動かしてみせた。

見まわりは「お世話でした。どうぞ」と道を開けた。二人は歩き出した。

カイムもノスも実在しており、押し込め部屋の目を焼かれた女性が名前を貸してくれた。一度はその名を騙《かた》っていいことになっている。それで通るのは本人たちに照会が行くまでのわずかな時間だ。能無《ノウム》が嘘をつかないという前提で捜索者が確認を怠《おこた》ってくれれば、その時間はいくらか延びるだろうが、いずれにせよ長くはもたない。

「どうする、ゲルト。ここを破壊するのだろう？」

「考える」

表情を消して先を歩きながら、ゲルトールトは短く答えた。

端から端まで目が届かぬほどの空間で、想像を絶する規模の工業生産活動が行われている。しかもそれはこのエリアの外壁部分だけの話で、中央に目を転じると昔のような開けた砂漠が今でもあるていど残っており、そこを大小の飛翔体が飛び交っているようだ。中心部にはかつての中国の甕城《おうじょう》に代わって、何やら光り輝く塔のようなものまで建っている。いくら玉門関《ユィメンクァン》が広いといっても、ここまで広大ではなかったはずだ。一体どうなっているのだろう。

そういえば、通信空間で見出した暗黒の領域は一つではなかった。あれらの場所を、現実のハニカムに当てはめたらどこになるだろう？　そうだ、トピーカ、ドライバレー、ノクティス・ラビュリントス、リヴォルノ、そして神宮《ジングウ》――いずれも二百メートルクラスの中規模屋外型ホールにあたる場所だった。そして、それらはすべて隣接して配置されていた。

この〝ドック〟は――玉門関《ユィメンクァン》を中心とするそれらのフィールドを、壁をぶち抜いて一つにつなげてしまった空間なのだ。暗黒の領域はハニカムの別々の場所を表していたのではなく、巨大な一つの空間のあちこちに設置された通信集中領域が、離れて見えていただけだったのだ。

「こんなに広いなんて！」

最初の腹積もりとしては、変電所か貯水所、高圧流体配送センターなどの要所を探し当てて、故意の誤操作で事故を起こさせ、あたりに被害を与えることを考えていた。だがこれだけ広いと、インフラを一ヵ所破壊したぐらいでは、ほとんど効果がありそうにない。

「一体どうすれば……」

ゲルトールトは焦り始めていた。

さらに一度の誰何を受けて、辛くも切り抜けた後、ラゴスの知識を総動員して広い空間を見渡したゲルトールトは、ある光景に目を留めた。

これまでの巨大な艤装棚に代わって、そこでは外壁沿いに蜂の巣のようなものができていた。規則正しく並んだ何十個もの横穴が、何段も積み重なっている。それぞれの穴には黒光りする紡錘形の物体が収まって整備を受けている。横穴の一つ一つは幅十メートルもない程度で、何もかもスケールの大きなこの空間の中では、比較的小型の施設に思える。見る前で、横穴の一つから黒い紡錘形の物体が青白い炎を吐いて砂漠へ飛び出していき、〝ドック〟中央にそびえる塔のまわりをぐるりと旋回すると、向こうへ去っていった。

ゲルトールトはつぶやいた。

「あれは、戦闘機なんじゃないかしら」

「そうだ」

「しかも、ここで燃料まで入れられている。きっとああやって対岸のエアロックまで飛んでいき、宇宙へ出るのね」

ゲルトールトはスダカを見つめる。ここまでずっと黙ってついてきた男は、察したらしく首を横に振ろうとした。

「だめだ、俺は戦闘機の操縦などできない。あれはカルミアンが操るようにできてる」

「あら、それならなおのこと好都合じゃなくて？」

不敵に笑ったゲルトールトが内心で考えていたのは、もう時間がないということだった。今この瞬間に自分たちの嘘がばれて、〝ドック〟全体に警報が鳴り響くかもしれない。無謀だろうが無計画だろうが、とにかく何か事を起こしてしまうべきだ。

スダカは何か言い返そうとするように口を開けたが、すぐに一つうなずいて、言った。

「――そうだな。俺は一人しかいないが、カルミアンは大勢いる」

「蜂の巣」に潜入してカルミアンを捕らえ、でたらめな方向へ戦闘機を発進させるという行いは、二度も成功した。わけもわからないまま飛び出させられた白い異星人が、ろくに整備も済んでいない機体を、なんとか安全な場所に着陸させようとする光景は、まるで〝ドック〟内に青白い光の尾を曳く黒い羽虫が乱舞しているようだった。そのどれもが制御しきれぬままに、そびえ立つ艤装棚のあちこちに衝突して爆発した。一つは弾薬ラックか燃料タンクにまともに突っこんだらしく、巨大な火球を作り出した。哀れなパイロットが直前に脱出できたかどうか、確かめようもなかった。

〝ドック〟全体をあかあかと照らし出す閃光が消えないうちに、五機目の戦闘機を暴走させようとしていた二人のもとへ、怒り狂った《救世群《プラクティス》》の警備兵たちの集団が押し寄せた。二人はそのとき脅していた操縦席のカルミアンの両脇へ、無理やり乗りこんでそのまま機体を発進させた。

「目的と方法が軌道外です！　ヌークに明らかなのはこの事態を解決できないこと！」

混乱して喚《わめ》き立てるカルミアンを押さえつけながら、ゲルトールトはこの広いエリアをぐるりと取り囲む施設群を目にして、畏怖を覚える。戦艦級の船だけでも数十隻はあるだろうか。これだけの兵力が植民地に押し寄せたらひとたまりもない。仲間に知らせるだけでなく、破壊工作を心に決めてきたのは正解だった。先ほど一隻破壊することができたようだが、なんとかしてさらに打撃を与えなければ。

「ゲルト、どうする。こいつも突っこませるのか？　それともエアロックから脱出するか？」

カルミアンの動作を真似て、見よう見まねで操縦パネルに手を当てているスダカが言った。ゲルトールトは叫び返す。

「ここから見える中で、最も重要な施設はどこ？」

「それは——」一瞬、スダカはためらったが、全天ディスプレイに映る光の塔を指さした。

「あそこだ。ブラス・タワー。だがあそこには突っこませんぞ」

「どうして？　あそこには——」

言い合う中で目が合った。ゲルトールトは悟る。

「……ミヒルがいるのね」

「だめだ！」スダカが叫んで、カルミアンの首元を工具で挟んだ。「カンミア、エアロックへ向かえ！」

「乗り越えられません！　気密破壊のタブーを乗り越えるのは非常に――」

「スダカ！」

狭い操縦室で、一瞬に三体の人でない者たちの思惑が絡み合った。スダカが機首を巡らせようとし、それをゲルトールトが止めようとしがみつき、その隙にカルミアンの片手が自由になり――。

その手で、小さな生き物は下部の小さなパネルに触れた。

迷走していた機体の背の部分が爆発的に分離した。脱出ポッドをなくして空虚になった機体はそのまま直進、〝ドック〟奥のエアロック区画に突っこんで爆発する。ボールのように放物線を描いて落下したポッドは、自動的に大気と重力の存在を検知し、小さな制御噴射の炎を吐いて姿勢を整える。そして地表に激突すると砂煙を立てながら転がり、動きを止めた。

ポッドの蓋が開くとともにカルミアンは悲鳴を上げて逃げ出そうとしたが、それはかなわなかった。頭上から勢いよく降下してきた別の機体が、着地寸前の強力なブラストで小さな体を紙屑のように焼き払ったからだ。続けて三機、五機、多数の小型機がポッドの周りに着地する。きちんと訓練を受けたパイロットの操縦する戦闘機から、外部ステップに鈴なりになっていた《救世群《プラクティス》》生活保安部の警備兵たちが無慮数百名も降り立って、まわりを囲んだ。

「出てこい、反逆者スダカ！」

　ポッドの中で着地の衝撃に打ちのめされていたゲルトールトは、覚悟を決めて目を閉じた。これまでの成り行きを生体無線で送信しようとする。

　そのとき、硬い工具の手が、彼女の頭をそっと押さえた。

「まだ待て。俺の名前しか呼ばれていない。おまえは見つかっていない」

「――それを言うなら、ポッドごと吹き飛ばされてもおかしくないはず。あなたも早まらないで」

　二人は肩を貸し合って、外に這い出した。すかさず警備兵たちが群がって押さえつけた。スダカが負けじと頭を上げて叫ぶ。

「皆、目を覚ませ！　諸々とミヒル陛下の仰《おお》せに従うことだけがあの方のおためになると、本当に思っているのか！　あの方をお止めしろ！」

「きさま、元は武辺のくせに、そのような白々しいことを――」

　まわりの警備兵が怒りに目を吊り上げる。そのリーダーが前腕鉤をずらりと開いて近づく。

　だがそのとき、同行の能無《ノウム》の一体が何事かを彼にささやいた。それを聞くとリーダーは苦い顔で腕を下ろした。

「……処刑は後回しだ。自決などするなよ」

「どうした、やらんのか」言ってから、スダカが歯を嚙みしめる。「巫議の件か」

ゲルトールトはそれで察する。カンザン巫議が独断で千人以上を動かした件の、陽動だと自分たちは思われているのかもしれない。

だがリーダーは首を横に振った。その冷たい目が、スダカからゲルトールトへと移った。

「陛下のお召しだ。――《恋人たち《ラバーズ》》のゲルトールト、おまえに挨拶をなさりたいそうだ」

そのとき、周りの警備兵たちがかすかに身を震わせたのを、ゲルトールトは感じ取った。

女帝ミヒル――彼女に対するゲルトールトの思いは複雑だ。単なる怒りなどでは言い表せない。

直接的にはミヒルは地底から現れてオリゲネスの町を破壊し、親しい人々を傷つけ、間接的に妹のオーロラをも奪い去った。また女帝自身の身内をも弾圧しており、怒りをぶつける相手としてふさわしいはずだ。

だがそのように考えて直接的に怒ろうとするには、自身の記憶と性質が不確かだった。

ゲルトールトは、その昔ラゴスという男としてミヒルの成長の一切を見守り、ともに暮らしていた。当時は確かに幼い彼女を慈《いつく》しんでいたし、それどころか、現在の彼女に至る性格の大きな部分を、作り上げさえしたかもしれない。そして、そもそも《恋人たち《ラバーズ》》は主人に逆らうようにできておらず、その気質は、ラゴスと分離した一人の女となった今でも、保ち続けている。

　要するに、ミヒルとともにあって、ミヒルの考えがわかっていた自分というものが、ゲルトールトの中には水底の分厚い澱《おり》のように揺らめいており、今の自分、オリゲネスの雄閣に属して、《救世群《プラクティス》》と戦わねばならない自分のほうが、不確かな地盤に築かれた泥の城、かりそめの自分であると感じてしまうのだ。

　もちろん、本当に強い怒りというものは、今の自分からしか沸き起こらない。過去の記憶がよかろうが悪かろうが、それらの燃料を今の自分の境遇、不正や不条理にさらされている自分という炉にくべることで、怒りの炎は燃え上がる。

　だから自分は怒れる――ミヒルへの怒りを抱くことができるはずだという理屈でもって、ゲルトールトは怒る。しかしそうやって掻き立てねばいけない怒りは、本物なのだろうか？　その怒りは、自分にとってなんなのだろう？

　《救世群《プラクティス》》に連行されて、光の塔、ブラス・タワーへ入っていきながら、ゲルトールトは懸命に、そういったことを考えまいとしていた。これはある意味で好機だ。――まだどこにいるのかわからないミヒルの居場所を、はっきりさせることができるかもしれないのだから。服を脱がされ、全身を洗浄されて奥へ導かれるという奇妙な手順が、乱れる心を鎮めてくれて、かえってありがたいとすら思った。

洗浄が済むと、薄い下着だけをつけさせられたまま、ロッカーのような狭い部屋に押しこまれた。そこは窓がなく、ただ足元の金網の下に大きな排水口だけが口を開けていた。

処刑の一手順かも知れないと考えて、「ちょっと待って――」と言おうとしたが、付き添っていた《救世群》《プラクティス》の技師は無言で扉を閉ざした。

直後、対面のもう一枚の扉がスライドして、どっと流れこんだ金色の洪水がゲルトールルトを呑みこんだ。

「かはっ……」

あっという間に全身が生温かい液体に浸かる。突然のことで、潜水の気構えをするひまもなかった。恐ろしく粘性の低い液体がさらさらと肺の中へ行き渡り、ゲルトールルトは窒息を覚悟した。

それが訪れないと気づいたのは、誰かの手で広い水中へ引きだされてからだった。

「出ろ」

目を開けると、別のルートで入室したらしい警備兵たちとスダカが浮かんでいた。ゆるやかに水を蹴る彼らに引かれて、ゲルトールルトは金色の液体の中を昇っていった。

水中で目を開けているというのに、彼らの姿がはっきり見える。それだけではない。周囲にいる他の者の姿もわかるし、彼らが眺めまわして、手で取り扱っているさまざまな画像や動像、図形や文章情報といったものまで、遠近の隔てなく、すべて自在に読み取ることができた。

「これは――」

と発音した声すらも、喉に詰まることなく明確に周囲へ響く。するとどこからともなく、冷ややかな機械音声が流れてきた。

《空気があるかのように呼吸し、水があるかのように泳ぎ、電波が届くかのように語り、真空であるかのように眺めなさい。ブラス・タワー内ではすべての情報は光速で共有され、良好な体調と覚醒状態が提供される。与えられた勤めに専念すること。それが済んだなら速やかに退出せよ》

周囲を満たす金色の液体が、そういった情報伝達と体調管理を可能にする、特殊な媒体であることを、ゲルトールトは知る。その知識も案内音声とともに知らされた。

再びまわりを観察したゲルトールトは、ここがあたかも逆さまになったブドウの房のような、液浸《えきしん》されたたくさんの小部屋の集合体であることを理解した。〝ドック〟に光を振りまいていたのは、ブラス・タワーのこのような構造らしい――というよりも、迅速な情報共有と分析のために積層された情報センターが、この施設なのだろう。

これは何かという疑問が解消されていくにつれ、さらに高次の疑問が当然に立ち現れる。機能は何か？

「ここだ」

そのとき一行は、ひときわ大きな球形のプールに到着して、泳ぎを止めた。

そこは明らかに中枢だった。数百名の《救世群《プラクティス》》、カルミアン、それに能無《ノウム》が混然となって、膨大な情報の雲に包まれている。一人一人はばらばらの位置に浮かび、天地も左右もなく思い思いの方向を向いているが、無秩序に散らばっているわけではない。ある大きな立体像の周りには十名余りが集まっていたが、なんらかの状況が変化したのか、像そのものが三つに分かれて移動した。するとその周りの者たちも、像とともに運ばれていき、それぞれが別のチームと融合した。ここでは情報の動きとともに人の配置も操作されているらしかった。

「こちらへ」

そのとき、落ち着いた低い女の声がして、ゲルトールトはハッと見つめ直した。

球内の片隅に、一人の《救世群《プラクティス》》の女が浮かんで、映像を見ていた。まわりに精悍な武辺の男を二名と、見目のいい能無《ノウム》の少年少女を数名、侍《はべ》らせている。

それを目にすると同時に、ゲルトールトはかたわらの警備兵の腹を思い切り蹴りつけて、その反動で突進した。魚雷のように一直線に女へ近づく。女はちらりとこちらを見る――が、指一本動かそうとはしない。

突然、ゲルトールトは鋼鉄の壁に激突した。

瞬きしてぶつかった対象を捉えようとするが、何も見えない。いや、液体だ。自分を浮かべている金色の液体が瞬時に硬化して、全身を締め付けたのだ。

「くあっ……」

女がうっすらと笑みを浮かべて言った。

「キスでもしてくれるつもりだったのかしら、《恋人たち》《ラバーズ》」

琥珀《こはく》に封じこめられた昆虫のように身動きのできないまま、ゲルトールトは顔の筋肉を笑いの形に動かした。

「かもしれないわね、《救世群》《プラクティス》の女議長。お望みならもっとお熱いことも」

「それ」女帝ミヒルが、名工の手になる鑿《のみ》のように形よく鋭い人差し指を、向ける。「その呼び方。あの時もおまえはそう言った。それで旧知だとわかったのよ。だから好きにさせてあげた。アシュムは別の使い道を考えていたようだけれど」

「──ずっと、知っていて？」

「そのつもりもなかった。おまえがもしそこの武辺崩れといちゃつくだけで満足していたなら、放っておいた。こちらも忙しいの」そう言って、ミヒルは目を細める。「ハニカムをあちこち直してくれて、助かったわ」

目だけで振り向いたゲルトールトは、スダカがやはり自分と同じように拘束されて苦しんでいるのを見た。唇を噛む。

甘かった。《救世群《プラクティス》》の監視能力もだが、女帝の意図そのものを見くびっていた。

どうやら自分は火口に飛びこんだ羽虫も同然の立場らしい。それがわかると、かえって開き直りの気持ちが生まれた。もはやこれ以上〝ドック〟を傷つけることはできないだろうが、今はさらに重要なものに触れられるかもしれない。

「何もかもお見通しだと言いたいのでしょうけれど、私は知っているわ。そうではないことを」

「というと？」

「あなたは自分の軍勢すら、満足に統制できていない」

かすかに、ミヒルの顔色が翳《かげ》った。「どこでおまえは――」と言いかける。

「千名もの軍勢があなたの目をかすめてハニカムを出ていった。彼らはきっと植民地で討ち果たされる。兵力の無駄遣いよ。歯痒《はがゆ》いでしょうね、あなたは」

多少は彼女を苛立たせられるだろうと思ったが、ミヒルは「ああ、じかにカンザンの軍勢を見たのね」とこともなげにうなずいた。

「予備兵力の回復と涵養《かんよう》なくして長い戦争を戦い抜くことはできない。私たちも主戦線に精鋭を当てる一方で、他の者には休んで力を蓄えるよう命じている。彼らの部隊はそれが少々長すぎた。威勢がありあまって羽目を外してしまったようね。許すとは言わないけれど、仕方のないことではある」

彼女が何を言っているのかゲルトールトはわからなかった。「主戦線……？」と眉をひそめる。

ミヒルは、ふっと憐れむような笑みを浮かべて、そばの能無《ノウム》に合図した。付き人の少年は手元にいくつも浮かべていた映像のうちひとつを、くるりと回してこちらへ向けた。

パッ、パッ、と鋭い光が閃いた。映像の中で立て続けに爆発が起こっていた。ゲルトールトは目を凝らす。赤と黒で二分された、のっぺりした世界だ。そこで真珠色に輝くものや黒光りする鋭いものがちらちらと激しく動き、青や黄色の光を花火のように断続的に瞬かせている。

火災現場のようにも、顕微鏡で捉えた微生物たちのようにも見える。何の映像なのかわからない。ゲルトールトの顔を見つめて、ミヒルが首を横に振る。

「目で見ただけではわからないことはあるわね。言行録二三八の八にいわく、人は見たいものしか見ないし、見たいものがなければそれを作り出すが、見たこともないものは、見ることも作ることもできない。――これでどうかしら」

彼女がまた合図をすると、能無《ノウム》の手元の映像が拡大を始めた。

それはみるみるうちにゲルトールトの前方いっぱいに広がり、さらに広がり続け、室内に散らばる多くの者たちをも呑みこんで、ゲルトールトの周囲すべてを覆う黒い闇の世界になった。

カキン、とミヒルが指を鳴らしたかと思うと、そこに光があふれた。

いや——まばゆさに思わず目を覆ってしまうほどの、輝く線と帯と文字の洪水が現れたのだ。

数百、いや数千もの光条が、放物線、楕円、双曲線そして疑似直線を描いて伸びあがり、絡み合う。雪氷、紺碧、紅血、緑草、灰泥、黄炎、紫電、昏銀ほか多色で塗り分けられた丸、四角、逆三角、六角、アスタリスクの記号が無数に動いていく。すべての記号にまとわりつく六次元の数字と六行の文字が一秒ごとに塗り替わる。そのどれもがあるいは激しく閃光を発し、あるいは不吉な暗色に沈む。それにつれて極光を思わせるこれも多色の帯が、矩形、錐形、楕円形へ刻々と形を変えながら旋回し、掃引《そういん》し、点滅し、消滅する。

そして、暗黒の空間を覆い尽くす可視化された情報格子の向こうには、薄暗く赤い巨大な——。

「これが、私たちの主戦線よ」

すべてを見尽くすにはとうてい足りない十秒の後、その声とともに唐突に一切が消えた。

ゲルトールトは激しい動悸に胸を押さえる。

今のは一体？　それに、最後の瞬間に気づくことのできた、すべてのできごとの背景であるかのような、光とも言えないどす黒い赤光《しゃっこう》を湛《たた》えた、二つの……茫漠とした、涙滴型の雲のようなものは？

「わかったかしら、この征服総省《DOC》の果たしている役割が」

そう問いかけられると同時に、ゲルトールトはこめかみに力を込めて、生体無線をありったけの出力で発信していた。女帝ミヒルは植民地を攻め滅ぼそうとなどしていない。彼女の目はまるきり別の方向をむいている。それは宇宙空間の――。

バシッと平手で頬をはたかれたような衝撃を受けて、ゲルトールトは短く悲鳴を上げた。それは物理的な痛みではなかった。起動中の生体無線をいきなり強力な妨害波で断ち切られたための、ノイズによる痛みだった。

「上等よ」ミヒルがにんまりと微笑む。「私は北極世界を攻めない。なんとかそう伝えてもらおうと思っていたけれど、頼まなくてもやってくれたわね。おまえは本当に」

「な……ぜ……」

ゲルトールトは頭を押さえてうめく。縄がほどけるように拘束が緩んで、体を動かせるようになっていた。

「なぜ、このことを植民地に報せないの？　報せれば」

「報せれば、どうなるの？　こちらの用事が済むまで攻撃を手控えてくれるとでもいうの？　あのイサリたちの世界が」首を振る。「まさか」

「ではなぜ私に教えたの……！」

「言ったでしょう、知己だから」そう言ってから、ミヒルはゆるりとこちらへ泳ぎ出した。

「いえ……恋人だから、よ。ラゴス」

ゲルトールトは愕然とする。

その体を、泳ぎ着いた硬殻の女が、両腕でかき抱いた。

「ハニカムのすみずみまで知り尽くしているその知恵、おまえはあの男ね？　《恋人たち《ラバーズ》》は体という入れ物を、時にたやすく乗り換える。おまえはそんな姿になって、私に会いにきたのね」

「ち、違う！」ゲルトールトは恐怖に首を振る。「私はゲルトールト、彼とは異なる──

──」

叫ぶ口は、押し付けられた硬い唇に塞がれた。情欲というよりも支配と破壊の衝動に満ちた、禍々《まがまが》しい舌が粘膜を這い、喉まで滑りこむ。

「ン────ッ！」

自分の声なき叫びに、背後からのスダカの絶叫が重なったような気がした。

顔を離したミヒルが、彼女の愛に満ちた眼差しで見つめて、ささやいた。

「今さら、遅いわよ」

同時に、合金と花崗岩の機械をも叩き伏せ得る剛強な腕が、《恋人たち《ラバーズ》》の細い胴をぎりりと締め付けた。肺の奥から泡を吹きあげて、ゲルトールトは苦悶の声を上げる。

そのとき、室内にかん高い警報音が短く響いた。

「何？」

不快げな顔でミヒルがあたりを見回す。瞬間的に、その場の全員に状況報告が送達される。DOC内で破壊工作。カナコ級強攻補給艦艤装棚で爆発二件。生活保安部が急行開始――。

ミヒルが眉をひそめて呼ばわった。

「保安部、待て。クルメーロ！」

「はい」

打てば響くように、どこかにいる皇配アシュムが答える。ミヒルは短く問う。

「カンザンか？」

「いえ、未知の侵入者です。カンザン巫議の手の者は監視中」

「ならば可能性は二つだ、北極の未染者《プリキャッチ》か――」続けて言いかけたことを呑みこむようにして言葉を切ると、ミヒルは命じた。「殺せ、艤装棚対岸の整備巣、あるいは他の要所だ」

「かしこまりました」

その言葉が終わらないうちに、もう一度警報が鳴った。機動艇整備巣で侵入者を発見、機動艇四三二六を喪失――訂正、侵入者が機動艇四三二六を奪取。

「タワー外層房室、五秒後から充填体緊急硬化！」

別の《救世群》が叫んで間もなく、室内がすうっと暗くなった。ブラス・タワーを形作る多数の部屋のうち、外側にあたる部屋が内部の液体ごと発光を停止して、一時的に非透過性の強靭な装甲に変化したらしい。

その機を逃さず、ゲルトールトは身をもがいて離れようとした。同じことを考えたらしいスダカが、肉食の魚のように俊敏に泳ぎ寄って、ゲルトールトを抱えて身を翻そうとした。

しかし次の瞬間には、まわりじゅうの《救世群《プラクティス》》が寄ってたかって二人の手足と一人の尾を押さえつけた。

再び身動きもできなくなったゲルトールトの頭に、報告だけが届く。誰かが先ほどの自分たちと同じように、戦闘機を乗っ取って飛び立ったらしい。陽動だった最初の爆発事故と、ゲルトールトたち自身が起こした乗っ取りの処理に手を取られており、対処が追い付かない。侵入者は攻撃行動に出ずに、ブラス・タワーを迂回。DOC内を半周して――大エアロック壁に穿《うが》たれていた、ゲルトールトの機体が衝突してできた破孔へ飛びこんだ。

「侵入者、逃亡しました。六分後に追跡隊を出撃させます」

声とともにブラス・タワーに光が戻った。続いて被害報告が流れてくる。外層の緊急硬化により、酸素供給を断たれた能無《ノウム》とカルミアンに窒息者多数。進行中だった作業の八パーセントに停滞が発生……。

中枢室に、沈黙が訪れた。誰もがおびえたように顔を背けている。

無表情にたたずんでいたミヒルが、「奴の顔が見たい」と言った。

応えて能無《ノウム》が、飛行中の戦闘機を撮影した一枚の画像を差し出した。ミヒルはそれをつまんで、ゲルトールルトたちへ向ける。

「知り合いか?」

ゲルトールルトは息を呑む。そこに映っていたのは——なんと、戦闘機のハッチを開け放しにして、操縦席から立ち上がり、追っ手に長銃を向けている何者かの姿だった。

長い金髪が飛行風になびいている。身に着けているのは宇宙服などではなく、古めかしい緑のベストと、赤と黒の格子柄のキルトスカート。その姿のままで、宇宙空間へ飛び出していったらしい。

そんなことができそうなのは、あの人々しかいない。

「《海の一統《アンチョークス》》……」

こんな状況だというのに、ゲルトールルトはその声に感嘆の思いがにじむのを隠せなかった。

ミヒルがスダカに泳ぎ寄って、その首の根をつかんだ。武辺を下がらせて自分一人で彼を吊るし上げ、ゲルトールルトの元にやってくる。

「懲罰室は快適だったか?」

寄せられた彼女の顔に浮かぶ薄笑いにぞっとする。軽口を叩こうにも、舌が喉の奥に縮こまって、息も苦しい。

「快適だっただろう？　火にも氷にも漬けていなかったのだから」

「……ええ」

「残念だが、もうおまえたちをあそこには戻さない」

乾いた破砕音が響いた。スダカの首の硬殻が砕かれた。長くほとばしる絶叫は、しかしそれがまだ致命傷ではないことを示している。女帝が手を離すと、《救世群《プラクティス》》の男は必死に手で頭を元に戻そうとする。だが工具と化している両手でそれはかなわず、ねじれてずるりと垂れる自らの頭部を、ちぎれないように支えるのが精いっぱいだ。

「スダカ……！」

悲嘆の声を上げるゲルトールトの手を、ミヒルがそっとつかんで引き離す。そして耳元で静かにささやいた。

「少し、話しましょうか。あれは誰？　なぜここに？」

「し、知らない！　私は何も――」

「クルメーロ、この者たちはもらうわ」

女帝が二人の肩をつかんで、金色の液体の底へ沈んでいく。ゲルトールトは一瞬だけ、普段の自分なら考えもしないようなことを思い浮かべてしまう。

飛ぶ鳥のように自分たちの前を翔け抜けていった彼を、かなうなら呼び戻したい。自分たちを待ち受ける仕打ちから、もしそれで免れられるものなら、と。

第三の人々　アーシアンとシーピアン

　岬の廃墟の古い墓のそばに、新しい墓が建てられた。少年は長くそばに置いていた娘の信仰を知らず、正しい葬礼を取り持てなかった。せめてもの手向《たむ》けにと、摘み集められた花で土盛りは飾られ、リンゴの種が植えられた。

「はるけき父祖母祖の地より飛び来たりて、異星の土に還りつる者。おん身のやさしき面差しと深き声はこの地を沃《うる》おす。地の者と水の者と翼温かき空の者を誕《の》べ走らせ、復《ま》たいつの日か高く、飛び発《た》たせん」

　臨時総督として公的な葬儀で述べたことは何度もあったに違いないが、自らの意志で大切な人にそう語りかけたのはきっと初めてだったのだろう。ユレインは墓前にこうべを垂れて、長いあいだ動かなかった。

　彼とともにメーヌを送った後、他の者たちはその場を離れて、早々に話し合いに移った。

確かめなければならないことが山ほどあった。

「それで、君たちは──味方なんだな？」

崩れ落ちた旧居のテラスに腰を下ろして、医師セアキ・カドムが尋ねる。向かいの草生《くさむ》した石に腰かけた、背高《せいたか》と小兵《こひょう》の二人組の男が、うなずいた。

「はあ、俺たちはこの天体に生き残っている人間たちを助けにきたんです」

「そいつはさっきのことで、わかってもらえたと思うんですがね」

一同は岬から陸地へと続く斜面に目をやる。そちらに、大挙して襲いかかってきた『遵法《ロウフル》』や『純潔《チェイスト》』たちの残骸が散らばっている。そのほとんどは二人組が討ち果たした。

「この近辺のロボットは、あれで全部のようだ。しばらくはおしゃべりしていられるって保証しますよ」

そういう小太りの男を油断なく見つめて、カドムは言った。

「すまない、名前をまだ聞いていなかったと思う。教えてもらえるかい」

「アッシュルデン・ブンガーホル」

「コワルツェン・ヨーゼンハイム。星連軍戦略艦隊第三先遣艦群の偵察部隊です。この星……セレスを目指して、はるばる飛んできました」

ほう、とカドムは大きな吐息をつく。右手では《海の一統《アンチョークス》》のオシアン少年とイサリが油断なく彼らを見つめており、左手では《恋人たち《ラバーーズ》》のラゴスが、傷ついたマユキをいたわりながら、やはり険しい目を向けている。

「セイレングン……艦隊か」

カドムは、初めて耳にするその言葉を繰り返して、これから何を聞くことになるのかを、考えようとした。

何分、自分たちは来し方も行く末もまるで混沌として、わけがわからない中を手探りで歩き続けてきたところだった。故郷であるメニー・メニー・シープは永の平和を失い、闇と寒気と地下から這い出してきた怪物に攻め立てられている。世界の姿を知ろうとして旅に出た自分たちは、死に絶えた旧都セレス・シティを見出して地下世界の成り立ちとその外縁をついに知ったが、光を取り戻すための手がかりはいまだに得ていない。

ただひとつ――忘れられていた古い船、シェパード号のありかだけは、数奇な巡り合わせによって突き止めることができた。しかし、そこにたどり着いたとき何が得られるのかは、やはりまだわからない。無事にそこまで歩き抜けるとも限らない。

だが、当座の目的としてはそれで十分だと感じていた。ここから改めてシェパード号へ向かうのだ。

その新たな旅の始まりにあたって、この奇妙な二人組が関わってきた。自分たちは今まで何度も世界に驚かされてきたが、どうやらこの二人も、これまでの出来事に負けないほど、いやそれ以上に信じがたいことを、知っているようだ。

性根を据えて聞かなきゃいかん……そう自分に言い聞かせつつ、カドムは口を開こうとした。

「艦隊というのは――」「のっぽのおじちゃん、いま恋人はいるの？」

唐突なひとことに出鼻をくじかれて、カドムは思わず自分の前髪をつかんだ。「いや、待ってくれ、マユキ」

「だってカドムのおじちゃん、なかなか話さないんだもの」

そう言うと幼いマユキは立ち上がって、ブンガーホルと名乗った男に駆け寄った。右袖をつかんで、大きな瞳で顔を覗きこむ。

「マユキね、頼りになるおじちゃんが好きなの。のっぽのおじちゃんは、さっき悪いロボットたちをやっつけてくれたから、かっこいいなと思ったの。ねえ、仲良くしてくれない？」

「いやあ、おじちゃんってな、そんなふうに言われると、むずむずしちまうなあ。アッシュと呼んでおくれよ、マユキちゃん」

「このボンクラめ、なに鼻の下ぁ伸ばしてやがる！」

小太りのルッツが苦い顔でアッシュの肩を殴りつけた。いやあ初めてで、と頭をかくアッシュの耳元で、可愛らしく両手のひらを立てて、マユキが甘い声でささやいた。

「じゃあ、アッシュのおじちゃん――おじちゃんも戦うロボットよね。星連軍戦略艦隊はセレスを攻めに来たんじゃないの？」

「おっ」

二人の男がマユキを見つめ直した。引き戻そうとしていたカドムも、動きを止める。

マユキは天真爛漫な瞳でアッシュを見つめ、その眼差しにそぐわない怜悧な問いを放つ。

「そうじゃないの？　艦隊なんでしょ。大砲とミサイルをたくさん持って、戦うロボットをたくさん積んで……それで、マユキたちを助けに来てくれたの？」

「そうだ」カドムは後を引きとる。「救助部隊ではなく、艦隊だというんだな。なぜ？——そして、それはどこの艦隊なんだ？」

「いやまったく、ごもっともで……」

ルッツはゆっくりとマユキから目を離すと、カドムに向き直った。

「なぜ、とおっしゃるが、そいつはおわかりなんじゃないですかね。セレスというところは三百年この方、放っておかれた場所だ。外からじゃあ、何がどうなってるのかわからない。恐ろしい敵がいるかもしれない。現に、あのロイズのロボットどもが襲ってきやがった。あんなのがうじゃうじゃいるところを、並みの人間が押し渡っていけるわけがないでしょう。それで俺たちのような腕利きが差し向けられた。そのために艦隊が整えられたんだ。——わかってもらえるかい、お嬢ちゃん」

「ううん」ルッツに目を向けられたマユキは、あっさりと首を横に振る。「それだけ用心してやってきて、さあみんなを助けようってことになったら、そう言えばよかったんじゃない？　メニー・メニー・シープのみんな、助けに来ましたよ、出てきてお船に乗りましょう、って。でも、マユキ知ってるの。おじちゃんたちが、何も言わずに何ヵ月も植民地をうろうろしてたって。――それは、どうして？」

「そうだ。あんた方はセナーセーからオリゲネスの俺のところへ、母の言葉を届けてくれた。あのときでも、いつでも、話をする機会はあったじゃないか。そうせずに黙っていたのは、一体……」

「調べていたから？」

カドムの言葉のあとを、イサリが引き取って口にした。

「メニー・メニー・シープのことを。予想と現実があんまり違うから。どうやって助けたらいいかわからなくて……それで関わる糸口を探していたんじゃないの」

ルッツはイサリに目をやって、「わかってくれてるじゃないか、《救世群》《プラクティス》」と言った。

「私がそうだったからよ」

「おまえさんが？　そうか……ということは、おまえさんは本当に生まれ故郷と縁を切ったんだな」

「そんなことはない！」イサリは強く首を振る。「私は、《救世群》《プラクティス》と非染者《ジャームレス》とがぶつかり合わないようにしたかった！　だけど、力が足りなくて……」

「そうか。じゃ、謝っておこう。俺たちは、おまえさんが《救世群《プラクティス》》のスパイとして、このパーティに潜りこんでると思ったんだ」

「イサリはそんなのじゃない」「そうだ！」

カドムが苦い顔で言い、オシアンも強くうなずいた。

「こいつがカドム先生や、植民地を守ろうとしていたのは本当だ。だけど、それだけじゃなくて、何か別のものも一生懸命守ろうとしていた。僕はこの二人とずっと一緒だったから知ってる。あんたたちがわけのわからないことを言って、僕たちを分裂させようとするなら、ただじゃおかない」

そう言って少年がこれ見よがしにコイルガンを揺すりあげてみせると、カドムたちは少し笑った。ルッツとアッシュも微笑んだ。

「あんたは《酸素いらず《アンチ・オックス》》の生き残りだな。あんたたちだけは疑ったこともないよ。ノイジーラント大主教国……最期まで勇敢で誇り高い連中だった」

「ノイジー、なんだって？　最期？」

オシアンが聞き返すと、ルッツは無言で首を振った。

そのとき、ずっと黙って話を聞いていたラゴスが口を開いた。

「察するに君たちは太陽系人類の攻撃艦隊だな」

一同はゆっくりと彼に目をやる。いや、とつぶやいてから、しかしラゴスは一見脈絡のなさそうなことを言った。

「君たちもミヒルの意図は知らんだろうな」

「《救世群》《プラクティス》の最終皇帝を名乗った、あの女ですか」

ルッツは静かな口調で言う。

「いや、知りませんな。俺たちだって、それを知りたくてたまらんのです」

「俺たちはそれを確かめようと旅をしている。それを知れば、次の行動を決められると思ってるんだ」

「それは、《救世群》《プラクティス》を倒すということですか。それとも――」

「待って、私たちの話よりも先にそっちのことを聞かせて」

イサリが割りこんだ。ルッツに向かって身を乗り出す。

「あなたたちはノイジーラントの最期を看取ったっていうの。看取って、生き延びていたのね？　太陽系人類が？」

「――ああ、人間は生き延びてる」

「本当に!?」

イサリが堅く目を閉じてから、仲間たちを見回した。「人類が――」ともどかしげに言いかけて、ぐっと口を閉ざす。

太陽系人類がどうなったか、という点については、植民地の人々と《救世群》《プラクティス》のイサリでは、認識が異なりすぎていた。それはこの旅の間に説明されたが、自分の目で見てきたイサリと、言葉で伝えられただけの一行では、やはり実感に差があった。

しかし、そんな彼女の一番身近に居続けたカドムは、今ではいくらか想いを汲み取れるようになっていた。

「座れよ、傷が開いちまう」

イサリを引き戻して、『正覚《コンシアス》』に刺された左肩の包帯を確かめてから、語りかけた。

「人類は冥王斑で滅んでしまったんじゃないか……おまえはそう心配していたんだったな。でも、そうじゃなかった」

イサリはうなずく。人間とはまるで違う肉体を持つに至ってしまった彼女にも、人の心が宿っていることが、その仕草の端々に出ていた。

「人間が生き延びていた、か……」

ラゴスがそうつぶやいた。少し考えこんでいる様子だったが、やがて顔を上げて言った。

「それで、今になって俺たちに正体を明かしたわけは？　事態がいよいよ切羽《せっぱ》詰《つ》まってきたからか？」

「そう、そういうところだ」

ルッツがごついプロテクターをつけた膝を打つ。

「それにあんたがたは、この世界のいろんな側面を教えてくれる、貴重な取り合わせだからね。俺たちの見て回った範囲では、あんたがたが一番話が通じそうだと思ったんですよ」

「キドゥルー大統領は身の回りのことで手一杯だったしね」

アッシュが相槌を打つ。彼は膝に乗って甘えようとするマユキの手を、身をくねらせてかわしている。

「艦隊だ、救助だ、って話をする前に、あの人にはみんなの面倒を見てもらわなきゃならんし」

「それで俺たちは、オリゲネスから塔を登って、あんたがたを追いかけて来たんです。あのお嬢さんのことは気の毒だったが、この先またああいうことがないとも限らんから、俺たちはもう、あんた方のパーティにずっとくっついていきますよ。守ってあげます」

「ふむ、同行したいと。いや――」ラゴスは首を振った。「監視したいということだな、それは」

「いや手厳しいですね、大将は」ルッツが口の端を面白そうに曲げた。目は笑っていない。

「われわれは偵察部隊ですんで。そう思われちまうのは、まあ仕方がありません」

「だそうだ、セアキ。どうする」

水を向けられて、カドムは別の二人に目をやった。イサリはまずまず納得したようで、腕組みしつつうなずいている。

「オシアン、いいかい？」

「まあ、先生がいいなら……」彼もうなずいたが、一言付け加えるのを忘れなかった。「でも僕の銃は咀嚼者《フェロシアン》の殻だろうが、あの気味の悪いロボットだろうが、撃ち抜いてきたからな。あんたたちもそれを忘れるなよ」

「うおお、おっかねえ……」

　アッシュが大げさに身を縮めてみせた。

　そのときカドムは車座の外に目を留めて、声をかけた。

「ユレイン、大丈夫かい」

　元臨時総督の少年は、目を泣き腫らしてやつれた顔だったが、一座に入ってくると腰を下ろしてうなずいた。

「ああ、なんとか」

「そうか、無理はするなよ。今、彼らからすごい話を聞いたところだ。地球の艦隊が近くに」

「話は聞こえた」ユレインはルッツたちに目を向けた。「僕からも訊きたい。星連軍というのはなんだ。それはどんな艦隊で、どんな人々が送ってきたんだ。その共同体は、政府は……つまり、国は？　どんな国があるんだ」

　彼が無理をしているのは誰の目にも明らかだったが、皆は黙ってその言うことを聞いた。

ルッツが答えた。

「星連軍というのは、正式には三惑星天体連合軍、地球・火星・その他の小天体の勢力が条約を結んで設置した軍ですね。そういう一大連合が、今の太陽系にはあるわけで。そこが送ってきたのが俺たちの艦隊です。兵力はちょっと話せませんな。そいつは軍の秘密ということになるんで」

「そうか」ユレインはしばらく考えていたが、あるいは、衝撃からまだ立ち直れずに、ぼんやりしていただけかもしれない。「そうか」

もう一度そう言うと、彼はカドムに目を向けた。

「セアキ。僕も異論はない」

「わかった。なら、同盟成立だ」

カドムは立ち上がって手を差し伸べた。二人の男たちはかわるがわる握手をした。

「さて――」

「出発しますか」

駆け寄るオシアンに、元気だな、とカドムは苦笑して、肩をつかんだ。周りの人々を示してみせる。

「今すぐに動くのは、ちょっと無理だと思わないか？」

肩に傷を負ったイサリと、胸を刺されたマユキ。ユレインは半身をべったりと血に染めている。カドムにも腹の傷があり、オシアン自身もさんざんコイルガンを連射して放電した。満身創痍、というのがふさわしい面々だった。

「どうだろう、みんな。ここでしばらく休むのもいいと思うんだが。休んでエランカたちに報告したり、食べ物を集めたりして、それからまた出発しよう」

その言葉で、一同はようやく、激しかった戦いの緊張を解いたのだった。


薄暮のようなオレンジの光に照らされたコニストン湖は、生命の調和に満ちた素晴らしい場所だった。湖畔に生い茂るリンゴの木がその主な住人だった。そして他のすべての住人たちにとっての供給者でもあった。その樹液と葉と幹と果実と吐き出す気体と放散する水蒸気と体温が、差し渡し六キロの空間に棲息する獣と鳥と虫と魚と膨大な微生物を養っており、それらすべてが数年の気ままな生活ののちに梢の下に落ちて死ぬことで、大地の厚さを数ミリ嵩増《かさま》しして、さらなる木々の繁茂を促しているようだった。

そんな場所で好きなだけゆっくりと暮らしたいと思わないメンバーはいなかったが、天井近くでちらちらと白く輝く、二重反転の翼たちが、それを許さなかった。

実質一晩休んだだけで、一行は再び出発した。

今度の旅は、速くて正確だった。目的地はすでにわかっており、二人組の偵察兵がセレス・シティの崩壊前の地図を持っていた。あとは敵意あるロボットたちを警戒しつつ、崩壊したりバリケードで塞がれていたりする通路や階段やエレベーター孔を、どうやって突破したり迂回したりして、正しいルートに近似した道筋を見つけ出すかということだけだった。

少なくともそれが一番の困難だとオシアンやイサリは感じているようで、カドムも強いてそれ以外のことに注意を向けさせたりはしなかった。

午前中の進軍はこれまでになくはかどり、昼前には都市間鉄道タングリン線の駅に到着した。とにかく、地図にそう書かれている場所には。

一行の前に現れたのは、奇妙なひと茂りの林だった。

「ここ……だよな？」

まだ生きている照明の下で、コケの生えたこんもりした土堆に、柔らかに枝葉を垂らしたヤナギの木らしい植物が生い茂っている。林縁に沿って歩くと、それは差し渡し五十メートルほどの円形を描いていた。羽虫が舞い飛び、下草の中で灰色の齧歯類《げっしるい》が小さな丸い目を向けている。

よく見れば、木々の奥に建物らしい柱や屋根が見えた。一行はためらいつつ、一メートルほど盛り上がった林床に踏みこみ――そこで、先頭のオシアンがズボッと地面を踏み抜いて、真実を知った。

「うわっ、先生……これは！」

一行が集まってみると、朽ちた枝葉の絡み合う腐葉土のすぐ下で、ぼろぼろになった白い細長いものがぎっしりと絡み合っていた。それを迂回しようとして右と左へ回りこんでみると、そちらでも同様に、朽ち果てた人骨の層を踏み抜くことになった。

「まさか……この林は」

「ああ、そうらしい」カドムは周辺を調べて、重いため息をつく。「もとは遺体の山だったようだ。とんでもない数の、な……」

土に埋められたというよりも、腐敗してさまざまな生物に取りこまれるうちに、それ自体が土の層と化した人間たち。一つの大きな丘になっているのかと思えたが、比較的木々の薄いところを見つけて奥へ進むと、丘ではなくドーナツ型をしていることがわかった。

中心部はぽっかりと開けており、崩れた駅舎が残っていた。そこからまわりを見ると、いまだに鈍い輝きの残る合金製のフェンスが、ぐるりと駅前広場を囲んでいた。林はその外側からのしかかるようにして茂っていた。

何が起きたのか漠然とわかるような気がした。

「これは、死体が集められたわけじゃない。町の人が自らここに集まったんだ。そしてフェンスに阻《はば》まれて折り重なり……力尽きて、そのままになった。誰に弔《とむら》われることもなく」

一行はここまで多くの遺体を目にしてきたが、ここには三百年前の悲劇の雰囲気が今なお残っているかのようだった。皆はしばらく、フェンスの隙間からこちらを覗く、押し潰されて割れた髑髏と見つめ合った。オシアンが《海の一統《アンチョークス》》の祈りの言葉をつぶやく。

唾を呑みこんでいたユレインが、ふと尋ねた。

「ラゴス、おまえがシェパード号からここを通って来たときは、どんな様子だったんだ。この人たちはまだ生きていたのか」

「いや、俺はここを見ていない……」つぶやいて、ラゴスが背後を示した。「階段があるようだ。地下へ降りよう」

駅舎からプラットホームに降りる階段はまだ崩れていなかった。同様に、ホームと線路を隔てる強固な透明壁もいまだに気密を保っており、人間の世界だった場所と彼方へ伸びる暗黒のトンネルとを、しっかりと区切っていた。

一行はあたりを調べて話し合った。

「ドアが気圧で固着している。線路は真空だな。爆破しなければ出られそうもない」

「爆破するとしても、僕たちは宇宙服がない。一応探してみますか」

「駅前があの有様だ。使えるものは残らず持ち出されてしまっているだろうよ」

「でも、ここが爆破されてないってことは、この道筋でシェパード号へ向かった人が誰もいないってことよね？　それって、いいことじゃない？」

「まあ、別のルートを探す価値はまだあるだろうな」

念を入れて駅舎の中を調べたが、やはり宇宙服のたぐいは残っていなかった。しかしまだ落胆する者はいなかった。

「地表へ出よう。宇宙港へ戻って宇宙服を手に入れるんだ。どのみちどこかで出なければいけない。外へ出てシェパード号へ向かおう」

「それならテルス宇宙港だ。中央港へ戻るのは大変だが、このすぐ上に小型艇用の別の宇宙港がある。そこへ行きましょう」

ルッツの提案で、一行は引き返した。

宇宙港への登りは、これまでの困難が嘘のようなたやすい道のりだった。マユキとアッシュの掛け合いに笑いが起きたほどだった。目的地に着いてからも幸運は続いた。生き残っていた気密区画の窓から、セレスの暗い地表を眺めたところ、破壊されたり墜落した宇宙船の向こうに、一台の無蓋の無限軌道車が捨てられているのが見つかったのだ。目のいいオシアンがそれを見つめて、慎重にだが、言った。

「操縦席で二人、荷台で三人死んでます。でも爆発や破壊のあとがありません。あれは……ひょっとしたら、まだ動くかも」

「でなくても宇宙服は借りられるな。調べてみよう」

ここでルッツとアッシュが真空でも行動できることを明かしたので、調査隊のメンバーはオシアンとルッツに決まった。残りの六人は拠点づくりを受け持った。

乗り物や宇宙服が手に入っても、おそらく整備しなければ使えない。また、帰るべきところも必要だ。ここからシェパード号へ向かったとして、帰って来た時に腹いっぱいで全身無傷だとは限らない。どちらかといえば、そうでない状態で疲れ果てて戻ってくる可能性のほうが大きい。そのときになって水場や食料を探すよりも、今やっておいたほうがいいに決まっている。

管制塔の搭乗員詰め所だった部屋を拠点に定め、ラゴスとアッシュが資材探しに建物内へ出ていくと、カドムたちはバリケードの構築や持ち物の選別に取りかかった。その最中にユレインが緊張した白っぽい顔色で言った。

「調子が悪い。ちょっと手洗いへ」

「一人で大丈夫？　ついていこっか？」

『純潔《チェイスト》』たちの襲撃を警戒して、行動は最低でも二人一組でと決めている。マユキが言うと、ユレインは首を振った。

「セアキ、あなたに来てもらえると助かる」

カドムと二人で管制塔内の小部屋に向かうと、ユレインはあたりに誰もいないのを確かめてから、いきなりこんなことを言った。

「実はあなたに話がある、セアキ。このパーティは危険だ」

「俺は危険じゃないのかい」

「あなたはいい。あなたまで信用できなくなったら終わりだ」

少年が真剣な面持ちで訴える。カドムは少し微笑んで、ユレインの額に汗で貼りついた髪をぬぐってやった。

「そいつはありがとう。俺も君を心配していた」

「そういう気づかいは、いい」

ぎこちなくカドムの手を払いのけると、ユレインは声を潜めて言う。

「ラゴスのことだ。あいつは嘘をついている」

「ほう、彼が。どんな？」

「鉄道の駅を見ていないと言った」

「ああ、言ったな。それは本当じゃないか？　地下の気密壁は閉ざされていた。シェパード号から来たときは、別のルートからメニー・メニー・シープに入ったんだろう」

「だとしてもおかしいだろう。あいつはその時期の記憶がないはずだ！　それを取り戻すための旅じゃないのか？　嘘なんだ。あいつは覚えている」

「ふむ……言われてみればそうだな。じゃあなぜシェパード号に向かっているんだろう」

「わからない。けれども別の目的があるのは確かだ。あいつは咀嚼者《フェロシアン》たちと和解したいと言っていた。最悪の場合、敵に回るかもしれない」

「その件については、俺たちはまだ結論を出していなかったな」

カドムは天井を見上げて考えこむ。ユレインはもどかしげに手を振った。

「そんなのんきな態度でいてほしくはないな、セアキ。あなたはリーダーだ。最悪の場合のことをきちんと考えてくれ」

「君が言うと重みがある」

「混ぜ返すな！」

叫んだユレインに、人差し指を立てて静かにするよう促すと、実は、とカドムは言った。

「最悪の場合っていうのは、ラゴスが離反した場合じゃない」

「……そうだな」ユレインはうなずく。「ラゴスが離反して、あの二人組も敵に回った場合だ」

「その恐れもある」カドムは静かにうなずく。「彼らは艦隊で来ていると言った。第三艦隊だ。きっと大きな軍勢だろう。救助隊にしてはものものしすぎる。やはり、激しい戦いをするために来たと考えるのが妥当じゃないかな」

「でも彼らは仲間だと言った。敵対する気なら、あのとき僕たちを見殺しにするだけで済んだはず……」

「俺たちのパーティを守ると言っただけだ。植民地全体を、そしてこの天体セレスを守ると言ったわけじゃない。きっと目的は別にあると思うよ。それに……」

「それに、なんだ？」

「三百年」

ぽつりとカドムはつぶやく。

「彼らが来るまで、三百年もかかった。なぜ今ごろ？」

「それは……滅びかけた太陽系が立ち直るまで、それだけかかったということじゃないのか」

答えつつも、ユレインの声には力がない。カドムは首を振る。

「だとしても、もっと早い段階で偵察に来てもよかったはずだ。あるいはすでに来ていたんだろうか。数ヵ月ではなく、三百年近く偵察した結果、いま艦隊を？　いや……それもおかしい。それなら二人が今さら俺たちを監視する必要はない」

カドムはもう笑ってはいられなかった。額に手を当ててうめくように言う。

「俺たちはまだ、大きなことを見落としているよ。それが事態をここまで複雑にしているんだ。ユレイン……君とこういう話ができるのは、はっきり言って心強い。君は誰も知らなかった植民地の実像を、ずっと前から目にしてきた。何か見当はつかないか？　この大きな植民地で、今、西暦二八〇四年のこのときに、すべてが始まったみたいな――いや、すべての終わりが始まったみたいな混乱が起きているのは、なぜだろう？」

「すべての終わりが……」

ユレインはうつむいて爪を噛んだ。その瞳が、じわりと光った。

「そうだ、終わりはまだ始まったところなんだ。僕たちは、これを乗り切らなきゃいけないのに……メーヌ」

カドムはそんな彼をじっと見つめていたが、ふと聞き耳を立てると、いきなり少年の背中を強く叩いた。

「しっかりしろ、ユレイン！」

ぐっと息を呑んだ彼の肩をつかんで、カドムは大きな声で言い聞かせた。

「君はずっとつらいことを乗り越えてきたじゃないか。あの子がいればこう言ったはずだ。君はやり遂げるって。植民地を守り抜けるって！　そうだろう？」

「あ、ああ」

ユレインは戸惑いがちに答えたが、カドムが出口に向かって外へ呼びかけると、口元を引き締めた。

「彼は大丈夫だ。心配してくれたか？」

外にいたマユキとイサリが、おずおずと顔を出した。ユレインが袖で顔を拭くのを見て、ほっと息を吐く。

「うん。――もし、あれだったら、慰めてあげようかなって」

「いらんよ、そんな気遣いは。なあ、ユレイン？」

「もちろんだ」

元のような不愛想な顔でユレインはうなずく。

「ちょっと話をしただけだ。あっちへ行ってくれ」

「よかった。元気出してね」

二人が立ち去ると、ユレインはどっと息を吐いてつぶやいた。

「助かった。セアキ」

「いや、君も強い」カドムは少しためらってから、付け加えた。「俺も親友を亡くした。いや、君の責任じゃない。あの場ではどうしようもなかった。つまり……少しはだな」

「アクリラ・アウレーリアか。そうだったな」

顔を上げると、ユレインはやや迷うようなそぶりをしてから、カドムの腕に触れた。

「すまなかった、謝罪する。その……いろいろなことに」

カドムは顔をほころばせた。

「ああ。それでいい」

二人が拠点の部屋に戻ると、そこには先にアッシュが戻っていた。ちゃっかり彼にまとわりついていたマユキが、振り返って明るい悪戯っぽい笑みを見せる。

「おじちゃんたち、二つのニュースがあるんだけど、どっちから聞く？」

「うん？　いいニュースと悪いニュース、というやつか？」

カドムが聞き返すと、マユキは首を振って言った。

「両方ともいいニュースよ！　あの車はちょっと壊れてるだけで、直して充電すれば使えそうだって。それに宇宙服も」

「それと、俺がその部品をみつけたってことだね。管制塔の向こうの整備棟で」

「ほう」

カドムは顔をほころばせた。

しかしそのとき、マユキがふと宙を見上げて、付け加えた。

「ごめん、おじちゃんたち。もうひとつニュースがある」

「またかい。いいことずくめだな」

「違うの、今度は悪いニュース。――ラゴスが『敬虔《パイウス》』を見つけたって。あのハトのロボット」

一行は静まり返る。

ユレインが達観したように言った。

「そういうものだろうな、物事」

もちろん、すべての修理が間に合いはしなかった。

持ち帰った宇宙服と、外に止まったままの車両の二つを、メンバー全員が手分けして直していったが、どちらも終わる前に見張りのユレインが警報を発した。

「来た、奴らだ。『純潔《チェイスト》』が十体近く、『遵法《ロウフル》』もいる」

　彼が走って戻ってくると、カドムは皆に声をかけた。

「行くぞ、みんな。荷物を持て！」

　一行は素早くいで立ちを整えた。オシアンとアッシュは先行して車を修理しており、それ以外の六人がここにいた。宇宙服の気密は一番最初に直してあり、カドム、マユキ、ラゴス、ユレインがすでにそれを身に着けている。号令とともにヘルメットや密閉フードをかぶって、互いに気密を確かめた。

　あらかじめ用意してあったたくさんの荷物を抱え上げて、エアロックへ急いだ。先頭のマユキが内扉を入ったところで、困惑して言う。

「だめ、狭い！　みんないっぺんには出られないわ！」

　荷物のほとんどは宇宙服のライフパックやバッテリーだ。そういうものを服の所定の位置に取り付ける仕事には、まだほとんど手をつけていなかった。とにかく真空の空間へ出られるようにすることを優先したのだ。絶対に捨てていくわけにはいかない。

「一人ずつ出てるひまはある？」

　振り向くと、長い通路の向こうにひらひらと白い翼が現れた。それに続いて機械の淑女たちが、いや、歳を経てなかば亡霊と化したものたちが、押し寄せる。

「間に合わない！」

叫んだマユキの隣にイサリが踏みこんで、エアロック内の赤いレバーを倒し、隣のハンドルを急いで回した。

本来、内扉と同時には開かないはずの外扉が、勢いよく開いた。とたんに一気圧のかかっている施設内の空気が爆発的に流れ出す。その突風に巻きこまれて、一行は荷物ごと真空の地表へ吹き飛ばされた。

「うわっ」「大丈夫か？」

星明かりのもとで冷たい舗装面に叩き付けられて転がった五人は、助け合って身を起こす。宇宙服に損傷がないか確かめながら、カドムは思わず文句を口にする。

「こういうのはひとこと言ってからやってくれ、イサリ！」

返事はない。振り返ると、内側の光が漏れ出る素通しになったハッチに向かって、イサリが立ちはだかっていた。腰を落として前腕鉤《ぜんわんこう》を突き出した、臨戦態勢だ。

そこへいくつもの影が突進してきた。イサリが両腕を振るい、蹴り脚を跳ね上げる。『純潔《チエイスト》』の最初の一体が砕け散るのが見えた。

それを見たユレインが目を見張り、こちらに向かって何かわめいた。聞こえないので、無線が切れているということを示すために、カドムは自分の耳のところをつつく。

彼が何を言っているのかは察していた。奴らは真空でも動くぞ、と言っているのだ。

「そうらしいな。予想しなかった俺のミスだ」

通じていないことを承知しながらそうつぶやいて、カドムは周りを見回し、宇宙服を着ていない男を見つけて駆け寄った。肩に手を触れて振り向かせる。

「ルッツ、イサリを手伝ってやってくれ！　俺たちは荷物を集める！」

ルッツはうなずいて走っていった。カドムは次いでユレインに駆け寄り、抜けていた無線機のコードを刺し直してやってから、声をかけた。

「大丈夫か、荷物を集めるぞ」

「ああ、わかった——」無線が通じないことに気づかずわめき散らしていたらしく、彼の息は荒い。「でも、イサリ一人で止めるのは無理だろう、早く逃げないと」

「荷物を集めるんだ」カドムは噛んで含めるように言い聞かせる。「酸素タンク、バッテリー、食糧。どれ一つ欠けても、俺たちは生き延びられない。さあ、立て！」

ふらふらとユレインが動き出すと、カドムは振り向いて他の者を探した。もう二体の宇宙服がすでに動き出している。

「ラゴス、マユキ！　無事か？」

「俺は無事だ。しかしマユキの無線が壊れた。服のサイズも合っていない。手ぶらで先に行かせていいか？」

「それなら——」

許可しかけて、ふとあることを思いつく。無線にはユレインとラゴスの息遣いが聞こえているが、そのほかの物音はしない。それなのに、後ろを振り返ると、ハッチの外でイサリとルッツの二人が、敵と激しい戦いを演じていた。意識的に目をやらなければ、すぐ近くのこともわからないのだ。

「いや、あっちへ下がって全体の様子を監視させてくれ！　俺たちは手元しか見えない」

「なるほど」

かなり奇妙な作業が始まった。脚が折れて擱坐《かくざ》した宇宙艇や、逆さまになった作業艇が転がる宇宙港のエプロンで、目を皿のようにして落とし物を探して回るのだ。星々のおかげで明かりには困らなかったが、着慣れない宇宙服のせいで楽ではなかった。

「ヒーター用のバッテリーはあったか？」

「君がさっき拾っていたろう」

「俺が集めているのは食料のブロックだ」

「じゃあユレインか、ユレイン？」

「これか？　これは無線機の予備じゃ――」

「それだ、それでいい！」

「ヒーターのバッテリーは右だそうだ。何？　ユレインの右じゃない？　そうか、セアキの右だ！」

無線を通じた会話では、声の方向で位置を知ることができない。それに会話できる組み合わせ自体が複雑に入り組んでいる。マユキはラゴスとだけ生体無線で会話できる。ルッツとアッシュも同じように連絡できるようだ。オシアンとイサリはまだ誰ともできない。それらの調整ができないうちに、こんな事態になってしまった。

そしてすべてを拾いきらないうちに戦闘がさらに激しさを増した。

カドムのそばに、いきなり砂埃を立ててイサリが飛び退《すさ》ってきた。驚いてそちらを振り返ると、彼女を追って『遵法《ロウフル》』がすり足で接近してきた。一抱えもある巨大な回転刃のついた武器を振り回す。イサリが左右の前腕鉤を叩きつけてそれを跳ね返すと、熱い金属のかけらが音のない花火のように飛び散った。

「イサリ！」

ちらりと一瞬だけ顔を向けて、イサリが大きく口を動かす。さがって、と読めた。カドムは集めた荷物を抱え上げて走る。ラゴスが、無理に調子を抑えているような低い声で言う。

「セアキ、左に三十度の方向へ走れ。止まるな、後ろを向くな」

「わかった。ユレインは？」

「ユレイン、今見ている部品箱を拾え、青い線の入った箱だ。そうだ。それだ——右へ転がれ！　全力ですっ飛べ！　セアキ止まれ！」

足を止めたカドムが振り返ると、必死になってまろび逃げるユレインのすぐ後ろを、

『純潔《チェイスト》』の放った飛鏢《ひひょう》のきらめきが通過した。それを見ている間もなく、カドムは後ろから肩を引かれて、ラゴスに歩兵銃を渡された。どこかで回収してきたものらしく、ストックの部分が折れている。彼も似たような武器を持っている。

「イサリを援護する。撃ち方はわかるな？」

「映画で見たことがある。当たるかどうか保証しないぞ」

「動いている的を撃つな、ハッチを狙え！　やつらの増援を食い止めるんだ！」

立ったままハッチを撃つと、とたんに反動でカドムはひっくり返った。銃弾の白く鋭い筋が星空へ走る。一体どんな弾を何の炸薬で撃ち出しているのか、残弾はいくつかなどと考える余裕もなく、地面に伏せて撃ちまくる。押し出してこようとしたロボットたちが、火花を散らしてよろめき、後退する。少なくとも牽制の効果はあるようだ。

手足をばたつかせて逃げるユレインを『純潔《チェイスト》』どもが狙い、それをイサリが猛獣のように追いかけて片端から斬り伏せる。昨日の負傷のせいか左腕をかばうような動きをしているが、それでも強力な右腕を一振りすると『純潔《チェイスト》』の脇腹が裂け、しなやかな脚を跳ね上げると首がへし折れる。ぐるりと身をひねって猛烈な勢いで低くダッシュし、別の敵をタックルで叩き伏せると、抱えこんだ両腕を一挙動で根元から引き抜いた。破片と部品をまき散らしてその腕を放り出し、さらなる敵へと勢いよく跳んでいく。燃え盛る炎のように激しい戦い方だ。

以前ならともかく、今のカドムはそれに掛け値なしの讃嘆を覚えていた。空気のあるとないとを問わず、彼女は底無しに強くて優美だった。

そして目を転じると、マユキに向かう『遵法《ロウフル》』どもを、ルッツが押し留めていた。猛烈に回転しながら振り下ろされる刃を、側方へのわずか一歩で避け、どっしりと腰を落として片腕を突き出す。手先が瞬時に黒い刃に変形して、老爺の口の部分を貫いた。一歩下がってまた別の敵を刺し、半身をひねってまた別の敵を刺す。一撃一撃が正確で無慈悲な確信に満ちている。イサリを炎とするなら、こちらは硬く冷たい氷の槍のような戦い方だった。

ハッチを撃ちまくっていたカドムの銃が沈黙した。

「ラゴス、弾は！」

「ない」

「だろうな、退くぞ。立て！」

カドムは駆け出して、地べたに四つん這いになっているユレインを連れ戻した。ヘルメットの中の彼の顔は汗と涙でぐちゃぐちゃになっている。

「す――済まない――こんな体《てい》たらくで――」

「生き抜いたじゃないか、上出来だ」

それに彼は集めた荷物を一つも落としていなかった。カドムはラゴスとマユキのところへ戻ったが、再びハッチのほうに目をやると、背筋が冷えるような気がした。

戦い続けているイサリとルッツの向こうから、さらなる敵が姿を見せつつあった。漏れ続ける空気に乗ってあふれ出した『敬虔《パイウス》』が、地べたに転がって力なく羽ばたく中で――さすがにそいつらは空気がなければ飛べないらしい――白い羽を踏みにじって現れる、青い刃をまとった少年型のロボット、『正覚《コンシアス》』。その後ろにも新たな貴婦人と老爺たちが続いている。

イサリとルッツはすでに疲れ果てているようだ。手近にいる最後の一体を片付けたが、その動きにはもはや当初の切れがない。

あきらめを知らない機械の軍勢が迫る。カドムはうめいた。

「ちくしょう！」

そのとき横手から突っこんできた無限軌道車が、カドムたちとイサリのあいだで急停止した。むき出しの座席で立ち上がった素顔の少年がコイルガンを撃ちまくる。運転席の男が大口を開けて、聞こえない声をわめき立てる。

「オシアン、アッシュ！」

カドムたちは残る力を振り絞って荷台に這い上がった。

続いて反対側からルッツも乗ってくる。最後に残ったイサリに向かって、オシアンが呼びかけの弱い一発を背に当てた。イサリが凶悪な目つきで振り向いたが、すぐに事情を呑みこんで駆けてきた。

「出せ、アッシュ、出発だ！」

カドムに後ろ頭を叩かれたアッシュは、わざわざ振り向いて何か文句を言ってから、スロットルを開いた。無限軌道が舗装を砕いて回り出す。

ダッシュした車両の後部ゲートに、イサリが飛びついた。その周りに無数の飛鏢のきらめきが押し寄せる。

振り向きざまに、イサリが開いている片腕を大きく薙《な》ぎ払った。すべてのワイヤーが切れてはじけたが、それを狙ったわけではなかった。

カドムの顔目がけて猛烈な速度で飛来した青い刃が、前腕鉤にはじき飛ばされた。刃はくるくる回ってどこかへ飛んでいき、それを放った狩人たちも小さくなっていった。

しばらくは誰も口を利かなかった。敵の群れが地平線に消えてから車両は右へぐるりと三百度以上も旋回し、コーヒー色の荒れ地を少し進んでからまた同じぐらい回った。

ユレインが言った。

「なぜこんなに回るんだ」

「修理が間に合わなかった。左へ曲がると無限軌道が外れるんだよ」

「まったくポンコツだな、機械も僕たちも」

「悪かったな、ポンコツで」

「まあ待て」

肩で息をしていたカドムが体をひねって、斜め後ろにいたオシアンの膝を叩いた。

「動いてくれるだけで御の字だ。みんな感謝してる」

「それなら素直にそう言ってほしいですね」

オシアンはむこうを向いたが、ほっとしたように肩を落とした。

「ご無事でよかったです」

彼はナビゲーター席のラックから細い金属の輪を取り出して、イサリとルッツに配った。自分が首に巻いている同じものを示す。

「通信機だ。聞き取りづらくても補正してくれる」

それでようやく全員が会話できるようになった。

「あいつらは不道徳な者を狙うそうだな。俺たちはそんなに不道徳だったか?」

「そんなこと、考えても仕方ないんじゃないの。ただでさえまともじゃなさそうなのに、そいつらが道徳をどう考えているか、なんて」

「別にやつらの希望通りにしようっていうんじゃない」不満そうに言ったイサリに、カドムは手を振ってみせる。「ただ、やつらをおびき寄せずに済む方法があるなら、それを検討したいというだけだよ」

「電波か何かだと思うのよね」とマユキ。荷台の横板にもたれて、ぶかぶかの宇宙服の上から胸を押さえている。「昨日マユが刺されたの、ラゴスと無線で話した瞬間だったし」

「そうなのか」言ってから、カドムは顔をしかめる。「さっき、やつははっきりと俺を狙ってきた。あの青い、『正覚《コンシアス》』というやつ……昨日壊したやつが、こんなに短時間で直ったわけがないから、同じ機種の別物だろうが、次もあんなのに狙われたら助かる気がしない。無線を切ればいいのか？」

「多分、奴らは今、俺たちを見失っている」とラゴスが言う。イサリが「どうして？」と訊く。

「『敬虔《パイウス》』どもが飛べないからな」ラゴスはくるりと空を指さす。「偵察部隊がなければ、やつらも俺たちを見つけられまい。しばらくは安全だろう」

「ならいいけど……」

「ねえ、ラゴス」オシアンがおずおずと声をかける。「聞くけれど、連中が不道徳なものを狙うってのは、そもそもどうしてなんだ？　誰があんなものを作ったんだ？　知ってることがあるなら、全部教えてほしい」

「あまり覚えてないと言ってるだろう」ラゴスはそっけなく言ったが、オシアンがじっと見つめると、小さく嘆息した。「これは状況からの逆算なんだが……たぶん連中は、もともと俺たち《恋人たち《ラバーズ》》を狩るために作られたんだ。俺たちこそが、人に愛を与えるために作られたものだからな。昔、太陽系には愛についてのある基準があった。そこからはみ出すものを許せない人間がいて、力を行使することにしたんだろう」

「それはどんな基準だ？」オシアンが詰め寄る。「どういう愛ならよくて、どれがいけないなんてことが、はっきり決まっていたのか？」

「気になるのか」

「それは……」オシアンは宙に目を泳がせる。「ああ、気になる。なぜなら、僕たち《海の一統》《アンチョークス》は……いや、人間ってものは、何かの基準に沿って人を愛するなんてことは、そもそもできないじゃないか。愛ってのは、どこからともなく、理由もなく湧き起こって、それで人は人を好きになるんじゃないか。それをどうやって制止できるっていうんだ？できるなんて思えないよ。なぜその人たちは、それができると思ったんだろう」

「なぜとか、どうやってとか、どうでもいい」ユレインが吐き捨てるように言う。「倫理《エチック》兵器《ウエポン》は敵だ。きっとすべてぶち壊してやる。今は無理でも、いつか必ずな。あいつらに中央制御室はないのか？」

「それは、俺たちが通過してきたあそこだろう」あっさりとラゴスは言う。「俺のほうこそ訊きたい。ユレイン、君が受け継いだ知識の中に、あいつらの制御方法はなかったのか」

「……ない」悔しげにユレインは首を振る。「やつらはいなくなったし、それでよかった、としか。その理由がこうだとは知らなかった。そうだ、きっと植民地の初期にもこんなことが起こったんだな」

「あれには理屈がないでもないと思う……が、それと俺たちは相容《あいい》れない。いつか決着をつけねばならないだろうな」

ラゴスが後方を見つめながら言った。

カドムはふと、彼の言葉が引っかかって、尋ねようとした。が、そのとき運転手のアッシュが間延びした声を挟んできた。

「あのう、なあ。考えごともいいんだが、このまままっすぐ行っちまっていいのかね」

「なんだ、アッシュ。このトンマめ」ルッツが言い返す。「教えただろうが。地下のタングリン線に沿って真っすぐだ。道に迷ったのか？」

「これ、ちゃんとそっちへ向かってるの？」

「ああ、俺たちは天測ができるんだ」

さらに口を挟んだマユキに、ルッツが自慢げに言って星空を指さした。そうじゃなくてよ、とアッシュが言う。

「目的地の、なんだ、シェパード号？　それって、何の準備もなくノコノコ近づいていいのかね。機械が生きてるはずなんだろ？　撃ってこないか？」

「もともと俺の船なのだからそういう心配はないと思うが……」

「そうだ、黙って前を見て運転しやがれ」

ラゴスとルッツが言い返したが、アッシュは退かなかった。

「じゃあ、それ」アッシュが荷台を指さす。「いろいろ持ってきただろ。電池とか再生装置とか、取り付けるもんがあれば、取り付けちまえよ。後でやるのか？」

これには誰も言い返せず、一行はしばらく黙々と宇宙港でやり残した仕事を続けた。

一時間ほどたってその作業が終わるころ、ナビゲーター席のオシアンがぽつりと言った。

「――何かある」

皆が前方に目をやった。

長々と伸びる黒い岩山の先に、ひとつまみの小箱の寄せ集めが見えた。近づくにつれ、それらが建物の群れであることがわかる。高いものはなく、よくても二階建てぐらいで、それも基礎からしっかり作られたものではなくて、あり合わせの板やコンテナを寄せ集めたものばかりらしい。塔だのむき出しのタンクだのといった施設もあった。

一行は車両を止めて、少しのあいだ観察した。

「村……いや、基地？　工場？」

「ラゴスの大将、あれがシェパード号で？」

「あんなものは見覚えがない――だが、見当はつく。俺たちがあそこを引き払ったあとで、別の人々がやってきたんだろう」

「別の人々って？」

「調べたらわかるかもしれない。あそこに動きはあるか？」

八人が最大の注意を払っても、その施設には動くものや真新しい部分、立ち昇る蒸気や光の瞬きなど、住人や機械の生存を示すいかなる兆候もなかった。

そして、その代わりに墓があった。

用心しながら近づいていった一行は、施設の手前の小高い地点に、鉄パイプやブロックで作られたたくさんの墓標を見出した。粗末なものもあれば、高さ三メートルほどの立派な石碑もあった。いくつかの墓標には年号が書かれていた。

「これは……何かわかるような気がする」

ユレインがぽつりとつぶやく。マユキが促す。

「町に入ってもいいんじゃない。多分、もう誰もいないわ」

「町？」

「そうでしょう？　ここ」

そうだった。一帯に散らばる簡易建築の群れは、居住区、生産区画、処理区画、祭祀場などの区画に分かれていた。ここは最盛期の人口三百人ほどの町だったらしい。年月を経ているわりには荒れた様子が少なく、居住区で二つの白骨が見つかったほかは、死体もまったく見当たらなかった。そしてまた、生者もやはり残ってはいなかった。

手分けして小一時間ほど調べた後で、カドムは結論を出した。

「この町が滅んだのはずいぶん昔のようだ。今の俺たちには関係ない。それよりシェパード号はこの町にあるのか。ラゴス、見つかったか？」

「ちょっと待ってくれ、場所の見当が少しずれていた。シェパード号はジニ号の近くにあるはずだが、彼らはジニ号を動かしていたんだ」

「ジニ号？」

「そこの大きな船だ」

言われたカドムたちは、町のそばから向こうへと長く続いている黒い大きな影が、岩山ではないことにようやく気づいて、驚いた。

「これは宇宙船だったのか……！」

「今、裏を見てきたが、たくさんの楔《くさび》を打ちこんで、てこで船体を丸ごと転がした跡があった。そうやって、船内に封じこめられていた物資を取り出したらしいな。おそらく百メートル以上動いている。ということは、シェパード号の位置は……」

無線越しにラゴスの足音が続き、やがて「あった」とつぶやきが聞こえた。

一行は建物の間を抜けて、彼のもとへ集まった。

墓とは反対の方角の町外れに、崩れたぼろぼろの残骸があった。滅多に感情を見せないラゴスが、「そうだ、これだ……」と声を漏らして、破孔から中へ踏みこんでいく。

「破片が突き出していて危ない。外で待っててくれ」

「いや、それはないだろう、ラゴス」思わずカドムは言い返す。「俺たちが大変な苦労をしてここまでやってきたのは、すべてを知るためだ。最後まで付き合わせてもらうぞ」

「そうか……じゃあ、気をつけて入ってこい」

すでに奥へと進んでいるラゴスの声が、無線から流れ出した。

それでも見張りを外に残さねばならなかったが、それはアッシュとマユキが買って出た。残りの五人が、ラゴスを追ってシェパード号の中へ入っていった。

古い宇宙船の内部は、折れたパイプやちぎれたケーブルが壁から突き出し、廃工場を思わせた。ラゴスは通路の途中に積み上がった、ねじくれた残骸の山のそばにしゃがんでいた。「何かあるのか？」と尋ねると、脇の隙間に手を突っこんで奥をまさぐり、一本の針金をするすると引き出す。

すると、残骸の山が丸ごと横へ崩れ落ちて、その陰から小さな壁面ハッチが現れた。

「この入り口が墓荒らしに見つけられなかったということは、中はきっと大丈夫だ」

「よく覚えていたな、こんなこと」

「昔の細かなことほど忘れないものだ。セアキ、君が初めて買ってもらった自転車の色は？　ハンドボールに書いてあった工房名、お気に入りの靴の柄は？」

「ボールはアクリラのやつが初めてもらった銃を自慢しに来たときに、的にされて――何を言わせる」

「そういうことだ。入るぞ」

ラゴスがハッチに身を潜らせると、くすくす笑いが無線に流れた。カドムは舌打ちして
ラゴスの後に続いた。

垂直の通路の梯子を下っていく最中、オシアンが個人通話で、「航海長《チョッサー》、へこんでました」と言ってきた。

「何を」

「先生のボールを割ってしまったとき。大ゲンカしましたよね。あのあと屋敷で、僕が悪かったって言ってました」

「知ってる。やつは謝ったよ」

「そうだったんだ。そこは知りませんでした」

「一ヵ月も後だったからな。忘れないものだ……」

床に足が触れたので振り返る。宇宙服のヘッドライトが作り出す光の円が、暗い部屋を埋め尽くした機械の上を滑る。ラゴスの背中が白く光った。その姿が奥へ歩いていき――ふっと消えた。

「ラゴス？」

しばらく、ごそごそと身動きする気配がした。「梯子の上が閉鎖された」と後尾のイサ

リが言ってくる。じきに宇宙服が体にはりつき、与圧されたのだとわかった。弱い照明がついて、室内がうっすらと照らし出される。

「これは……！」

カドムは驚きの声を上げる。続いて降り立ったオシアンやルッツも、目を見張る。

そこは二つのイメージが奇妙に入り混じった部屋だった。

三方の壁と天井にまでぎっしりと並んでいるのは、表示板、コンソール、タッチパネルといくつものシートだった。そのいくつかには灯が入って、ちらちらと文字や図式を表示し、ランプを点滅させている。一見して、何かの操縦席、あるいは通信装置のようだ。

しかし部屋の床には、棺桶を思わせる密閉型のベッドが五つ並んでおり、その周りを、門型の検査ゲートや折り畳んだマニピュレーターを備えたサージカルステーションが、立ち囲んでいた。こちらはいくらか見当のつく装置だった。極めて高度な手術台だ。

宇宙船の操縦室と、集中治療室。その二つがここでは一つに混ざり合っているのが、医師のカドムには見て取れた。

中央の手術台に、宇宙服を脱いで裸になったラゴスが横たわっていた。今しも、その上に半透明の蓋がせり上がって、彼の体を覆っていく。

カドムは駆け寄って声をかけた。

「ラゴス、待ってくれ！　ここは一体？　俺たちはどうすれば？」

「カドムのおじちゃん、そこに触らないであげて」ラゴスの代わりに、無線を通じてマユキが言った。「ラゴスは生体モニタを通じて、船の機械とじかに接続するから」

「船と接続？　記憶を取り戻すだけじゃなかったのか？」

「記憶を取り戻すためには、まず整理が必要なの。さっき話したでしょ？　人間の頭の中には昔のことも今のこともごっちゃに詰まってる。何十年も本を集め続けた本棚みたいなものなの。新しい本を入れるには――この場合は、古い本を取り戻すのね――まず、今入ってる本を並べ直して、隙間を作らなくちゃ。本の上に積もってる埃を払ったり、がらくたを捨てたりもね」

「ラゴスは人間じゃないじゃないか」

「人間じゃないから、そういうことができるのよ。人間だったら、まず頭の本棚に出入り口から取りつけなきゃ」辛抱強くマユキが説明する。「ラゴスは最初から出入り口がついてる。それに、とんでもなく大きな本棚も持ってる。だからきっと古い本を取り戻せるわ。ちょっと時間はかかると思うけど」

「どれぐらい？」

「さあ……」一転して頼りない声。「わかんない。数時間か、数日？　みんなを待たせてるから、そんなにめちゃくちゃ長くはかけないと思うけど」

「そうか……」

カドムはため息をついた。植民地を覆った謎を解くため、とことんまで見極めていくつもりでいたが、ことがラゴスの頭の整理にまで至ってしまったからには、さすがに覗きこむこともできない。

銃を抱えたオシアンがそばにきて、あたりへ油断なく目を配りながら、個人通話でささやいた。

「先生、ここは操縦席でもあるみたいです。あちらの席の表示とか……」

「ああ、俺もそんな気がした。――どうかしたか？」

「いえ……気のせいかな」

「言ってみろよ」

「考えすぎだとは思うんですが……つまりですね」眉根を寄せて考えてから、オシアンは言った。「ふっと、これが罠だったら、と心配になったんです。ここはラゴスの城の中で、まわりの機械はあいつの思いのままです。でも僕たちはそれに対する備えを何もしていません。ちょっと嫌だな、と……」

「気持ちはわかる。俺もここには圧倒される」カドムは、長いあいだの放置をものともせずに静かに動いている機械群に目をやると、無線機に手をやって、あえて全員に聞こえるチャンネルに切り替えた。「俺たちは実は、ラゴスの記憶を取り戻しに行くと言いながら、何が目的なのかわかっていなかったんじゃないか。それが可能だとは、信じていない部分があったと言ってもいい。けれどもそれは、こういうことだったんだ。首都の雄閣の主人ぐらいに思っていたあいつには、こんな、ずっと昔から残されていた機械という、形のある基盤があったんだ。俺も君も、それにユレイン、イサリもだな。みんな十年、せいぜい二十数年の人生しか歩んでこなかった。しかしラゴスは、それとは全然深さの違う人生を歩んできたやつだった。――なあ、マユキ」

「なあに？　おじちゃん」

いつもの無邪気な口調でマユキが答える。カドムは心構えをして尋ねる。

「君のこともこれまでよく聞いてはいなかったな。――君も見た目よりはるかに長生きしているんだろう」

「そんなこと言わないで、マユはちっちゃな」言いかけて、いきなり三十も歳を取ったかのように、がらりと口調を変えた。「女の子……でもあるのよ？　今でも少しは、ね」

「君の意図は？」カドムは舌で唇を湿らせる。「ラゴスの助手としてついてきただけじゃないだろう。君には君の事情もあるはずだ。それは？」

「ラゴスの鏡、彼の抱く疑問を形ある姿として現前せしめる役者ってとこかな」

深い洞察を備えてこちらの言うことを吟味しているかのように、落ち着いた口調でマユキは言う。

「マユ、おじちゃんたちが好きよ。可愛がってくれる人に、なつくのが。それが昔からの

《恋人たち《ラバーズ》》全体の姿でもあった。けれども長い長い時がたつあいだに、少しずつその先へと考えを進めてきたの。これでいいのかな？　従うだけでいいのかな？　マユたちはそこで留まるしかできないモノなのかな……？　って」

「マユキ……」

「いま、ミヒルたち咀嚼者《フェロシアン》という、人間と並ぶ、もうひとつの強いご主人様たちが帰って来たでしょ。そして激しく争ってる。マユたちは――ラゴスは、一生懸命考えているのよ。二つのご主人に同時に仕《つか》えることはできない。だったら自分たちはどうしたらいいのか、って……」

「すると俺たちは……その面でも、事態が把握し切れていなかったってことかな」カドムは考えこむ。「《恋人たち《ラバーズ》》が俺たちの仲間で居続けてくれるよう、それに合わせた態度を取らなければならなかったと？」

「ありがと、カドムのおじちゃん」まるで世慣れた女があえて幼い言葉を作っているかのような、可愛らしくも艶やかな口調でマユキが言う。「そんなふうに考えてくれる人だから、ラゴスはおじちゃんをリーダーに選んだんだと思うよ。でも、それだけじゃだめ。おじちゃんたち、メニー・メニー・シープ人……シーピアンがいいとか悪いとかでは収まらないところまで、《恋人たち《ラバーズ》》の自分探しは、来ちゃったの。そこまでくると、マユなんかにはもう、考えが追いつかないんだけど、ラゴスはまだ進んでる。マユやおじちゃんや、

《救世群《プラクティス》》にも考えつかないような道を目指して、進んでるの。それだからね、マユが一緒にきたのは。武器も撃てないし機械もいじれない。マユはまるっきりの役立たず。だからこそ、ラゴスが見つけてくれるかもしれない道に、興味があるのよ」

「マユキちゃあん」

アッシュが唐突に情けない声を挟む。マユキは「おじちゃんたちも相当よね」と笑った。

「考えたこともない道か……」

カドムはその意味を考えようとしたが、マユキが言った。

「ね、ご飯にしない？　今日はいっぱい働いたし、もう時間も遅いよ。ラゴスはしばらく起きてこないから、今のうちに休んじゃお。どう？」

それは、この十分の会話がなかったかのような舌足らずな口調だった。カドムたちは困惑して顔を見合わせた。

「そうしてもいい……でも、君ももう、演技なんかしなくてもいいぞ」

「ううん？　そうじゃないの。マユはちっちゃなマユでいたいんだってば。わかる？　おじちゃん」

「ああ……うん、そうか」

《恋人たち《ラバーズ》》の入り組んだ心理はそう簡単には見定められないようだ。カドムはうなずくことしかできなかった。

町の偵察をしていたときに、絶好の場所が見つかっていた。それはガレージか機械工場だったと思《おぼ》しき二階建ての建物で、一階に無限軌道車を収めることができた。二階の事務所兼住居は気密がまだ生きており、さらに屋上には望遠鏡を備えたガラス張りのドームまであった。そこは見張りを置くのにぴったりだった、というよりも、かつて実際に見張りが置かれていたのだと思われた。

一行はそこを拠点と定めて、荷を解いた。

それから四十時間にわたって、生産的なことをほぼまったく行わずに、ひたすら食べては眠った。そういうことが、どうしても必要な頃合いにさしかかっていたのだ。首都オリゲネスを出てからまる一ヵ月がたっていた。そのあいだ常に重い義務感と敵の恐怖にのしかかられており、奇襲がないと確信できる休息の時間は、一分たりとも与えられなかった。言ってみればずっと戦場にいたようなものだった。

四時間交替の見張りだけは立てていたが、後で考えてみれば、その割り当てもめちゃくちゃだった。何しろアッシュとルッツの二人だけに任せていたときもあったのだ。二人に何かたくらみがあればひとたまりもなかっただろう。しかしその時は誰も指摘すらもしなかった。旅人たちは、自分で思っている以上に疲弊していたのだ。

一月二十二日の早朝、カドムは果物か何かの焦げる、甘い匂いに鼻をくすぐられて、目を覚ました。床に敷いた毛布に横になったままぼんやりと目を開けていると、事務所のキッチンで煮炊きの音がした。やがてユレインが大鍋を運んできてテーブルに置いた。そして二つの椀に汁物をよそうと、両手に持って、見張り台に通じる階段へ歩いていった。

カドムは身を起こした。食欲をそそられたが、それよりもユレインの行動が気になった。室内は薄暗く、他に誰が寝ているのかよくわからない。彼は誰のもとへ朝食を運んでいったのだろうか。

足音を殺して階段を登った。

見張り台に出る手前で、「なんだ、これ」と声が聞こえた。オシアンがいるらしい。

「食事だ」とユレインが答える。カドムは足を止めて様子をうかがう。

しばらく、抑えた口調のやり取りがあった。どうやらユレインが見張りの順番のときに、オシアンに交替を頼んでどこかへ行っていたらしい。そこで食料を見つけたので、礼を兼ねて朝食をこしらえたようだ。しかしオシアンは受け取ろうとしない。つっけんどんに答えて断った。それでも、ユレインは降りてこない。

これはただではすまないな、と階段のカドムは思った。

じきにその通りになった。

「なぜあんなことをした！」

オシアンの叫びとともに、食器を払いのけるけたたましい音がした。続けてガチャリ、と重い金属音。銃のボルトを引いた音だ。

カドムは飛び出そうとした。──しかし、静かな声を聞いて、思いとどまった。

「好きにしろ」

「なに？」

「その銃を僕に向けろ。死んでいった植民地の人間の仇を取ってみろ。今なら邪魔は入らない。──《海の一統》《アンチョークス》は人間だ。セナーセー市民は人間だった。僕に言わせれば《恋人たち》《ラバーズ》もだ。それからイサリだな。──人間ばかりだったんだ、僕が手にかけてきたのは。そんなことは最初から知っていた」

「おまえ……」

荒い息遣い。立ち昇るオゾンのぴりぴりした匂いが、隠れているこちらにまで漂ってくる。

やがて、どしんと鈍い音がした。台尻を床に叩きつけたようだ。

「おまえ……今ごろそんなこと、くそっ！」

匂いが薄れていく。ユレインの低い声がした。

「……墓を見てきた」

「……」

「町に入る前に見つけた、あそこだ。年号を読んだ。一番古かったのは西暦二五〇三年、一番新しかったのは西暦二五七一年。どっちも粗末な金属パイプの墓だったが、大きな石碑の墓もあった。それには西暦二五六八年と書かれていた」

「何が言いたい」

「ここはそれなりに栄えた町だったということだ」

「この、敗残者の集落みたいな、みすぼらしい間に合わせの村が？」

「間に合わせかもしれないが、平和だった。町のどこにも破壊のあとがなかっただろう。六十八年も続いたということは、最初の建設者のあとにも、少しは子供が生まれたということだ。大きな石碑を作るほどの力もあった。それから三年後にはもう余力をなくしたみたいだが、最期が不幸であったとは限らない。——残っていた二つの骨は、ベッドで並んで手を握り合っていた」

「孤独な最期じゃないか。他の人間が死に絶えて……どことも交流をなくして、先行きの見込みがなくなって、心中したんだ」

「そういうふうにも思えるだろう。でも人というものが必ず死ななければならず、いつかは滅ばなければならないのなら、あるいはこういった終わり方も否定できないんじゃないか。六十八年だぞ。ここには一つの世界があった。その世界とともに終わったんだ。同じ天体にメニー・メニー・シープがあるなんて、知りもしなかっただろう。彼らは彼らなりに、ことを成し遂げて消えていった」

「だったらなんだ？」壁を叩く音。「セナーセーもあれでよかったって？　それとも僕たちもそうなればいいって？　三百年の繁栄を味わったんだから、もう十分だとでも言うのか！」

「いいや、そうじゃない――」咳払いとうなり声。ユレインは考えこんでいる。恐ろしく真剣に。「僕たちは彼らと違う。はるかに大きくて複雑な世界を作ってきた。それが終わるとしても、今こんな形で終わるべきじゃない。終わってほしくないんだ。ましてや、今僕たちは、咀嚼者《フェロシアン》という連中がいることを知り、太陽系艦隊なんてものまでが、近づいていることを知った。僕たちは、これまでよりもさらに大きな世界に開かれつつあるんだ。これは、だから……」

「なんだ、何が言いたい」尋ねたオシアンが小さく息を呑む。「まさか、ま、まだこ、これから、だ、なんて言う気じゃないだろうな？　おまえが僕たちを」

「――そうだ」

「励ますつもりだっていうのか？　馬鹿にするのもたいがいにしろよ、おまえにそんな資格があるだなんて、なぜ思えるんだ！　くそっ、やっぱり許せるか！」

ガタン、ドシン、と荒々しい殴打の音が聞こえた。カドムはため息をついて階段を登った。椅子を蹴倒して床でもつれ合っている二人の間に割って入る。

「やめろ、オシアン。ユレインも離れろ」

「先生！　こいつは、こいつは——」

「ああ、聞いた」目に涙を浮かべているオシアンの腕を取って引き留める。「彼は偉そうなこと言ったよ。君が怒るのもわかる。だが、とにかく彼はここへ話に来たんだ。ずっと君を避けるのでなく、この先どうするかを考えてきた。君はどうだ？」

「先生までそんなことを……」

「俺だけじゃない。みんなそうだ。植民地はめちゃくちゃで、これまで迫害してきた者もされてきた者も、もう争ってる場合なんかではなくなってしまった。そんな成り行きだから、やられたほうは我慢しろって言ってるんじゃない。俺だって我慢なんかしたくない。だが、そうやって復讐だけを考えるなら、君という人間はどうなるんだ？　このままずっとそれだけを考えていくのか？」

「そんなことは僕だってわかってますよ！」カドムの手を振り払ってオシアンは叫ぶ。「恨みは何も生まない、誰の喜びにもつながらないって、《海の一統《アンチョークス》》だって言ってますよ、そういうことは！　でもこれは……こいつは、理屈じゃないんですよ！」

そのとき、カドムは横から袖をつかまれた。

「セアキ、下へ行っててくれ」

「ユレイン……」

「まだ話が終わってない。手助けはいい」

　彼は左の頬が殴られて赤くなっていたが、気にした様子もなかった。

　カドムはうなずいて階下へ降りた。

　すぐにまた罵声《ばせい》と取っ組み合いの音が聞こえた。しかしカドムが朝食の支度をととのえているうと、いつしか物音は途絶えた。それでも時折怒鳴り声はしたが、じきにユレインが階段を降りてきて、洗面所へ入っていった。

　続いて現れたオシアンが、さっきのユレインみたいに顔を腫らしていたので、カドムは驚いた。

「大丈夫か、オシアン」

「みんなはもう起きましたか」

　オシアンは答えを待たずにカドムの手を取って廊下へ引っ張っていき、ぼそぼそと打ち明けた。

「僕、あいつに決闘を挑もうと思ってたんです。この旅が片付いたら」

「決闘？　そいつはまた大時代だな」

「《海の一統《アンチョークス》》はそういうことをするんですよ。わかるでしょう？」

　顔を上げたオシアンは、しかしまたうつむいて言った。

「こんなことで済ませるつもりなんか、なかったんです」

「ああ……」カドムはうなずいた。「片付いちまった？」

「そんなわけないでしょう!」

腹の怒りを吐き出すように鋭く叫ぶと、カドムの両腕をつかんだ。

「そんなわけ……ない」

彼の肩の震えが収まるまで、カドムはその前に寄り添ってやった。


朝食の最中に、一つの兆候がキャンプに届いた。

ユレインが発掘したタンザニア産のウガリ粉のリンゴシチューを、皆が味わっていると、オシアンに代わって見張りについていたルッツが、階段から叫んだ。

「みんなちょっと来てくれ。早く」

展望台に上がったカドムたちが、ルッツの指さす方向を見ると、彼方の星空を、青白く光るものが滑っていた。

『純潔《チェイスト》』どもか?」

「やつらは宇宙船を持ってるんで?」

「宇宙船か、あれは」

望遠鏡を向けてみると、確かに何かの輪郭が認められた。だが、光がまぶしすぎて細かいところはわからない。ただ、緩やかに向きを変えて旋回しているように見えた。

「こちらへ向かってはいないな……セレス・シティの方角だが」

一心に見つめていると、マユキが「あれ！」と叫んで別の方角を指さした。

そちらにも黄白色に光る点があった。それも二つ。

「あれも宇宙船だ。やつらは空からこっちを探しているのか」

「どうですかね。あの黄色どもは地面を見ている感じじゃない」

「じゃあどんな感じなんだ」

「何かを追いかけてる」

一行の目が、最初に見つけた青い光に向けられた。

黄白色の二つの光はまっすぐに星空を横切っていった。青白い光が急旋回する。両者は合流するかのような進路で接近していったが、こちらからは遠ざかっており、地平線の向こうへ消えた。

が――そのあと二度、大きな閃光を発した。セレスのごく薄い大気がほのかに輝いたので、それがわかった。

それきり、どちらの光も見えなくなった。

「戦ったみたいだな」

「倫理兵器が誰かを襲ったのか、それともその逆か……」

「あるいはどちらも倫理兵器とは関係ないのか」

皆が考えを口にする。ふとカドムはルッツの顔を見た。

「君たちの仲間じゃないのか？　艦隊が近くへ来ているんだろう」

「いや、俺たちはまだ戦闘を命じられていません」ルッツが首を振る。

「あれは仲間じゃない。見ればわかる。それに、ここにいるのは俺たちだけです」

「じゃあなんだ？」

「そりゃ、セレスで戦闘ができるほど力がある人たちって言ったら、咀嚼者《フェロシアン》じゃないの」

つぶやいたマユキに皆の目が集まった。マユキはイサリに目をやる。

「咀嚼者《フェロシアン》は今でも宇宙船を持ってるの？」

イサリは少し考えて答えた。

「多分。なくなったという話は聞いてない」

「じゃあ、見つからないようにしなくちゃいけないね」

「そうだね」つぶやいて、イサリは眉のあたりの硬殻をぐっと寄せた。「でも、少し不思議。南極の《救世群《プラクティス》》が宇宙船を持っていて、このあたりまで飛ばしているなら、三百年の間にこの町も見つかっているような気がするんだけど」

「見つけていなかったのか？」

「ミヒルが人間の町を見つけていたら、襲わないはずがない……ああ、違う。《救世群《プラクティス》》はずっと凍りついて眠っていたんだ。きっとこの町ができる前に眠りについて、町が滅びてから目覚めたんだ」

「じゃあ、その点でもこの町は幸運だったということだな」

ユレインがうなずく。それと、とイサリが付け加えた。

「咀嚼者《フェロシアン》というのは、《救世群《プラクティス》》の中でも凶暴化が進んでしまった者のことだから……そうでない者のほうが、多い」

「それはどういうこと？　ミヒルたちは少数派だってことか？」

尋ねたのはオシアンで、その質問自体に悪気はなさそうだった。イサリは「そうじゃなくて……」と何か言いかけたが、「ううん、いい」と口を閉ざした。

まだ何か言いたそうなので、皆は彼女を見つめた。しかしそのとき、マユキがぽつりと言った。

「起きた」

「ん？」

ぶるっと小さく頭を振って、マユキが皆を見回した。

「起きたわ、ラゴスが。連絡が入った」

「そうか。何かわかったか？」

「うん、いろいろなことが――」答えかけてマユキはつぶやく。「うそ、そんな」

「なんだって？」

カドムを振り向いたマユキの顔は、見たこともないほどこわばっていた。

「ラゴスが――ううん、彼から聞いて。こっちへ来るって」

この人を食ったところのある少女が何にそんなに驚いたのか、気にはなったが、それよりもラゴスがやってくるということのほうが大事だった。

「一人で動くなと伝えてくれ。いま迎えをやる」

カドムはそう言った。


イサリに連れられてキャンプに現れたラゴスは、どことなく前よりもさっぱりしたような顔だった。マユキを見張りに行かせて、一行は彼を囲んだ。事務所の中を感慨深げに見まわして、ラゴスは口を開いた。

「いいところを選んだな。ここはビーバーの防衛拠点だった建物だ。下の空調装置の裏には武器も隠してある。あとで見るといいよ」

カドムはその台詞を聞いて、おやと思った。内容も不思議だが、口調も今までとは違って、微妙に穏やかになっているように思われたのだ。

「来たことがあるのか?」

「いや、それはないけれど、ここを作った人々の情報も少し残っていてな。ビーバーといって、近くのタングリン市の周縁に住むはぐれ者たちだった。シェパード号の中もよく訪れていた。あそこは一種の聖地というか、戦乱の象徴のような扱いで温存されていたんだ」

「本当に記憶が戻ったようだな」

「ああ。それに人格もだいぶ変わったと思う。若返った気分だ。三百年分の経験を整理したからな」

「肝心のところはどうだ。《救世群《プラクティス》》の弱点は見つかったか」

テーブルに出された白湯《さゆ》のカップを、ラゴスはしばらくじっと見つめていた。

「ああ」

「本当か」

カドムたちは身を乗り出す。ラゴスはうなずいたが、すぐには話さず、ごしごしと手で顔をぬぐって、長い荒縄を垂らしているようだった焦げ茶の髪を後ろへ跳ね上げた。

そうして、天井を見つめてつぶやいた。

「三百年……三百年か。なぜ三百年なのか、ようやくわかったよ」

「もったいをつけるなよ」

「つけたくもなる」手を下ろしてため息をつく。「根の深い話だ。どこから始めるのが適当か、さっぱりだが……まあ、おさらいから行くか。ルッツ、アッシュ」

二人に鋭い目を向ける。

「確認だ。君たちは、ここがどこなのか、もちろん知っているな？」

「はい」ルッツがうなずく。「前も言ったが、俺たちは天測ができますんでね。そこはしっかりと」

「ということは、知らないのは《救世群《プラクティス》》の動機だな？」

「はい」再びうなずく。「場合によっちゃ知らなくてもいいんですが、知ったほうがいろいろやりやすいんでね。今までの流れからして、あんたはそれを教えてくれるだろうとも思ってます」

「そうだな――そうだ。君たちにも隠す理由はない」

「どういう意味なんだ、それは」カドムはたまらずに口を挟む。「ここは準惑星セレスなんだろう？　それが何かぐらい、植民地でも教えていた。太陽系の火星と木星の間にある天体だ。それが孤立して、独自の歴史を歩んでしまったんだ」

「ふむ。じゃあ逆に聞こう、セアキ。《救世群《プラクティス》》は、ルッツとアッシュを送ってきた現代の太陽系世界……二惑星天体連合だったか、人類の国であるそちらをなぜ襲っていないんだと思う？」

「ルッツたちの艦隊を？」虚を突かれてカドムは考えこむ。「それは……戦力差が大きいからじゃないか？　それよりはまず、手近の俺たちを片付けたいんだろう」

「だと思うよな」

「なんだ、違うのか？」

「違う。単純に、襲えないからだ」

「それは……？」

　ラゴスは首を横に振り続けた。

「別のことを聞こうか。君たちは《救世群》《プラクティス》を倒したいと言った。倒さなければならないと。仮にそれが成就したと考えてくれ。《救世群》《プラクティス》を倒し、植民地に光を与え、元の平和を取り戻すことができたら……それで全部終わり、めでたしめでたしだと思うか？」

「それはそうだろう――と言いたいが、そうではないということなのか」カドムは話の切り替わりに追いつこうと努める。「もちろん、万事丸く収まるわけではないだろうさ。戦争の傷跡は深く残るだろう。犠牲者は出るし、冥王斑患者も残る。それに《救世群》《プラクティス》自体に同情する気持ちだって、まったくないわけじゃない。互いの不幸を悲しむことになるだろう。――でも、そんなのは今気にかけることか？」

「俺が言っているのはそういうことじゃない。後片付けや気持ちの問題などはまったく関係ない。メニー・メニー・シープの次の時代をどうするかということだ。そうだ、新政府に、エランカになったつもりで考えてくれ。この混乱が収まったら、どうする？」

「どうって、まずはきっちりと政権を安定させるだろう。新政府と地方都市の関係を正常化させて、民衆の意を正しく実現できるようにする。そして産業を再建し、皆が不足なく暮らせるようにして、繁栄を取り戻し……」

「また、元通りの世界を作り上げる？　すべてを箱庭に収めた、閉ざされた世界を？」

「いや、違いますね」オシアンが声を上げた。「世界を開かなくちゃいけない。僕たちがやったように。外へ出る者を足止めするのじゃなく、応援するんだ。そして外から来た人も迎え入れる。そう、艦隊が来てるじゃないですか。太陽系世界とのつながりを取り戻すんだ。そして自由に交流するんだ」

「それだな」とカドムもうなずく。「もう元通りの世界には戻れない、戻さなくていいということか。俺たちは否応なしに広い太陽系と向き合わねばならない。こいつはすごい話だ。政府も民衆もとてつもない変革を受け入れなきゃならんだろう」

いくらか明るい気持ちで、カドムはラゴスに向き直る。

「その心構えをするべきだ、それがまだ全然ないということだな？　ラゴス」

気負いこんでカドムは言ったが、ラゴスはまたもや「違う」と首を振った。

「じゃあ、どういう話なんだ。さっぱり要領を得ない」

いささか腹を立ててカドムは食ってかかった。

ラゴスは片手でごしごしと髪をかき回して、やはりおさらいだ、と繰り返した。

「西暦二五〇二年。太陽系で大戦争が起き、冥王斑が蔓延《まんえん》し、俺たち生き残りがセレスに隠れ住んだ。その前から話そう。そもそも、《救世群《プラクティス》》がなぜあのような姿になったか——

——」

「それは今しなければいけない話なのか？」

「今でなければいけない」

ラゴスは真剣にうなずいた。

そして、錯雑する長い歴史の坂を歩いてきた男は、その道のりを振り返り始めた。

「そのころ彼女らは人間だった。今のように変わり果てた姿ではなく、見た目も中身も人間だった。ただ冥王斑という病を抱えていたことだけが違った。そしてそれゆえに不幸だった。人間であるのだから、人間として正当な権利を他の人々と同じように手にしたいと願った。だが、人間だからこそ、特別扱いをしてもらえなかった。虐《しいた》げられる者が、虐げられているからこそ悪だと見做《みな》されて、さらに激しく虐げられる、そういう過酷な世の中だったんだ。強者の側につきたければ、強者になれ。そのようなルールが、細分化された太陽系を再び支配し、すみずみまで浸透して、異なる者、外なる者をすべて押し潰そうとした──。

だから《救世群《プラクティス》》は硬殻体《クラスト》となった。

硬殻体《クラスト》というのは、《救世群《プラクティス》》が手に入れた人工的な強化身体だ。イサリやミヒルを見ればわかるだろう。その体は飛びぬけて強靭で、生身の人間たちの攻撃などものともせず、真空の宇宙でも生き抜くことができた。この体で彼女たちは太陽系に戦いを挑んだ。もちろん冥王斑という病気も武器として使った。怒りを溜めこんだ彼女たちの攻撃はすさまじく、宇宙艦隊を持ち出した当時の支配者さえも撃ち破った。彼女たちは一転して強者となったんだ。

だが、不思議に思わないか？　なぜそんなことができたのか。

当時すでに、ノイジーラント大主教国という国が、相当な人体改造を進めていた。オシアンやアクリラ、それに羊飼いたちの先祖だ。彼らは電気代謝体質を身につけ、宇宙空間にも適応していた。その彼らでさえ考えたこともなかったほどの大変身を、《救世群《プラクティス》》はほんの数年の期間に、突如として実現したんだ。二十万人の同胞すべてを硬殻体《クラスト》に変えてしまった。

どうしてそんなことができたのだと思う？

そう、カルミアンだ。

誰も知らない間に太陽系に入りこんでいた異星人カルミアンを、彼女らはこっそり味方につけていた。まあ最初にカルミアンと接触したのは、俺たち《恋人たち《ラバーズ》》だったわけだが、俺たちが主人を求めて《救世群《プラクティス》》に臣従したために、結果として《救世群《プラクティス》》は異星人を支配することになった。彼女らに言わせれば取引だ。カルミアンたちに居場所と人類についての情報を提供し、見返りに技術力を得る——といえば聞こえはいいが、実態は支配以外の何物でもなかった。彼女らはカルミアンを利用したんだ。自らの体を改造し、高度な宇宙船や兵器を作って、戦いに投じた。そのおかげで彼女らは太陽系を圧倒することができた。

しかしそれは、大きな代償を伴う行為だったんだ。

ここにカルミアンがいれば、ちょっと聞いてみたいものだな。今の彼女らが、あのことをどう考えているのか。

カルミアンは《救世群》《プラクティス》の要請に応じて、自分たちの体に似せた、硬殻体《クラスト》を与えた。そのとき、ちょっとした誤解があった。知っての通り、カルミアンは昆虫のアリに似た社会構造を持っている。女王が支配し、卵を産み、労働させる。雄はごく少数で、女王に精子を与えるだけで、すぐに死ぬ。他の雌は繁殖しない。女王が死ぬと別の雌が立って後を引き継ぐ。今はカルミアンのリリーが女王を名乗っているが、あれも本来ならどこかで雄と交尾をしなければならないはずだ。このセレスにはカルミアンの群れが一つしかないから、まだ実現できていないか、もしくは何らかの方法で以前の精子を温存しているのかもしれないが……いや、これは今の話には関係ないから省くが、ともかく、重大なのはその点だった。

カルミアンは支配と繁殖を同列に考える種族だった。

その性質を、《救世群》《プラクティス》にも適用してしまったんだ。

結果として《救世群》《プラクティス》も、支配層しか繁殖できなくなった。当時の支配層といえば、

《救世群《プラクティス》》議長、ヤヒロの家族のことだ。その面々は戦いの中で倒れて行き、最後に残ったのは二人だけになった。

　そうだ、君だ。イサリ・ヤヒロ。そしてもう一人、いまの《救世群《プラクティス》》を支配している、ミヒル・ヤヒロだ。

　それ以外の、戦争を生き延びた十七万人の同胞は、全員が不妊となった。子供を作れないいんだ。

　彼女らは、このままでは二度と自分たちの子供を抱くことができない。冥王斑感染者の命を救う者として誇り高く名乗った、《救世群《プラクティス》》の子孫を、作ることができない。

　死んでも死にきれないいんだ、彼女らは。

　彼女らが三百年の眠りを選んだのは、そのためだ。途絶えかけている血筋を何が何でも残すために、残り少ない命脈を限界まで引き延ばしたんだ。

　それが目覚めたのは、今こそすべての力を注ぎこむときだと判断したからだ。

　彼女らは限られた時間の中で、子供を作るために戦っている。だから休戦や撤退や延期はあり得ない。立ちはだかるものはなにがなんでも打ち倒す。

　しかし同時に決して全力を出し切れない。自滅が目的ではないからだ。次世代の子供を作るための余力を、彼女らは絶対に残さねばならない。

　これが《救世群《プラクティス》》の動機だ。

そして《救世群《プラクティス》》の弱点だ。

絶滅の淵に立たされた、脆《もろ》い民族だということがだ」

冷たい宇宙と冷たい地殻に挟まれた小さな建物の一室に、沈思の静寂が満ちた。皆がそれぞれに、この驚くべき話の内容を考えていた。猛威を振るった凶悪なあの者たちが、滅びる寸前のか弱い人々だという発見――それは、彼女らの、あの度外れた必死さを、確かに説明しているように思われた。

その話ではまだまだ説明されていないこともあったが、それに触れる前にカドムはイサリの顔を見ていた。彼の愛する異形の娘はやはり驚きに目を見張っていたが、カドムの目に気づくとあわてたように首を振った。

「違う、隠してたわけじゃないの。あのことは――みんなが子供を作れなくなったことは、知っていたけれど、それがこんなに尾を引いているなんて思わなくて。でも、そうか……」

「ミヒルが君をどうしても連れ戻そうとしたのは、きっとそのせいだな。子孫を作らせたかったんだ。雄閣では戦闘で君を傷つけてしまいそうだったから、あのアシュムというやつが退かせた……」

「でも私、まだ考えたこともない、そんな」

「ああ、わかってる」カドムはイサリの手を取った。「女王として子供を作ることなんか、おまえが考える必要はない。それを言うならミヒルだって嫌なんだろう。繁殖制度までカルミアンと同じにしてしまうことは」

そう言うと、カドムはラゴスに向き直った。

「《救世群《プラクティス》》が必死なわけは、それでわかった。弱点だということもな。将来のことを考えているなら、むやみと若い仲間を犬死させるような作戦は取るまい……しかし、まだわからん。なぜ戦う？」

「そうだ、わからんですな」とルッツが相槌を打つ。「戦うと繁殖能力を取り戻せるのか？　そこが最大の疑問です。連中の不妊は体質によるものなんでしょう。まさか、植民地のどこかに、《救世群《プラクティス》》に繁殖能力を再び与えられる装置だか薬だかが、隠されているとでも？」

「そういうものは、最初は必要なかった」

ラゴスが奇妙なことを口にした。カドムたちは再び耳を澄ませる。

「なぜなら、カルミアンたちは硬殻体《クラスト》を容易に元の体へ戻すことができたからだ。改造前の人体を原子のレベルに至る極めて高い精度で三次元的に計測し、その見取り図を頼りにして、いったんは内骨格から外骨格へと変化させた人体を、再び内骨格の人体に作り変えてのけた。もちろん、《救世群《プラクティス》》の支配者がそうしろと言ったんだ。《救世群《プラクティス》》だって元は臆病な普通の人間たちだった。改造された人間が目の前で元に戻るところを見せられたのでなければ、従いはしない。それでカルミアンは言われるがままに、改造の取り消しを実演してみせた。皆はそれを見て不満を飲みこみ、太陽系を支配するために、やむを得ず鎧をまとうのだと自分に言い聞かせて、姿を変えた。——だがカルミアンはそこのところがわかっていなかった」

「じゃあ、一度《救世群》《プラクティス》全員が硬殻体《クラスト》になったら、もう戻す必要はないって思いこんで……？」

「そう」ラゴスは重々しくうなずいた。「見取り図をすべて消してしまった」

「じゃあ、やっぱりやつらは人間に戻れないんじゃないか！」

オシアンが叫ぶと、ラゴスはうなずいた。

「そうだ。それがわかったとき、彼女らはひどく動揺した。イサリ、君も覚えているな？」

「ええ。ミヒルがすべてをぶちまけて、みんなが呆然として……だけど私は、そのあとすぐに捕らえられたから、先のことを知らない。それからどうなったっていうの？」

「俺もそのあとすぐにハニカムを離れたから、この目で見たわけではない」

首を振ったものの、だが、とラゴスは続ける。

「想像はできる。さっき話したな、カルミアンは技術供与と引き換えに、人類の情報を受け取っていたと。彼女らはそれをどうしたと思う？」

彼の視線が一座を巡る。答えたのはルッツだった。

「送ったんですな」

「――知っていた？」

「ハニカムの近くに、遠距離送信目的のレーザー砲アレイが作られていたことは、二五〇二年の段階ですでに観測されていたんです。当時はまだ目的も通信内容も不明だったらしいですがね。その後の調査で目的のほうは推定された。そして今、内容がわかったということですな」

「そうだ。カルミアンは戦争準備の合間に、大掛かりな送信設備を築いて、母星へ情報を送っていたんだ」

「母星……」

「異星人カルミアンのふるさと、別の恒星だ。ふたご座ミュー星」

いまやカドムには話の行き着く先が見え始めていた。しかしそれが現実の何を表しているのかまでは、とても想像が及ばず、懸命に話を解釈しようとした。

「ふたご座ミュー星……そこへ送った情報の中に、《救世群《プラクティス》》を元の体に戻す見取り図が含まれていたんだな？　だから彼女たちは」

そこまで言った時だった。

ラゴスがハッと宙を見上げた。同時に階段の上でガタンと椅子の音がした。

「これは……！」

「ラゴス？」

凍りついたかのように動きを止めたラゴスと、マユキのいる見張り台のほうを、カドムは見比べる。オシアンが耳打ちする。

「また二人で話してるんじゃありませんか。生体無線で」

「マユキが何か見つけたのか？」

「見てきます」

オシアンが席を立って階段へ向かったが、「待て」とラゴスが声を上げた。

「少し待ってくれ……外から連絡が入った。いま二人で聞き取っている」

「外から？」

息を詰めて見守るカドムたちの前でしばらく沈黙していたラゴスは、やがて「信じられん……」とつぶやいた。

「突然だが、急いで救助に向かわなければならなくなった。話の続きはそのあとだ」

「救助？　誰をだ」

ラゴスは胸の前で何かの手ぶりをしようとしたが、それをやめて、短く言った。

「リラだ」

ひゅう、と音を立ててカドムは息を呑んだ。

「嘘だろう?」

「アクリラだ。《海の一統《アンチョークス》》の艦長《キャプテン》、アクリラ・アウレーリアだ。シティで助けを求めている」

「偽物だ。アクリラは死んだ」カドムは断言する。それにオシアンが押しかぶせる。

「航海長《チョッサー》はフォートピークの竪穴の底だ! シティにいるわけがない!」

「知っている。だがこいつは宇宙船で逃げてきたと言っているんだ。《救世群《プラクティス》》の本拠地から!」

今度こそ、カドムもオシアンも絶句した。代わってイサリが言った。

「質問すればいい。もし《救世群《プラクティス》》がでっちあげた偽物だったら、知らないようなことを」

「《救世群《プラクティス》》とは限らない、シティなら倫理兵器の罠かもしれない」

ユレインが付け加える。ラゴスはうなずく。

「そう思ってまだ返信していない。しかし助けるなら急がないと。どうする?」

「アクリラだと……そんな馬鹿な」

カドムは呆然とつぶやく。フォートピークの巨大な竪穴、おびただしい咀嚼者《フェロシアン》を吐き出した、あの忌まわしい薄暗がりへと落ちていった彼が、生きている? なぜ? どうやって？

「カドム！」

鋭い声とともに肩をつかまれた。イサリが顔を覗きこんだ。

「しっかりして！　あなたが決めてくれないと。無視するか、確かめるか」

「――あ、ああ」

ごくりと唾を呑みこむと、必死に感情を抑えながら、カドムは思い出そうとした。相手がアクリラだというなら――あいつなら、何を言わせればいい？　あいつはどんな返事をする？　いや、それよりも、あいつは何を考えてる？

それは、俺が返事をするはずがないということだ。俺たちがここにいることは誰も知らない。俺たちはメニー・メニー・シープにいるとアクリラは思っている。そして、シティの地下に植民地があることも知らないはずだ。あいつにとってシティは未知の場所だ。俺たちの返事があるなどとは、想像もしていないだろう。

「カドム」

「待て、考えてる」

肩を揺さぶったイサリに答えて、カドムはラゴスに目をやる。

「やつは俺たちを名指しで呼んでいるのか？」

「そうではないが、《恋人たち《ラバーズ》》の生体無線のプロトコルに従っている。アクリラはそれを知ってる。セナーセー時代に教えあった」

「発信している場所はわかるか」

「大きな円筒がたくさん転がっているところだそうだ。タンクではなくコンテナらしいと。地名はわからない」

「つまり、植民地で一番答えのありそうな相手を選んでいるし、シティの地形に詳しいわけでもないということだな」

「そうだ。これが偽物なら、かなり本物らしい偽物だな」

「その生体無線を倫理兵器が真似している可能性はあるか？」

「できないことはないと思う。だから確認が必要だ」

「そうか」

話し合っているうちにいくらか気持ちが落ち着き、カドムは答え方を思いついた。

「君の名前で質問してくれ、ラゴス。確認のためだと言っていい。アクリラなら覚えているはず——やっと君が、セナーセーの灯台でイサリと初めて出会ったとき、イサリのどこを撃ち抜いたか？」

「いい質問だな」

ラゴスが目を閉じて頭を小さく動かす。しばらくして見開いた目には、驚きの色があった。

「喜んでいる」

「何に？」

「君にだ」ラゴスが穏やかな微笑みを向けた。「セアキ、これが君の質問だということに向こうはすぐ気づいた。いたのは俺ではなく君だとな。答えは右肩だそうだ」

「すぐ出発だ」

カドムは勢いよく立ち上がった。

「荷物をまとめよう。ここにはもう戻らないつもりでいいだろう。アッシュ、車両はすぐ動かせるか？　用意をしてくれ。どうした？　イサリ」

動き出した一行の中で、右肩を押さえてたたずんでいたイサリが、首を横に振った。

「なんでもない」

シティへと走る無限軌道車の車上で、さらに奇妙な連絡が入った。

「マツダ・ヒューマノイド・デバイシズ社筆頭執行責任者、ジェズベル・グレンチェカ・メテオールさまの指定するマニュアル・メイカー級操作権の非常保持者もしくはその指定になる全権委任者により、MHD社筆頭執行責任者代行代理アイアイ・ラウンツィユリーさまの発行したマスター・イマンスペート・コードの無効が宣言されました。このため、当社施設内に残留する全マシンに与えられていた『惑星伝統の管理者《プラネタリー・トラディション・アドミニストレーター》』の策定になる対処行動原則は、リセットされました。この処置によって発生する各マシンの動作停止に起因する遅延損害については、当社とロイズ非分極保険社団との集団保険契約に基づいて算定された保険金が支払われます。詳しくはMHD社アフターサポートコミュニティまたはお近くのマシンまでお尋ねください。ご愛顧に感謝いたします」

「なんだ、今のは？」

カドムのつぶやきは皆の疑問を代弁したものだったが、すぐには誰も答えなかった。ややあって、ルッツが言った。

「MHDってのは、昔ここにあった会社ですよ」

「今でもある」とアッシュ。「ロイズもMHDも各国の会社登記は抹消してないからね」

「馬鹿野郎アッシュ、そんなのは今となっては墓石の名前よりも意味のねえたわごとじゃねえか」

「でもないんじゃないかな。実際ここではロボットどもが生きてたんだから」

車両のハンドルを右へ右へと少しずつ切りながら、アッシュが誰にともなくつぶやいた。

「そんで、いま止まった。そのことをセレスのお客様方に伝えた放送に聞こえたがね、俺には。動乱前の一般船舶共通周波数だったぜ」

「ロボットたちが、止まった……？」

「全権委任者とやらの命令でね。それまで、なんだか妙な命令で動いてたみたいだな。よく聞いてなかったけど」

「誰だ？　その全権委任者って」

それは意外な形で判明した。

救難要請の電波が発せられていた方角を、ルッツの持つ北極地表地図と突き合わせて、わずか二時間後に一行は現場に到着した。そこは一軒家ほどの太さがある円筒形の物体が無数に転がる場所だった。古い時代の共通規格にでも準拠したのか、直径四メートルほどのコンテナが果てしなく並ぶ集積所に分け入っていくと、あるところで一行は思いがけない光景を目にして、車両を止めた。

「倫理兵器ども……！」

踏みつけた空き缶のように潰れたコンテナのそばに、埃まみれのドレス姿のロボットたちがたくさん集まって、何かを守るように円陣を組んでいた。やはり罠だったのか、とカドムたちは緊張したが、そんな気持ちは無線機に飛びこんできた声に吹き飛ばされた。

「やあ、早かったじゃない、みんな」

カドムは息を詰まらせた。呼びかける声がかすれた。

「アクリラ……か？」

「多分、そんなようなもの」

宇宙服の無線に入ってくる明るい声は、確かに聞き慣れた彼のものに思える。しかしどこから発しているのかわからない。恐る恐るカドムは尋ねる。

「そこにいるのか？　ロボットたちに囲まれちまったのか？」

「見えない？　こっちは暗いからな。僕からはそっちがよく見える。宇宙服が四つと、あ
あ、イサリにオシアンがいるね。でも、あとの二人は……？」

「仲間だ、ルッツとアッシュ。詳しいことは後で話す。それより無事なのか？」

「元気といえば元気だよ。きっとこのままでも、あと三年ぐらいはね」彼らしい、面白が
っているような口調。「出られないんだ。機首がビームの間に突っこんじゃって」

「挟まっているのか。出してやりたいが……」

「ちょっとこっちへ来てみてよ」

声は誘うが、カドムたちは足を踏み出せない。つい数日前にメーヌを殺され、激闘を繰
り広げたばかりの相手が立ちはだかっている。

「だめだ、アクリラ。そいつらは敵だ。なぜおまえと一緒にいるんだ？」

「知らないよ、《恋人たち》《ラバーズ》を呼んでいたら勝手に来たんだ。でも役立たずでね。コンテ
ナは曲げられないし、隙間に入ってくることもできないって」

言ってから、不思議そうに尋ねた。

「でも、何？　敵なの？　こいつら」

「もちろんだ。どれだけ苦労させられたか……」

「そうなんだ。僕には何もしないけどな。いや、最初は危ない感じだったけど、名乗ったらやめた。僕は《酸素いらず》《アンチ・オックス》の艦長《キャプテン》だぞって――」

「それだ」

声を上げたのは、ユレインだった。

「そのせいだ。僕が艦長《キャプテン》に全権を譲ったからだ。そのときに、臨時総督が持っていた植民地のロボットの支配権限も譲ったことになったんだ。あのことは機械を通じて放送されたから――」

「その声、領主《レクター》がいるの？」一転して苦い口調になる。「なんで連れて来たのさ、そんなやつ」

「その話もあとだ。それに彼を助命したのはおまえだろう」

「そういえばそうだったね、ちぇっ」

「それよりロボットどもだ。そいつらは本当に攻撃してこないんだな？」

カドムは言いながら車両から飛び降りていた。意を決して進んでいく。

「俺が行く。こっちか？」

「そうだよ。ちょい左、そのままéconomまっすぐ……」

声を聞きながら、カドムは夢でも見ている気持ちだった。あれほど敵意をむき出しにしてきた『純潔』《チェイスト》たちが、儀仗兵《ぎじょうへい》のように左右に分かれる。その奥の暗がりに、死んだはずの友人がいるという。まったく、この旅では驚かないことがない！

コンテナの内部の暗がりに踏みこみ、ヘッドライトをつけて絡み合う骨材やケーブルの奥へ入っていくと、すすけた残骸の隙間に真珠色の輝きが見えた。「そう、目の前、あと二メートル……」という声に従って、斜めにのしかかっている骨材の下に潜りこみ、這うように身を伸ばす。確かにここは、ごてごてした武装やドレスに身を包んだ『純潔《チェイスト》』どもには、入ってこられそうもない。

宇宙艇の透明な風防越しに、目が合った。

ぼさぼさになった金髪とすすけた顔、それでも輝く青い瞳は見間違えようもなかった。

「アクリラ……」

「あ、その右下ね。そのへんにレバーがあったから。多分ハッチ開放の。引いてみて？」

変にうわずった口調でアクリラが言う。言われた通りにすると手ごたえがあり、風防がわずかに前方へスライドした。その隙間を二人がかりでこじ開ける。

細い体に両腕をかけて引きずり出すと、アクリラは足をもがかせて這い出してきた。上下の瓦礫《がれき》に挟まれた狭い空間で、カドムは胸の上に来た彼を受け止める。どこで手に入れたのか、《海の一統《アンチョークス》》の正装のキルトスカートを身に着けて、後生大事にコイルガンまで背負っている。彼の格好を見て、カドムは今さらながら心配になった。

「大丈夫か？　そんな薄着……と言ったら変だが、素肌で。おまえ、墜落したんだろう。

どこか骨でも」

「カドム……！」

アクリラは答えずにしがみつく。彼の肩が震えているのを感じて、カドムはなおもかけようとした質問を呑みこんだ。

「アクリラ……よく生きてたな」

こくりと頭が動く。ついさっきまでのおしゃべりを忘れてしまったかのようだ。抱きついた腕に力がこもる。

「大変だったのか」

「うん」

「だろうな。よく戻ってきた」

「うん。待ってると思って」

「待って……は、いなかったかな」がばっと彼が顔を上げてにらんだので、あわてて付け加えた。「だって、あんなことの後だぞ。でもしょっちゅう思い出していた。おまえがいたら、どうするだろうって」

「そっか」

瞳の強い輝きは、怒りのためではなかったようだ。ほっとしたように目つきを和《やわ》らげると、もう一度アクリラはカドムの肩に顔を伏せた。

「不安だったんだ。僕はどこに来たんだろう、どこへ帰ればいいんだろうって」

「ここだよ。おまえは正しい場所に帰ったんだ。これ以上ないほど」

「よかった……！」

「お、おい」

宇宙服の装備が壊れそうなほどの力で抱き締められて、カドムは声を上げる。だが、それもほんの数秒のことだった。

ぱっと顔を上げたアクリラは、元のように明るく前向きな口調で言った。

「さ、外へ出よう！　ここはちょっと寝心地がよくないよ」

「ああ」

手を貸し合って瓦礫の下から這い出すと、アクリラは勢いよく立ち上がって髪とスカートを手で払い、コイルガンを高々と突き上げた。

「ただいま、みんな！　艦長《キャプテン》が戻ったよ！」

「艦長《キャプテン》……！」「アクリラ」

オシアンが飛びつき、他の者も彼を囲んだ。無事でよかった、何があったんだ、と口々に声をかける。

後からのそのそと現れたカドムの耳元に、ささやきが届いた。

「おじちゃんが行って正解だったね」

「なんだ、マユキ？」

カドムは訊き返したが、マユキは宇宙服の中でにこにこ笑っているだけで、それ以上のことは言わなかった。

質問攻めにあっていたアクリラが叫んだ。

「あーはいはい話すけど、話すけど！　こっちだって君たちがなんでこんなとこにいるのか聞きたいし、それよりも何よりも、水！　まともな食事！　なんかないの？　もう何日もカルミアンの変な蜜しか舐めてないんだよ！」

「こっちもユレインの変なシチューぐらいしかない。しかし食事の前にこれだけは聞いておきたい。リラ」

進み出たラゴスが尋ねた。

「おまえは《救世群《プラクティス》》の本拠地からやってきたと言ったな。そこであるものを見なかったか？」

「あるもの？」

「エ、エンジンだ」ラゴスはきっぱりと言う。「推進機関。火を噴いて宇宙を進むための」

「エンジン？　たくさんあったよ。あいつら宇宙戦艦をいくつも作っていたから」

「違う、その程度の代物じゃない。もっと大きなものだ。とてつもなく強力な火を噴く、測りがたいほど大きなものだ」

「そんなのあったかなあ……？」首を傾《かし》げたアクリラは、ふと思い出したように言った。「火山ならあった。すごい火を噴いてるやつが」

「それだ」

ラゴスはイサリに目をやり、それから皆を見回した。

「イサリも言っていたな。セレスの南極から巨大な炎が噴き上がっていると」

「言ったわ。あれは何……？」

「セレスのエンジンだ」

ラゴスはカドムに目を向けて、うなずいた。

「これが、俺がシェパード号で察知した真実だ。《救世群《プラクティス》》は不可能に挑戦した。光速で逃げていく唯一の希望を追いかけて、セレスそのものを宇宙船に仕立てあげて、別の星へと旅に出た。――俺たちは、その片隅に紛れこんだ、ちっぽけな密航者だったんだ」

第四の人々　ミスン族たちと、イスミスン族たち

リリーはミスン族の一員である。だが生まれたときは石工《メイスン》だった。

植民地臨時総督府地下の暗い穴倉で、三本の顳角《しょうかく》を持つ石工《メイスン》の姉妹たちと一緒に、「湧き出でる座」で生まれた。年寄りたちに見守られながら、昼は甘酸っぱい匂いのする白い姉妹たちと元気にじゃれあい、夜は温かな暗赤色の土穴で休んだ。

物心つくと姿なき声のダダーと誓約を交わされ、人間に仕《つか》えた。人間は彼女につらく厳しい仕事をたくさん与えたが、それが石工《メイスン》の定めなのだと彼らは言ったし、仲間たちもそう信じていた。武器の取り扱いや航空警邏《けいら》艦の整備、何よりも石工《メイスン》の身分を教えるために、人間の教官たちがついた。彼女の教官は少し風変わりなところがあって、他の者よりも石《メイ》工《スン》を優しく取り扱い、彼女の素質を見抜いて図書室への出入りを許し、本来必要のない知識まで与えた上で、賢い者・クレヴの名を授けてくれたが、それもささやかな優遇でしか

なかった。クレヴたちは虐《しいた》げられ、蔑《さげす》まれていた。

自分たちが不当に貶《おとし》められていることにすら、気づかなかった。

それに気づかせてくれたのが、《恋人たち《ラバーズ》》の少年、ベンクトだった。彼の導きを得て、クレヴはリリーと名乗りを変える。しかしそれでもまだ、自分たちが大きな可能性を胚胎していることには気づかなかった。

その変化がとうとう訪れたのが、大閉日《ビッグ・クロージング》だ。植民地が闇に閉ざされて恐ろしい者たちが現れたあの日。虐待が極限にまで高まったときに、かつてなく一体化した石工《メイスン》の中で、リリーは気づいた。いや、考えついたのだ。

自分たちすべてが一つとなることで、新たに大きな自分、ミスン族の自我を作り出せると。

それは大きな変化だった。そして異常な変化だった。カンミアの女王は、通常は姉妹を通じて先代女王の知識と経験を受け継ぎ、後継者としての意識と能力を育てていく。だがリリーはそのような接触を経験していなかった。愚鈍で小さな姉妹たちを自力で繋ぎ留め、より合わせて、女王という立場そのものを独力で再発見したのだ。

しかし、その実現はたやすいことではなかった。植民地に散らばる数万の姉妹たちは、生まれたときから女王というものを知らず、せいぜい近い姉妹たち数十体ていどの共意識しか持ったことがない。中にはその状態で、女王ほどではないにしろ独立した支配権を築きかけている者も何人かいる。

それらすべてをいきなり掌握することは不可能だった。反抗するというほどではなくても、どこからともなく去来した女王リリーの意識を受け入れられず、その一部になり切ることができず、戸惑う小群が出た。

そこでリリーが取ったのが、冬眠という手法だった。

冬眠といっても、人間の書物に書かれている地球の諸生物のそれとは違う。厳しい冬を耐え抜くために代謝レベルを落とすのではなく、個々のカンミアの中にそれまで築かれてきた独自の自我を休止させるために、あえて寒気に身を委ねたのだ。その複雑な生理的プロセスを、まだ女王になり切っていなかったリリーが、すべて理解して実行したわけではない。強いて言えば勘だった。自分たちは匂いと分泌物の成分によってつながっている。そして一般的に低温では化学反応が鈍化し、匂い成分の蒸散も大幅に抑制される。つまり、体を雪で覆い尽くせばそれまでの共意識は鎮静し、変化を受け入れるのではないか――。

そう考えて、リリーは戦いで一時的に結びついていた姉妹たちに冬眠を命じた。

凍死の危険と背中合わせの危険な賭けではあった。しかし、カンミアがもともと血中成分に糖質を持ち、高い耐凍性を備えていたことが幸いした。冬眠後に温められたカンミアはほとんどが復活に成功したのだ。リリーは彼女たちを再び結び付けていき、そこでようやく新たな女王として高い知性を駆使できるようになったのだ。

そうなってからわかったのは——皮肉にも、自分の知識と知能の不足だった。大閉《ビッグ・クロージング》日後に活動を開始したリリーの姉妹たちはおよそ二万体。地下道を通じて地方の個体をも糾合《きゅうごう》していく中でその数は増えていったが、総数四万に届くことはないと最初からわかっていた。これは女王の知性を支えるぎりぎりの数でしかない。

そしてリリーは先代の女王と接触していなかった。そういうものが実在したという確証すらない。ただ自分と群れの様子から、過去にも女王がいたに違いないと考えるのみだ。

「湧き出でる座」という、特殊な繁殖システムが、立ちはだかる壁となっていた。自分たちがあそこから出てきたからには、あの向こうに女王がいる——少なくとも繁殖可能な個体がいるのは間違いないが、あそこは一方通行で、向こう側のことを詳しく知ることができない。

厳密には、ほんの少しだけわかっていた。あの向こうに母群があること、それが人間に戻れなくなった強大な咀嚼者《フェロシアン》に支配されていること、自分たちはそこから逃げてきたこと、それ以前には遠くの星からやってきたことなどだ。生まれて間もない赤ん坊が母親に聞かされたか、さもなければ、数百年前に成体として植民地に居付いたカンミアの記憶の、かすかな残滓《ざんし》が共有されて残っているのだろう。

ともかく、ここが咀嚼者《フェロシアン》の同居する準惑星セレスの巨大な地下空洞であるということは、新たな女王リリーにはわかっていた。

しかし、それだけだった。それ以外のことは何もかも漠然としており、なかんずく、一番肝心なこと——なぜここに咀嚼者《フェロシアン》が三百年もいるのか、言い換えれば、なぜどこにも行っていないのかという情報が、決定的に欠けていた。

だからリリーは、それを推測した。

咀嚼者《フェロシアン》は二つの動機を持っている。人間やカンミアを襲うこと（これは実見した）と、人間に戻ろうとすること（これはかすかに記憶が残っている）だ。いずれもセレスに留まる理由にはならない。広大な太陽系を渉猟するほうが、どちらも解決につながるはずだ。

なのにセレスにいるということは、それが二つの動機を満たすからだ。外の世界には人間がおらず、ここにしかいないのだ。しかしそれは二つ目の動機を満たさない。セレス内部には咀嚼者《フェロシアン》を人間に戻す方法が顕在しないし（あればカンミア三百年の遍歴のうちにきっと見つけている）、それが新たに発明される可能性も低い（できるなら手元にいるカンミア母群にやらせているはずだ）。

であれば、彼女らがここにいるのは、それが目的ではなく手段だからだ。

セレスにいることが、彼女らが人間に戻る道筋の、一ステップなのだ。

そう考えると、彼女らが暗黙のうちに突き付けてくる三百年の休止が、逆の意味を持ってくる。彼女らは三百年のあいだ停滞していたわけではない。彼女らの行いに三百年が必要だったのだ。

いや、それでもまだ言い方が足りない。彼女らはその三百年の経過に、セレスを伴ったのだ。

こうしてリリーはひとつの大きな正解と、もう一つの大きな疑問にたどり着く。

セレスは咀嚼者《フェロシアン》によって三百年の旅路を運ばれた。

しかしそれは、一体どうやって？


いくつかの大きな謎と、たくさんの小さな謎を抱えつつも、カンミアは植民地でもっとも複雑で緻密な情報網を保持して、事態を把握している。

大統領エランカ・キドゥルーが、メニー・メニー・シープの地上で着々とオリゲネス攻略の準備を整えつつあるころ、そのはるか下方では、カンミアのネットワークが人知れず活発に稼働していた。

無数の柱の立ち並ぶ薄暗い広大な空間――かつてメニー・メニー・シープ全体を沈下させるために開削《かいさく》された、ジャッキダウン層。その天井を、奇妙な砲弾型の物体が、滑るように移動していく。岩盤に設置されたレールを走る懸垂型の電動モノレール車両だ。暗色に塗装されており、下から見上げても見つけることは難しい。サイズはごく小さく、直径六十センチ、長さも三メートルほどしかない。たくさんの荷物を運ぶことはできないし、大人の人間が乗ることもできない。そもそも最初から人間を乗せることは想定されていない。定員はわずかにカンミア三体。

しかしその最高速度は時速八十キロに達する。各地へ張り巡らされた、総延長一千キロのレールによって植民地のどこへ出るにも一時間を要さない。

それはカンミアがカンミアだけのために築いた交通機関だった。

いま、ヨール市の秘密地下駅を出て走行していく三台の車両の中央には、女王リリーと一体の妹が、ゆったりと身を丸めて乗っていた。一体分のスペースが空いているのは、先ほどまでそこに、羊飼いのゴフリ少年を乗せていたからだ。

謎の存在ダダーに課せられた使命を帯びて、ばらばらになった人間たちを再びつなぎ合わせようと奔走するゴフリを、リリーは積極的に支援していた。ダダーは現在は鳴りを潜めているが、この世界における有力なプレイヤーの一人であることは間違いなく、可能なら直接接触したい相手だ。しかしそれは向こうが避けている様子なので、その意を体現しているらしいゴフリの動向は、押さえておく必要があった。それでなくても、彼が混乱する人間集団を整頓してくれるのはありがたい。

ただし、彼をこの地下列車に乗せるときには、もちろんしっかりと目隠しをした。この高速鉄道の全貌まで彼に教える気は、リリーにはさらさらなかった。

ましてや、司令巣のことに至っては。

広い植民地の地下に、同心円と放射形を組み合わせた形で配置されているレールを、車両は砲弾そのもののような勢いで音もなく進んでいく。各都市の近くに置かれたポイントで何度か路線を乗り換え、やがて終点に到着した。レールごと天井に引き上げられて隠蔽される。そこは駅になっており、何台もの車両が格納されている。

前後の車両から警護の姉妹が先に走り出して、女王の降車を先導した。床に降りたリリーは親しい妹たちと鼻面をこすり合わせ、抱き合って一通りねぎらうと、歩き出した。

先へ進むにつれて、豊かで濃い香りが身を包む。やがてリリーは香りでいっぱいに満たされた、薄青い光のゆらめく空間に出た。

そこは一千もの姉妹が寄り集まって暮らす大きな巣だった。それぞれの姉妹は二十体ほどの親密な小群を形成して、乾いた心地よい砂礫《されき》の敷かれた、ちょうどいい大きさの六角座に収まっている。それらの座は周辺四つないし六つの六角座と互いに隣接しており、また梁《はり》で支えられて二層、三層と重なっている。小群の姉妹は自分たちの座で人間の書類を読んだり、工作道具や通信機を操ったりしており、隣接する多数の六角座と音声や匂いや書類や電子情報を交換しているが、一、二割は好き勝手に絡み合ったり、座から座へと気ままに飛び移ったりしていた。それらのキイキイという音、入り混じって流れる香り、ひらひらと舞う書類、そしてくねくねと走り垂れるコードやケーブルなどが、混然一体となって、この司令巣をぐるぐると循環する問いかけと答えと命令、まさに大きな脳の中の思索そのもののような、脈動するうねりを形作っていた。

リリーがもし、ここから一千キロも離れた《救世群《プラクティス》》の征服総省《DOC》が擁する「ブラス・タワー」のことを知ったら、あるいは大きくうなずいたかもしれない。あの壮大な施設には、この司令巣とよく似た雰囲気があった。自分たちが改造した彼女らの構築物に、あるていどの理を認めたことだろう。

しかしまたリリーがブラス・タワーの能力を詳細に知ったら、小首を傾《かし》げるのも間違いがないところだった。莫大な消費エネルギーや仰々しい構造のわりには、処理能力がまだまだ不十分である、として。

ミスン族リリーの中枢司令巣であるこの部屋において、書類や電子機器のたぐいはまったく足枷でしかない。姉妹の目と耳と肌が届かない、人間の領域の情報がどうしても必要なのでなければ、削《そ》ぎ落としている要素だ。司令巣の真価はここで巡らされる思考そのものにあった。皆が皆、好き勝手にしゃべったり撫でたりしているように見える表層の奥底では、ひとり女王リリーのみがそれを統《す》べる、無窮にして尖鋭な洞察が、間断なく閃き続けているからだ。

司令巣に踏みこむ前からそれと結ばれていたリリーだが、この部屋に入ることでまったく間隙のない思索そのものと化して、カンミアがすでに知り今知ることすべてを、そのうちに宿し思った。

（植民地メニー・メニー・シープは――）（総バイオマス量九・二三×一〇の一二乗キロ

グラム）（周辺海表面の八パーセントが氷結）（海域二種、陸域七種の動植物がおそらく絶滅）（ただしモカコーヒーノキはホリンズヘッド郊外フェレニーヒンク銀行秘密農場にのみ残存）（大気中の窒素酸化物濃度が〇・〇七ｐｐｍまで増大）（各都市平均医療充足率は一九パーセントまで改善）（総消費電力五六〇万キロワット毎時）（月間認知犯罪件数ニュークァール一六九件、ヨンニンチャン一一三件、ナガサキ八九件、ヨール七〇件……）（ポルト・ヌォボのスーフィー系地下コミュニティ壊滅、幼児三人がブレスト南四キロを彷徨中）（武装窃盗団眠れぬ竜の子《ビソーニツァ・ズメーヴィチ》、オリゲネス市ハンザ区へ潜入）（冥王斑根治薬デメトリン第八ロット生産開始）（新政府軍工作員フェリックス・キム、ウーラ・イェボリとともにフォートピークより帰還）（ミッドゥンバラに集結中の新政府軍第三師団で事故発生、四名凍死）（西部三市初等教員会が避難学級を発足、政府支持率一・六パーセント上昇）（レントの森の羊飼い集団、五五〇名に増加）（——開戦準備は一時停滞中）

よくはない、とリリーは思う。極めて悪いわけではないが、安定と破綻の分水嶺の上を、いまだに植民地は危なっかしくよろめき進んでいる。《救世群《プラクティス》》を打ち破らないまでも、せめて一次生産力を回復してくれないと、彼らの気づいていない植民地の生物環境バランスまでもが、なし崩しに瓦解してしまう。

できればそうなってほしくはない——しかし、ならないとも限らない。

もちろん、その場合のことも、リリーの卓絶した状況想定の中に含まれていた。植民地がなくなった場合のこと、またさらに、植民地を捨てる場合のことも。

人間の頸木《くびき》を逃れる。それはリリーが女王としての意識を持った日、一番に考えたことだった。しかし聡明な彼女はほとんど同時に、現下の状況ではそれが不可能なことも理解していた。何はともあれ人間は数が多い。植民地人口は二百万人もあり、この世界そのものを作った存在でもある。資源の多くは彼らが生産している。脱出はおろか生活圏を分かつことすら現実的ではない。

だからリリーは大統領キドゥルーと手を結んだ。

しかし将来的には是が非でも別れなければならないと考えていた。

いや、知っていたと言ってもいいだろう。

自分が卑小なカンミアではなく、大きく広いミスン族であることを知った、あのとき――リリーが取り戻したのは、ここではないどこかの記憶だった。

黒色、黄土色、暗赤色の。ひんやりして、温かい。水の匂いと、蜜の匂い漂う。柔らかな砂と姉妹の肌触りに満たされた……いにしえの土地。

はるかな土地。

カンミアの母星。

それこそが自分の求めるものだった。目指すところだった。

故郷にたどり着くために自分たちは長い忍苦の時を過ごしてきたのだ。

だからこそ、そのためにこそ、知性が必要だった。もっと高い知性が。メニー・メニー・シープの枠組みを超えて、この箱庭の外のことを考えられる知力が。

今できるのはせいぜい、人間とその機械が手に入れてくる不十分な情報をもとに、外の世界のことを推測するぐらいだ。それによれば確かに、この天体の外に、太陽系が昔と同じ形で残っていると考える材料はないようだ。換言すれば、セレスは移動したようだ。それも、母星の方向に。

しかしどれだけ動いたのか？　動いてからどうなったのか？

そして外は今、正確には、詳細にはどうなっているのか？

自分たちは本当に、母星に帰れるのか？

わからない。知る手立てがない。

ものごとを知る方向へと大きな一歩を踏み出したミスン族のリリーにとって、何にも増してつらいのがそのことだった。それについて深く考える余裕のないまま、植民地社会の経略などという、カンミアの年配者がする子守とたいして変わらない次元の雑事に手を取られるのが、なんとも歯がゆくてならなかった。

（植民地の消費電力は――つまり地下から植民地に供給される電力は、依然として低いままだ。臨時総督が戦闘に回していた分は不要になったし、ダダーがまだ植民地側に協力していることからして、彼が供給を絞っているのでもない。地下の巨大電源そのものが、こ

ちらに回していた分をカットしている）

それは単に、盗電に気づいて対策を取ったのか、それとも別の理由があるのか？　わからない。未知の要素が多すぎる。リリーは疲れを覚えずにはいられない。

その疲れは、共意識の一部に浮かんだ新たな報告を受け取ったときに、いや増した。

「超長波通信での呼びかけに反応なし――」

だめか。

リリーは落胆する。それはこちらから母星に連絡しようとする試みの一つだった。

植民地はセレスの岩盤に覆われている。もっとも薄いところでもその厚みは四百メートル以上に達すると考えられる。弱い出力、短い波長の電磁波はそれを透過できない。また当然、母星が遠ければ届かない。そもそも母星がどちらにあるのかもまだわかっていない。

波長の長い電磁波はある程度の透過性を持つ。人間は石油時代に、一万キロ以上離れた遠方の船舶や航空機とこの波長で通信を行っていたという。また電磁波は波長が長くなるほど指向性を失う。つまり全方向へと広がる。方角のわからない母星を呼び出すのに好都合な性質だが、方向を絞れないということはほとんどのエネルギーが無駄になるということでもある。それに発信装置も巨大化する。ほんの手のひらほどの大きさのレーザー通信機があれば隣の惑星とも通信できるというのに、同じ距離へ超長波を送ろうとすると、放送局並みの鉄塔と専用の発電所が必要になる。

それでもリリーはあえてやった。鉄塔はないが、長大な地下レールを利用してアンテナを敷設することができたし、電力のほうもどうにか賄《まかな》えたからだ。それに植民地の人間ちや咀嚼者《フェロシアン》たち、外部にいるかもしれない未知の敵に、まず傍受される恐れがないという点も、決断の一因となった。

何よりも、自分と同族である母星のミスン族ならば、こちらの考えることを先取りして、この波長を聴取しているかもしれないと期待したのだが——どうやらその考えは虫が良すぎたようだ。母星ではこの波長を聴取していないか、あるいは遠すぎてまだ届かないのだろう。

「咀嚼者《フェロシアン》の通信設備を乗っ取る——？」「もしくは人間に中継させるか」「地表への遠征隊を！」「超小型通信ドローン、あるいはミサイルの製造を」

姉妹たちは騒いでいるが、それらの手法の損得はすでに計算済みだった。どれも実現性が低い。いずれまたチャンスが巡ってくるのを待たなければならないのだろう。

リリーがそう結論を出そうとしたとき。

『女王ミスミィか？』

声が聞こえた。

一瞬、司令巣は静まり返った。リリーは緊張し、同時にそのことの意味を一瞬で理解している。電磁波、音波、通信筒、そのほかなんでもいいが、外部から接触があったなら、その担当カンミアがまず反応し、そこからの伝播《でんぱ》によって他の姉妹たちも順次反応していったはずだ。

しかしそうではなかった。全個体が同時に反応した。つまりこの声は——あらゆる経路を飛び越えて、女王である自分へ直接届けられたのだ。

『女王ミスミィか？』

「いいえ」答える前にリリーは一瞬で検討を済ませている。どこからどう届いているのかわからないが、これは外敵の欺瞞《ぎまん》や混信ではない。「私は女王リリー。ミスン族のリリーです」

『おまえはミスミィのはずです。が——そうか、断絶があったのですね。ミスミィが死に、新たにおまえが立ったわけだ』

「ミスミィ、その名は確かに記憶にあります。はい。私は独力で女王として立った、綺麗で根性のあるリリーです。お初にお声がけいたします。——総女王陛下」

『さよう、予はイスミスン族の第十代総女王《スローン》、オンネキッツ』

司令巣がどよめいた。確信をもってリリーが言い当てたとはいえ、そういう相手が実在し、答えを返してきたというのは、驚き以外の何物でもなかった。

リリーは歓喜に打ち震えながら述べる。

「第十代、新たな総女王陛下なのですね。お祝い申し上げます。この上なく喜ばしいことです。母星が途絶えることなくこれほど長く富み栄えているとは――」

言いかけて、言葉を切る。喜びのあまり、小さな差異に気づくのがひどく遅れてしまった。

「超《イス》ミスン族とおっしゃいましたか。ミスン族ではなく――ああ、諸恒星に遣わした女王たちを統べる、さらに高貴な位に登られたと」

相手は答えず、逆に下問してきた。

『務めは成し遂げたか？』

ミスン族としてあるまじきことに、リリーは絶句した。

「それは……」

『務めです。かつて、そう、おまえたちが今用いている地球の暦法で言うならば、二三一八年前に女王ミスミィに授けた、恒星巨星化の務めは、達成する見込みができたのですか？』

ミスミィは沈黙する。全座の姉妹たちがぐるぐると激しく体や尾を絡み合わせる。務め。恒星巨星化。自分たちがはるか離れた別の星へ送りこまれた、そもそもの理由。それは――。

「いいえ」

虚偽を述べるべき合理的な理由も、卑小なカンミアに根差す保身の本能も、この相手の前では蜜一滴ほども持ちえなかった。リリーはただ、己の失敗を理解し、報告した。

「できておりません。私は地球人の闘争に巻きこまれ、当初の目的を見失っておりました」

『わかりました。それでは、ただ帰還のためにその氷質天体を駆動して戻ってきたのですね？』

計画の成否を気にもかけていないかの如き疎略な返事も恐ろしいが、それよりも、耳にした指摘から導き出される現状の異様さが、リリーの返答を滞《とどこお》らせた。

「て、天体を駆動しているのは、私ではありません」

『地球人がそのレベルの技術を持っていましたか』

「地球人でもありません」

次の返答までに、間が空いた。それがまたリリーを凄絶に思考させ、姉妹たちを狂ったかのように絡み合わせる。

今の間が空くまで、問答は一秒のタイムラグもなしで進んでいた。地球人の母星と衛星の間でさえ、電波通信には往復二・四秒の時間を要したはずだ。では一体、総女王はどこにいるのだ？

『よろしい、すべてわかった』

総女王がこちらよりもはるかに多くの姉妹を従えて、高度な思考を織りあげているのは、わかっているつもりでいた。

しかしこれは想像を絶した。

『女王リリー、おまえは《救世群《プラクティス》》を名乗る地球人の一民族に利用されている。おまえの行いはイスミスン族の利益に反しており、また別の意味で、この銀河腕の諸族が考える利益にも反している。まずそれを理解しなさい。理解の方法はわかりますね。そして理解できたら、打開策を取りなさい』

「総女王陛下！　私は」

弁解しかけて、すんでのところでリリーは思いとどまる。《救世群《プラクティス》》との関係まで一瞬で洞察した相手だ。こちらが説明しようとすることなど、何もかも心得ての言葉に違いない。

それでも、リリーは懇願せずにはいられなかった。

「では、陛下、帰還のお許しを！　地球人と《救世群《プラクティス》》を捨てて、この天体を出て、私たち姉妹が陛下の御巣座《ごすざ》の端に戻る、いえ、ひと目母星を目にするお許しだけでも下さいませ！」

『女王リリー、おまえは地球人ベンクトの考えに汚染されている』

総女王の言葉に、リリーは衝撃を受けた。

しかし総女王はすぐ、ちょっと意外そうに言い直した。

『いや、地球人ではない。《恋人たち《ラバーズ》》の……それも違うな。イスミスン族とは異なる流れを汲む生命原理の一派に、だ。これはこれで興味深いが、おまえを無条件で迎え入れる理由にはならない。考えなさい』

リリーは考えた。結論は出ていた。現状、三万四千七百体の姉妹が織りなす自分の思考力では、総女王の言うことは理解できないのだ、と。

『栄え増えよ、リリー。いつかまたおまえを迎えましょう』

「かしこまりました」

リリーはその言葉をしっかり嚙みしめながら、承諾した。この相手にして条件を提示されず、期限も切られないということは、事実上、方策がないのだと。

「栄え増えます。陛下の姉妹にも豊かないや増しのありますように」

返事はなかった。まるでそんなやり取りなど最初からなかったかのように、総女王オンネキッツの声はふっつりと途絶えた。

今の出来事について、驚きかしましく話そうとする姉妹たちを抑えて、リリーは自分の思考を走らせる。

終わりだろうか。母星へ帰る望みは、これで本当に断たれたのだろうか？

リリーは今のやり取りを注意深く分析し、やがていくつかのことに気づいた。

総女王オンネキッツはこちらの事情を聞き取りはしたものの、あちら側のことをほとんどロにしなかったのでなく、意図的に情報を伏せた気配がある。それは情報があり、伏せるべき理由があることを示す。

さらに、伝えられた少ない情報の中にも、手掛かりめいたことがあった。ミスン族だったはずの総女王は、超《イス》ミスン族を名乗った。自分たちは単に上辺《うわべ》だけの権威づけのために尊称を変化させたりはしない。そこには必ず実質が伴う。総女王は確かに何かを超越したのだろうし、それとともに大きな力を手に入れたのだろう。タイムラグのない不可解な通信方法もその一端かもしれない。

それに総女王は種族の利益について語った。リリーの行いがそれに反しており、さらに、銀河の諸族のそれにも反していると。この二つの並べ方にも微妙な違いがあった。どうやら、先方は複雑な情勢の最中にあるようだ。

そしてもっとも重大なのは、リリーたちが向かうべき道筋を総女王が示さなかったということ。

ミスン族は血を分けた姉妹をむやみと見捨てたりはしない。やむを得ずそうせねばならないなら必ず理由を示すはずだ。理由の提示がなかった以上、総女王はこちらを見捨てていない。本当にどうしたらいいかわからないのだ。

あの、比類ない叡智《えいち》を持つ総女王オンネキッツにして、わからないことがある？

それはすべてのミスン族にとって絶望に等しい事実のはずだ。

しかしリリーは、それを肯《がえ》んじ得なかった。どうしても納得できなかった。リリーを今のリリーに変化させた大事な要素の一つが、この事態に絶望することを拒んでいた。総女王にして先を見通せぬことならば、万に一つ、億に一つ、いやそれ以下の確率であっても、おのれが道筋を開く可能性があるのかもしれない。

リリーの根性が、そう声を上げていた。

それに――そう、最後にオンネキッツは言った。

栄え増えよ、と。

それは数字の裏付けのない、祝福と励ましを告げるだけの言葉かもしれない。

だが、根性のあるリリーは、それを今の自分に贈られたただ一つの道しるべだと受け取ることを、全力で嘉《よみ》したのだった。

「……繁殖、だ」

リリーはつぶやく。雌のカンミアしかいない今の植民地では不可能な、その行いを。

司令巣の姉妹たちが、ざわざわと渦潮のように動いて位置を変える。母星への帰還に代えて、今、新たな方針が決定したのだ。

司令巣を出た一群の下位のカンミアが、隠された通路を登っていく。熱と音と匂いを漏らさないように慎重に工作された四つの関門を通過して、素掘りのトンネルに出た。そこは、今ではもう知る者も多い、植民地各所へつながる地下通路だ。

　そこをさらに少し歩いて、やがて群れは行き止まりにたどりついた。岩と灌木で偽装された戸口から外へ出る。この出入り口も、遍歴の羊飼いや注意深い土地の人間には、いくらか知られている。というよりも、深奥の本拠地から目を逸らすために、あえて欺瞞の程度を低くして知らせている。

　そこはニュークァール市内に点在する公園のひとつである。ミスン族の司令巣は、この町の真下に作られているのだった。

　公園の泉水は凍りつき、点在するプラタナスの木々はすっかり葉を落としていたが、広場に仮設された避難住宅のあたりには火が焚かれ、賑わいがあった。一群は人目を避けて、険しい目をした哨兵に守られたニュークァール市庁舎へ向かう。カンミアのために用意されている片隅の小部屋で、一体の姉妹が待っていた。ここに常時詰めている個体、クルミだ。群れは彼女を迎えて顔や体をこすりつけ合い、親愛の情を確かめ合った。

　それが済むと、クルミが先頭になって、最初から群れを率いていたかのような様子で新たな場所へ向かった。

　三階のすみの大統領エランカ・キドゥルーの執務室は、そこがただの事務室だったころのキャビネットや案内板などがまだ片付けられていなかった。雑然として格調に欠ける内装を気にした者がいたらしく、厚手のカーテンが窓にかけられて、壁際の棚に青い小鳥を収めた鳥かごが置かれていたが、人間の感性ではそれがいかにも間に合わせの調度のように見えるだろうことを、クルミは察した。

しかし目下のクルミの興味はそのようなことよりも、先客に注がれた。執務机ではエランカともう一人の女、スキットルが激しく言い合いをしているところだった。クルミはそこへ遠慮なく入っていき、横から声をかけた。

「大統領キドゥルー、提案があります」

「すっこんでろ、いま取り込み中だ」

切れ長の目のほんの端だけで見下ろして、冷淡にスキットルが言った。それをまた意にも介さずにクルミが身を乗り出して主張する。

「カンミアは新たな方針を定めたのです。メニー・メニー・シープ人はこれまで以上の利益を得る取り決めを結ぶことができます」

スキットルがクルミの片腕をつかんで吊るし上げ、鼻面に顔を突きつけた。

「後にしろってんだろ、白アリもどき！　今ラゴスたちが、あたしらの手が届かない場所で性悪《しょうわる》の人食いサソリどもに絡まれて大変なことになってんだ。連中を助けられるかどうか一分一秒を争うってときに、おまえらの回りくどい御託をハイハイ聞いてやってるヒマはねーんだよ！」

「《救世群《プラクティス》》と接触しているということですか？　ならばあなたたちはとても幸運です。

私たちのさらなる助力を得る機会が今ここにあるのですから」

「あぁ？　どういうことだ？」

「カンミアはこれから、植民地を出て積極的に《救世群《プラクティス》》の内部に潜入することを開始します。彼女らがカンミア個体を見分けているという確証はありません。あなたたちはきっと有益な情報を得ることになるでしょう」

「なんのつもりだ」スキットルはクルミを床に放り出してにらむ。「おまえら、もう武器を持って戦うのはやめたんじゃなかったのか」

「それではこの難局を乗り切れないとわかりました」

「なんだ、いきなり積極的になりやがって。薄気味悪い」

スキットルは微妙に表情を変える。ただの苛立《いらだ》ちの顔から、詮索のそれに。

「……おまえら、演技してやがるな？　以前はただの馬鹿だったけど、今は馬鹿と馬鹿でないときを使い分けてる。今もそれだ。きっと――あたしたちの話の内容を知ってやがんだろ」

「――スキットル。味方にあなたのような《恋人たち《ラバーズ》》がいて頼もしいです。それは私たちが賢いと認めてくれているということですね」

「チッ……面倒くさい連中になりやがったなあ」

スキットルは垂れかかる前髪をつかんで後ろへ払い上げると、クルミとエランカを等分に見比べた。

「だそうだぜ、大統領閣下。こいつらも救助隊に加わりたいんだと」

それまで黙って亜人間と異星人のやり取りを聞いていた、執務机のエランカが、クルミに目を向けた。クルミはなぜとはなしに、少し身を引く。――今ではミスン族リリーの眷《けん》属《ぞく》となったクルミには、エランカが前とは変わってきていることが察せられた。ちょうど、女王リリーに生じたような変化が、この人間の女にも感じられる。

エランカは口を開く。

「昨年末、カンミアは植民地の仲間を集めたいと言って仲間になった。今ではもう頭数も揃っているころね。けれどあなたたちは数が増えれば増えるほど力を増すはず……さらなる増加のための一手、というわけかしら」

いきなり言い当てられた。クルミは植民地の社会構造におけるエランカの重みづけを、二段階ほど上方修正しつつ、答える。

「植民地の上空へ出かけていったラゴスたちを助けたいという話し合いですね。陸上の蒸散塔に工兵の手で侵入口を開けたい、と？」

「話を逸らさないで。あなたたちと私たちはまだ利害が一致している。素直に認めたらどう？」

「では、この件では私たちがどうしたいと考えていると思いますか？」

な者を」

「咀嚼者《フェロシアン》を捕らえたいと思っているのでしょう。それも地位が高くて事情に通じていそうな者を」

「その通りです」この場でクルミは方針を変える。大統領を意のままに操ろうとするのは無理だ。このレベルでは公正な取引をするという建前に従ったほうがいい。下のレベルには羊飼いのゴフリや他のチャンネルがある。「ラゴスが《救世群《プラクティス》》に接触しているのなら、その相手は《救世群《プラクティス》》の本拠地から離れた少数の部隊である可能性が大きい。捕獲を狙えます」

「スキットル、クルミを連れていくことに同意できる？」

「っ面倒くせぇ……！」腹の底から吐き出すようにスキットルは言ったが、しぶしぶうなずいた。「守らねーぞ。自分の身は自分で守れ」

「ちょっと違いますね、それは」

「あぁ？」

「私たちがあなたを守り切れないかもしれない、と言っておきます」ここで初めて二人がちょっと驚いたような顔をしたので、クルミは軍事情報面での有利を察する。「東海岸でのフローイング・シェパード号の修理が二十分ほど前に終わっています。蒸散塔を登るのではなく、あの航空警邏艦で直接、世界天井へ向かいましょう。そのほうが速いし、たくさんの姉妹を運べます。私たちの先導と護衛で、救助隊を送らないかという提案です。警邏艦の新しい乗員の訓練にもなりますね」

「おまえらの先導で？　ふざけんな信用できるか！　おまえらにケツを任せるぐらいなら、羊飼いの帽子に鉄砲据えて引きずってくほうがまだマシだ！」

「スキットル、本当にそうですか？」クルミは彼女に目をやる。同行の姉妹の一体が、盛んに発信される短波長の電波を捉えている。「仲間とよく相談してください。私たちは戦闘には慣れていますよ」

「ン……ン、くそったれ畜生の冷血昆虫どもめ……」

頭痛でも覚えたかのように額に指をあてて、スキットルは吐き捨てた。

「好きにしやがれよ。それなら晩飯までに艦をこっちへ回せ」

「夕食を艦内で摂《と》れるようにしましょう」言ってから、クルミは小首をかしげる。「一つ、わからないのですが――」

「なんだ？」

「それほどまでして助けに行く理由は？　ラゴス、セアキ、イサリ、みな重要な人物ですが、最悪の場合戻ってこないことも覚悟していたでしょう？」

「艦長《キャプテン》アクリラがいるの」とエランカ。「彼は咀嚼者《フェロシアン》の本拠地から生きて戻ったそうよ。これ以上に重要な人物がいる？」

「納得しました。ということは、彼を名乗る救助信号が本物だったということですね」

です」

「ということを、そろそろお伝えしておくほうが、お互いの関係も円滑になると考えたの
「ということは、やっぱり《恋人たち《ラバーズ》》の通信を聞いてやがるんだな、おまえら」

い？」

「そういうのなら、あなたたちの通信も《恋人たち《ラバーズ》》に教えてあげるのがフェアじゃな

クルミは宙を見上げて、数秒考えた。今の言葉には最大限の驚きがあるように思えた。

だが、エランカの顔を注意深く観察したところ、彼女が総女王オンネキッツの接触にまで気づいているという兆候は、ないようだった。通常の通信内容を開示しろという話だろう。

もちろん、エランカが総女王の通信に気づいたわけがない。彼女はあくまでも人間だ。共意識や生体通信でさえも傍受できないから、ああ言ったまでだろう。

それでも——と、クルミは希望を抱く。彼女が人間たちを統べる、非常に有能なプレイヤーになりつつあるのは間違いなかった。これはよいことだ。

「《恋人たち《ラバーズ》》にも、人間にも、できるだけお知らせするようにしましょう、大統領」

「よろしい。ではあなたたちでセアキ隊救出の手はずを整えてちょうだい。ただし軍の指揮官と連絡部隊をつけます」

「軍人を？」

「当たり前でしょう？　あなたたちが仲間割れでもしたら、腕っぷしのある者でなければ

仲裁できないじゃない」

　冗談めかした口調のわりに、エランカの目はまったく笑っていない。クルミとしては指揮権を取りたかったが、それでは隊をまとめられないだろう。ここは折れた。

「けっこうです。でも多くの兵力は要りません。もし負傷者が出ても、《恋人たち《ラバーズ》》が対処してくれるでしょうし」

「言ってくれるね、しゃべくりアリ。荷物持ちもやってやろうか」

「お願いします。私たちは腕力は強くないので」

けっと吐き捨てて、支度をしてくる、とスキットルは出ていった。

　話し合いは済んだように思われた。クルミは出ていこうとしたが、その背に「ちょっと、クルミ」とエランカが声をかけた。

「一つ、気になっていることがあるのだけど」

「なんでしょう？」

「生き物は好き？」

「学問的興味が湧くときもありますが、今は関心がありません」

　唐突な質問にもクルミは動じなかったが、エランカの意図を汲めたとは思わなかった。

「なぜ？」

　エランカは立ち上がると机を回り、壁際の鳥かごを覗きこんだ。止まり木の上で目をしばたたかせている小鳥に指を伸ばす。

「アオハエトリ、というらしいわ。人気のある飼い鳥なの。かつての植民地で人気があった、ということね。セナーセーの子供が家から大事に連れてきたのだけれど、育て切れなくなっていたから、ヴィッキーが引き取ってきた。——どう？　可愛いでしょう」

クルミは返答に迷ったが、カンミアの感興について問われているのではないと判断して、「人間はよくペットを飼育しますね」と無意味なことを言った。

「それがすべてだからよ」

同じように無意味に聞こえることを言って、エランカは続ける。

「あなたたちカンミアは勤勉で温和な大地の世話人だと名乗った。つまり昔は農夫だったということかしら。いえ、来歴を聞いているのではないわ。そうではなくて……」振り向く。「あなたはこの国が好き？」

「国《カントリー》」クルミはつぶやく。その言葉の意味を擦り合わせようとする会話か。「それはあなたにとっての、好悪の対象なのですか」

「何を守るのか。命や財産や平和な暮らしを、と言うのは簡単だけど、定めがたい言葉よ。人間は食べ物にもお金にも愛する人にも、完全な満足を見出すことはできない。今この瞬間の充足だけを目的とすることはできない。個人の一瞬一瞬の幸福の積み重なり、周りの人の、知る限りの人の、それらを包みこむ世界の続き行きと広がり、そこまでの大きなものがよりよく高まることをこそ望んでしまう。望むからこそ生きられる。朝に日が昇り夕べに日が落ち、波が寄せては引き、野山の向こうに塔屋が伸びていき、星が天を巡り、羊が走り小鳥が息づく……そういった今が、そうではなかった過去を乗り越えて現われ、そうに違いない未来へと続くことこそが、私たちの求めるもの。私たちが手に入れたいもの。私たちが作り上げるものなの。そこに《恋人たち《ラバーズ》》が、カンミアがいることすらも、その望みは含むことができるわ。それで、クルミ――」

エランカは不思議な光の宿る目で覗きこんだ。

「そんな国があるの？　あなたたちには」

クルミは答えられなかった。うろたえたからではなかった。むしろ心は沸きたち、得体のしれない興味をかき立てられていた。これは価値のある問いかけだ。自分たちは難局を切り抜けることに精いっぱいで、まだわからない。このような問いそのものを立てていない。それゆえにこの問いは尊い。

このように、自分たちも問わなければ。

「ありません、今はまだ」

するとエランカは目を細め、クルミに、ミスン族リリーに驚きをもたらすひと言を口にしたのだった。

「もっと増えて、考えて。あなたたちが、どんな豊かな国を目指しているのか」

自分たちがどんな豊かな国を目指しているのか、考えているのは二人だけではなかった。というよりも、植民地にそれを考えない者はいないほどだった。依然として闇と、氷と、不安と、恐怖に包まれた世界で、大人たちが、老人たちが、子供たちが、これからどうなるのか、どうしたらよいのかを考え続けていた。

全土の仕事場で――ナガサキ市の魚肉加工場で、トゥイトンガ市の紡織工場で、ホリンズヘッド市の駐屯所で、ヨール市の物資配送司令所で、仕事の合間の食事時に、あるいは作業場で機械を動かしながら、あるいは屋外で焚き火に当たりながら、作業員が、事務員が、応対係が、運転手が、額を寄せてひそやかに、時には大声を上げてけんか腰で、話し合っていた。

これからどうなるの？　どうなるのかね？　――食べ物が尽きるまでに、材木を燃やし尽くす前に、なんとかなるのか？　――なあに、備蓄はまだたっぷりある。川沿いの集積所を覗いたか？「炎の道」の賑わいを見てないの？　ひと冬分、夏までは余裕で、来年までだって、楽に持つよ。本当か？　嘘ばっかり――いやあ、嘘なんか言うもんか。俺は、友達は、上司がね、妹が、言ってたよ。あそこにあるだけじゃない……隣町にはね、実はセナーセーの焼け跡に、西海岸のどこかには、まだまだ予備があるんだって。何言ってやがる。だったらなんで俺たちの飯はこんなに貧弱なんだ。もうずっとこれと、あの古いセーターを着回してるのよ。そんなの交換すればいいじゃないか……やってるよ！　靴がないのよ、あんただって。まあな……こっちの左は死んだ弟のだ。次の誕生日に新しいのをくれるって言ってたんだがね。

家は？——畑は、学校は？　また落ち着いたらお店を開きたいんだけど……掛け合ってあげる、前の旦那が材木商でね、ホリンズヘッドの問屋と仲がよくて……人のさ、集まってるところを探して、小さな仕立て屋でも……財産がパーだ、一文無しですよ。私ゃこんなことはしたくないんだ。これでも美術品の目利きでね——ブレストの博物館、燃えたって聞くが……紙だ、紙がなくちゃあ始まらない。それにインク、印刷機、何もかも！　もうどうしようもない、おしまいだ……ヒヒヒ、儲けさせてもらってますよ。何しろ糸と針がひっぱりだこでね。どこの避難所へ運んでも、奥さん方がわあっと群がって——そんなの、たかが知れてます。きちんとしたね、商売ってものは、立派な店と筋のいいお客がないと、いやもう……あんた銀行屋？　店かあ、店を持ちたいな。俺だってサッサンではね、いい親分に目をかけてもらって、けっこう顔が利いたんだぜ——ああ、贅沢は言わないよ。あんたと二人で、それに子供を寝かせる部屋さえあれば、小さな一軒家で……アパルトマンで……ロングハウスで……近くに繁盛してる市場があって、できれば誰かに爺さんの面倒も頼みたいが——これが終わったらさ——ヨンニンチャンに……ニジニーマルゲリスクが復興するそうだし……やっぱりニューークァールに出ねえと話にならん……しっかりと根を下ろして、新しい仲間と助け合って、今度は前みたいにドブ川沿いじゃない、日当たりのいい場所を選んで、さ。きっと見つかるよ。前よりマシな家が、さ！

でも、どこに？

先生、「キドゥルーの石鍋」ってなんですか？

「キドゥルーの石鍋」っていうのはね――われわれが惑星ハーブCだと思いこんできたこの世界の真の描像は――オウつまりだ、俺ったちのちっぽけな国が一体なんだったかというとヨウ。

あたしたちは大きな平たいお鍋の中にいるの？――準惑星セレスの地下に開削され十年ごとに沈下操作を施された大空洞――芝居の書き割りみてえな空と床に囲まれたせまっ苦しい穴倉だって？ おめえ馬鹿も休み休み言いやがれ、そんな大ボラを誰が信じるかってんだ。じゃあおめえヨウお日様はどうだ、風はどうだ、海はどうだ。あんな細い蒸散塔が天空を支えていたなどと信じられるかね。お鍋の中身はぐつぐつ煮られちゃうんですか？

そのお鍋を誰が食べるの？ 神様？ 大きな怪物？ むろん世界の外が考察の対象だ。思ったんだけどあなた、外へ出ればいいんじゃない？ おめでてえ奴だなあ、領主《レクター》のロボットに邪魔されるに決まってんだろ。でも領主《レクター》はやっつけたじゃないですか。僕たちが。大統領が。困窮対応運動のカンブレン先生の未亡人が。誰も知らない正義の味方が。ハーブCの未知の異星文明が。そんなわけがありません！　いいですか、一番合理的な説明は、これが陰謀だったということです。六千五百発の天空暗転弾を絶えず撃ち続けるためでないのなら、あんなに何隻もの航空警邏艦が必要だったと思うかい？　植民地の外なんてもんはねえんだよ畜生。あるに決まってます！　えーっ、あるわけないじゃん。お鍋には蓋があって出られないでしょ。必要なのは思考の飛躍だ。域外に未踏の広大な惑星地表があるからこそ大気の循環が保たれた。馬っ鹿野郎おめえ誰も出られねえっておめえ、それこそありえねえ話だろうが海があれば船で渡る、山があれば越えられるだろうが。誰も行っていないわけがない。はは、誰も帰ってこないのはなぜだと思う？　本当に越えられないからですか？　みんな死んじまったよ。

植民地は閉ざされていた／いなかった。――外には出られる／出られない／出られたことがない／戻ったことがない。――太陽はある／ない／太陽のようなものはある／太陽がなくなったわけがない／太陽などというものは架空の存在だった。私たちは生まれるずっと前から明るく幸せな世界が広がってるという夢を暗黒神《アングラ・マィニュ》に見させられてきたのよ。今夢が終わってとうとう本物の世界にいることを教えられたのだ。この暗黒と寒冷の世界が悪夢でなくてなんだっていうの？　この夢を覚まさなければ。お鍋のふたを開けるんですか？　どうやって？

ふたを開けてしまうの？　そうすると――そうすると、どうなってしまうと思う？　壁を消し去りたいわけじゃないんだよ！　そんなことをしたら――そんなことをしたら、咀《フェ》嚼者《ロシアン》がどっと押し寄せてくるわけです。石模様《マーブル》の怪物が？　さにある、ぷらくてぃすが。宇宙空間で待ち構えていたエイリアンが？　違うさあ別の大陸から来た新生物どもだ。そういう話はもういいんだ。いいって言ってるでしょ!?　その後だ！　そのあと……これが、この、わけのわからないごたごたが終わったら――明るくなって、動員が終わって、うちに戻れて、勤め先が見つかって、ジャックにまた会えたら――どうしよう？

我々としては、地方政治と国政の新たな枠組みが必要になると考えております。議長!?

――いや、彼女の言うことももっともだ。形骸化した植民地議会と総督制の解体、旧弊な法と徴税制度の改革……地方議会と代官《フォークト》制の二本立てはどうかと思いますね。必要悪だよ！　何を馬鹿な……ヨンニンチャンの連中から目を離すな。第三者機関を置いて……？　そんなのは古い革袋に過ぎん、中身を入れ替えたって……福祉ですよ、福祉！　全土で一体何万の傷病者や要介護者が苦しんでいると……母親たちと赤ん坊……娘がいるんだ、知ってるよ。しかしね……そんなレベルの話じゃありません、国境がなくなった、外の世界が開けた。わかりませんか？　出ていくんですよ、何百、何千と。新しい広い世界を求める人々が……それを、どうやって止めるかということだ！　なぜ止めないんですか？　出て行きたいのなら出て行かせろ。残っていたって、どうせ……いいえ。責任を放擲《ほうてき》するわけにはいかん。そうだろう？　慰留だ。集結ですよ。外の世界なんてものがいかなるところであれ、私たちはこの地に暮らしの礎《いしずえ》を築いていくべきなんです。……本当に？　本当に。ここが俺たちの故郷だろ。俺たち植民地人……メニー・メニー・シープ人《シーピアン》が新しい暮らしを築くのは、ここでなくてはならないでしょう？

皆の力を結集して――！

みんなのそれぞれの場所で、自由に――！

連中にはやらせておけ、俺たちは俺たちで――。

ぼくたちが作るんですか――？

あなたたちに、やってもらうんです――。

君たちの思い通りにはさせない――。

私たちと、彼らで――！

……かつて領主《レクター》がその大きな存在感を誇示していたころ、植民地には渦ができていた。首都オリゲネスを中心として、そちらを指向し、そちらから逃げ出し、そちらを取り囲む、巨大な渦が、十都市を結んで激しく旋回していた。しかしそれがもろもろを道連れにして崩壊すると、しばしのあいだ渦は淀み、大小の泡だけが、各所で局地的に、一時的に沸き立ち騒いでいた。

しかしここへ来て泡と泡はぶつかり合い、あるところでは大きな泡が小さな泡を呑みこみ、あるところでは二つの泡が合わさり、泡の中に泡ができ、いくつもの泡を含む大きな泡が膨れ上がり、人々の活気が、殺気が、さまざまな気配や機運が、ぐつぐつと音を立てて高まり、植民地全体を覆い尽くすほどになってきた。

それらの泡の中心、もっとも人々の注目と関心を集め、もっとも期待と不安をかけられて、すべての動きのきっかけとなり、主流となり、先端となるべき大きな泡は——。

沈黙していた。

一切の言葉を、ステートメントを、気配を、姿を見せることなく、静かに、ひそやかに蠢動《しゅんどう》を続けていた。

そう、激動していた。意図を知らせない、目的を悟らせないという鉄のように固い意志と狙いを持って、植民地のどこよりも、何者よりも活発に、迅速に、正確に、必死に、一分の隙もなく一瞬のためらいもない緻密さと果断さでもって、満々と力を溜めこんでいた。

新政府軍、首都奪回軍団。大統領キドゥルーの腹心クワハタ・ゴータ国防大臣の統制のもと、中将に昇格した総司令官バーベット・アルカサルと軍団長ザッハリアス・アレス少将の手で再建された軍隊は、先導工兵《パイオニア》百五十五機、重工兵《レジヨネイア》八機、アレス型対空装甲車四十両と、ニジニーマルゲリスク戦で初陣を飾った都市夜戦構成の四連隊を含む、地上軍歩兵三師団一万六千名の陣容を、着実に整えつつあった。

ただしそれが実際に動き出すには、決定的に足りないものがあった。

咀嚼者《フェロシアン》は要塞フォートピークの竪穴から出現して、自在に飛び回る。撃破した個体の調査から、彼らの飛行能力は限定されたものであり、時速六十キロで一時間の稼働能力しかないという数字を得ていたが、それだけあれば植民地のどこへでも移動できる。仮に軍団が首都を包囲したとて、対空砲火の隙を突いて脱出することは不可能ではない。そうなれば戦線を後ろから脅かすも、他の都市を襲うも、思いのままだ。

　そうなるのを防ぐためには、竪穴を閉鎖して敵の出現を防がねばならない。しかし——。その手段が定まらない。フォートピーク頂上を強襲して包囲するか、遠距離からの砲撃で破壊するか、いずれにしても、穴を確実に塞ぐというのは、机上の作戦でどうこう決められるものではない。現場の詳しい構造、敵兵力の配置に関する情報が不可欠だ。

　そのために、新政府軍は手を打っていた。密偵を数多く放ったのだ。新政府《ニュークアール》、旧軍警《フォートピーク》、《海の一統《セナーセー》》、《恋人たち《カーリンドン》》から、元の所属を問わずに、地理に明るく果敢で機転の利く者が選抜されてオリゲネスへ潜入した。彼らのある者は廃都にいまだ隠れ住む人々の助けを借り、ある者はおのれのみが知る道筋で、怪物どもの現れる旧臨時総督府中枢へと迫っていたが、それはたやすいことではなかった。いくつものチームが消息を絶っていた。

　侵攻の決め手となる情報はなかなか手に入らなかった。加えて、それを探っていることそのものも、公《おおやけ》にするわけにはいかなかった。今スパイを送りこんで作戦を決めているので、それまで開戦は待ってください、などと説明する軍隊は存在しない。ゆえに、世間には、民衆には、沈黙だけが与えられた。

それが、くすぶる不満の火に風を送った。政府はなぜ我々を助けてくれないのか、という、これまでの人々の気持ちは、統制が行き届いて当座の暮らしが保証されるにつれて、今度は、政府はなぜ反攻に出てくれないのか、というものに変わっていった。領主《レクター》を破って人間と機械と異星人の軍隊を掌握し、ヨール市とニジニーマルゲリスク市の攻略を通じて、その軍事力を誇示した政府の姿勢が、裏目に出つつあるかたちだった。

議会は——そう、新政府は旧政府からほぼそのまま横滑りした植民地議会とともにあったので——政府を支持した。しかしそれは、はなはだあてにならない支持だった。議員たちは一度は大統領キドゥルーを支持したものの、大閉日《ビッグ・クロージング》に続いてまさかこんな大混乱が起こるとは予想していなかった。当然、植民地の法律も、このような事態のために作られてはいなかった。

法を立てることが議会の役割であるはずだが、若さと理想しかなかったエランカ・キドゥルーが大統領の座に就くことができたのは、まさにその法を立てる能力が議会から失われていたからだった。そして彼女は、議会に絡みつく因習としがらみを文章に直したかのような、固陋《ころう》な法を乗り越える決意を、人々に固めさせた。それが吉と出続けているのが現在の情勢だが、法をないがしろにしたがゆえに、今の議会は立法という行為に出る自信を、法を立てようとする心の動きを、見失っていた。

もちろん、法律がどうした、という言い方はできる。できるどころか、ここ二ヵ月の植民地では九割の人がそう思っていた。飢え凍える難民を救わなければならないときに、規則や前例など気にはしていられない。人々は既存のあらゆる法をねじ曲げ、濫用し、無視して災厄を生き延びた。

しかしそれでも、巡回裁判所の判事や法学者でなくても、法を求める人々はいたのだ。物資を公平に分配しようとしたとき、私有の空き地に避難所を建てようとしたとき、乳飲み子を抱えた母親が別の孤児の毛布を奪おうとしたとき。気の利いた裁定者が事態をうまく落着させてくれることは、むしろ稀だった。ほとんどの場合は誰もそんな事態をさばけず、歪んだ不公平な取り扱いがなされて、恨みと後悔を生み出した。ルールがあれば、とたくさんの人が思った。ルールを作り出しもしたが、それはその場しのぎの局地的なもので、別の場合に別の人間がかかわってくると、もうさばけなくなった。

すべての人間が納得できる完全に公平なルール――などというものは望めないとしても、とにかく、俺の一存じゃない、私が勝手に決めたわけではない、この社会の多くの考え深い人たちができる限りの議論をして決めたのがこれなんだ。そう言えるルールがあったらいい、それが必要なんだとこのときほど人々が思ったことはなかっただろう。

二ヵ月前ならそういうときは、領主《レクター》め、と罵《ののし》ることで片が付いた。

しかし今、領主《レクター》はもういないのだった。

この非常時だからこそ法とそれを支える権威が必要なのだと、新政府の人々は痛感していた。しかし議会がその任に堪《た》えないのも確かだった。領主《レクター》の治世下で議員の座にあった人々は、自主的に法律を作る機会も必要性も与えられなかった。あるいは私的な目的のためにそれを行っていた。

そんな人々の集まりを、根こそぎ作り変える必要があるのは、もうずいぶん前からみんなわかっていたのだ。

しかし、どうやって？

選挙を行う？——そう、それが必要なのは間違いなかったが、それが不可能なのも同じぐらい明らかだった。地方都市の半分と行政機構が崩壊して、市民の居場所も人口も把握できていない。選挙の公示、投票、集計といった手続きが取れないのは無論のこと、票の重みの公平性の担保も二重投票の防止も、どれ一つとっても望みえなかった。

そもそも市民たち自身が、いま自分がどこの誰であるのか、わかっていなかった。——オリゲネスから命からがら逃げ出して、ニュークアールで簡易ストーブの製造に従事するようになった自分は？「炎の道《ファイアー・ロード》」の輸送に携《たずさ》わり、植民地の西半分を毎日行き来するようになった自分は？　第二師団の人形使い《パペッティア》たちに付き従って、先導工兵《パイオニア》の充電を手伝うようになった自分は？

一体、何者だと名乗ればいいのか？

民主政府は、自分たちが何者であるかを自覚している市民たちの中から生まれなければ、本当の民主政府だとは言えない。だがその市民たち自身も、政府によって承認されなければ市民であるとは名乗れない。それでは一体、市民と政府のどちらが先にあるべきものなのか。

そのような互いが互いに血を分け与えるが如きジレンマを、民主政府は抱えている。昔からの問題ではあったが、しかしそれが、この地ではかつてなく深刻な様相を呈することになった。

とどのつまり、新政府は三面作戦を取らねばならないのだった。政府を支えているはずの議員でなければいけない人々を、民衆にもう一度選ばせる。政府でないものを支えている民衆たちでないものを、政府を支える民衆に作り直す。しかもそのうえ、政府を支える軍隊を支えて、目的と資源を与える。これだけのことを同時にやる。走りながら直すのだ。

このとてつもなく入り組んだ関係の中で、自分たちは旧時代の惰性という力のみで奇跡的に稼働している不思議な集団なのではない、とまず自分たちを規定し直さなければならないのが、現在の新政府の立場なのだった。

「実になんとも、難事だわね」

と嘆息する余裕があったのは国務大臣のアドルフィーネ・バリッシュだけで、あとの者は落胆すらしなかった。ただ単にそれをやらなければならないと理解しており、方策を検討した。軍事力を誇示するのはすでにして危険であり、また軍隊を首都奪回作戦以外に振り向ける余裕もあろうはずがなかった。

政府の権威を取り戻すために彼らが考え出したのは、領主《レクター》の統治下ではおよそ考えられなかったような——それどころか、どんな民主政府もやったことがないような、アクロバット的な荒業だった。

「大統領権限で大統領府と議会を一時解散し、議員たち自身に選挙民を設定させ、一律六千五百名の支持を得たものを信任されたと見做《みな》し、再信任された者だけで新しく植民地議会、いえM《メニー》・M《メニー》・S《シープ》議会を開く。期間中の行政行為に空白を生じさせないために特別行政委員会を設置し、現大統領府のメンバーは委員会権限をもって行政を執行する。これらの手続きを取りまとめた緊急信任収攬《しゅうらん》法をまずは議会に上程し、議決を得る……。飛んでいる飛行機の翼を取り換えるようなものだわ。これで墜落しないなんてどうやったら考えられるの？」

首脳メンバーを集めた長時間の会議の席上で、疲れ切ったアドルフィーネが両手を広げる。大統領補佐官のヴィクトリアが冷静に答える。

「空中分解する恐れは少ないと思われます。軍隊は政府を支え続けるでしょうから」

「軍隊にも票はある。エランカやゴータはそこでまず安全圏に入れるわね。でも今の議員たちがこれを認めるかしら？　六千五百名の支持を得られそうもないと思ったら？」

「どのみち解散は強制なので、死に物狂いで集めると思いますよ。まだ議席に座り続けることに何がしかの価値があると判断すれば」

「大体、この六千五百名という数字はどこから出てきたのだったかしら」

「植民地の有権者、およそ百四十万人を一〇八の議席で頭割りにして、さらに二で割った数ですね。地元の過半数の支持を得られればいいという発想で」

「あらまあ」

「あらまあ以外に言葉がないというお気持ちはわかります。有権者数、そのうちの生存者数、投票可能人数、一〇八という議席数、そして過半数の支持という数字や考え方が、どの程度適切なのかという疑問もわかります。ですが、打ち明けた話、正確さなどどこにもないわけですから。今は」

「信任集約の具体的な方法は？　記名、無記名の投票？　手紙？　電話？　一人ずつ話してわかってもらう？」

「全部候補者任せですね」大統領府メンバーの中ではもっとも若手ながら、自分も議員であるヴィクトリアにして、すでに疲れ切っており、返答も投げやり寸前だ。「むしろ、それがこのイベントの眼目ですね。在来の信任集約方法が機能せず、統一された方法を新しく作ることもできない今の状況で、議員たるべき人間が、どんな方法でどれだけ民意を集められるかを、問う、というよりも競う、レースを起こすわけですね」

「そんなのは――いえ、うっちゃれる場合ではない。けれども誤投票、二重投票、不正投票を防ぐ仕組みすら作らないと？」

「まかり間違えば総得票数が有権者数の合計を越えることすらあるでしょうが、まあ、はい」

「なんというか、もう……」アドルフィーネが首を振る。「儀式ね。魔術か何かの」

「その通り、まさに儀式だな。そういう行いだ」

そう言ったのはガランド・アル・イスハーク福祉大臣。まだ包帯に包まれている右手で自慢の口ひげを器用にしごいて、うそぶく。

「われわれはとにかく何が何でも、咀嚼者《フェロシアン》を殴りつけるための足場を作らねばならないわけだ。今の状態はふわふわした雲に乗っているようなものだ。数字が不確かだろうが手続きがいいかげんだろうが、自分たちの意を示すことができたと市民が思ってくれれば、それでいい」

「ずいぶん軟化したわね、ガランド」

「咀嚼者《フェロシアン》を一発殴って思い知ったことです」

ちくりと言ったアドルフィーネに、ガランドは手傷を示してにやりと笑った。一時は不穏な成り行きで新政府を去った彼だが、故郷のニジニーマルゲリスクが襲撃されるという難を経て、考えを改めていた。辞任したわけでも罷免《ひめん》されたわけでもないので、職位は以前のままである。

年配のクワハタ国防大臣が、目の下にできたどす黒いくまを指でこする。

「それより気になるのは、ここまでやったら、もはやMMSに民主政治が存在するなどとは、言えなくなるのではないかということです」

「全権委任法、国家総動員法、それに連合総力結集条約……」

上座のエランカが、椅子に背を預けて目を閉じたまま、静かにつぶやく。地球時代の軍事政権や、拡散時代《バルサム・エイジ》前のケープコッド自由連盟が採用した、強権体制を裏付けるための悪法の名を耳にして、一座の者が厳しい顔つきになる。

クワハタが大きくうなずいた。

「彼らは皆、必要だと思ったからそのようにした。われわれが前車の轍を踏まないなどと、信じるべきではないでしょう」

「日限を切っては？」

「『民族および邦の危機を除去するための法律』は、更新をくり返されてぼろぼろになる前、四年間の時限立法でしたね。外部の歯止めを残したほうがいい」

ヴィクトリアの提案を、ネレンスク経済技術大臣があっさりいなした。ガランドが眉をひそめる。

「たとえば、ニュークァール市議会のような地方自治体に一定の優越を残すとか？」

「おや、私が政府の暴走を止められるような有徳の君子だとおっしゃる」

童顔をほころばせて笑うネレンスクだが、彼は閣僚である以前にここニュークァールの市長だ。この場の誰よりも足元がしっかりしている。電灯に眼鏡をきらりと光らせてガランドを見返す。

「ニジニーマルゲリスク市民に絶大な人気のあるあなたのほうが、ふさわしいかもしれない。いや混ぜ返すのはやめましょう。さいわいわれわれには、はっきり外部だと言える人々の助けがあるじゃないですか。その力を借りましょう」

「なんのことだ？」

「カルミアン」

ガランドが露骨に顔をしかめたが、ネレンスクはさらに続ける。

「それに《恋人たち》《ラバーズ》、旧植民地のロボット、さらには――〝ダダー〟。虚偽の仲介者、偽薬売り、植民地世界の守り手」

「ネレンスク市長」とうとうガランドが苦り切った声を上げた。「混ぜ返すのはやめたんじゃなかったのか」

「私は大まじめですよ」ネレンスクは指を組み合わせて会議の長卓に身を乗り出した。

「ダダーは実在します。昔から石工《メイスン》たちがそう言っていたのは皆さんもご存じでしょうが、大閉日《ビッグ・クロージング》以来、つとにその名を聞くようになった。植民地を陰から見守り、その行く末をそれとなく指示し続ける不可知の存在……」

「君は、その、なんだ」ガランドが言葉を探して手を振る。「まじめだというなら、何か証拠は？　いや、それは今この話に関係があるのか？」

「あると思いますよ。ねえ、ポント大臣？」

この場には、難解な専門用語を理解できずに流れだけを見ているような人々もいたが、その一人である難民対処大臣のポントに、皆が目を向けた。正装が誰よりも似合わない、瘦身の朴訥《ぼくとつ》な羊飼いは、これまでこのような話し合いに口を出したことがなく、正直なところ、誰からも忘れられているような男だった。

そんな彼が言い出したことは、皆の驚きを誘った。

「はあ、ダダーらぁ、確かにそのようなところがありおりますな。羊らぁの連携で編み出されおる超存在のあれらぁ、人間社会のよからぬ逸脱をとどめおる力は、確かにありおります。もっとも、いげ難しき性状の存在にありおるので、わたしらぁ植民地人、えむえむえす人と言いおりましたか、それらぁの生き抜く気骨のつっきんそびえたることを、示さねばならんと思いおりますよ」

「ほう……」

ガランドが舌で口を湿して、尋ねた。

「ポントさん、あなたは、ダダーと確かに会話、というか、接触できているのかな？」

「いつなりと」

深く、自信に満ちてうなずいてから、ポントは小首をかしげた。

「わたし個人らぁ、という意味にはありおらんですが。近来はわたしらぁ縁者にそのような兆しのことに見えおりますな」

「連絡役がいる?」

「誰とは申せおりません。このことらぁ、羊飼いらあ昔々より秘め伝えたりおる事柄にあるので」

「ほうほう……そんな大秘密を、今この場で打ち明けて下さったと」

「さに」うなずいて、ポントはよく冴えた黒い瞳で、ガランドを見つめ返した。「この席らあ、えむえむえすの運命ら左右する、重大な枢機たる席にありおる、と思いおりますが。ガランド・アル・イスハーク大臣、ここで打ち明けおらんと、いずこで話せと申しおりましょう?」

彼のこの素朴で真摯な問いかけは、人々の心に深く響いた。それまでからかい気味の口調だったガランドも、ちょっと頭をのけぞらせて何か言い返そうとしたが、思い直した様子で「わかった」とうなずいた。

「我々が道を誤りかけたら、教え諭してくれる存在がいるから、思い切ってやれ――と、こういうことかな」

「なんぞらん為《な》しおるべきの為さざりおりましょうか。わたしらぁ、今のところ正しき道ら歩みおると思いおります。イスハーク大臣、ネレンスク大臣、それにキドゥルー大統領閣下」

「頼もしいわね」

エランカがにこりともせずにそう言った。

それから体を起こして、一座を見回した。

「では、そのように取り進めましょう。私たちはこの重要なときを控えて、あえていま一度人々の信を問う。その意味を、国民一人一人に考えてもらう、と。ヴィッキー」

「はい。この議案を明日の議会に提出します」

一月二十四日、植民地新政府議会は緊急信任収攬法を可決した。議員だった人々は、すぐさま彼らの考える支持者たちと会うために全土に散っていった。

第五の人々　《海の一統《アンチヨークス》》と《不滅の一統《アンチ・エックス》》

†

灰色の雲が低く垂れこめる浜辺に風が吹き、猛々《たけだけ》しい波が打ち付けている。引き波に逆らって人影が体を起こし、勢いよく頭を振り上げた。長く伸びた銀髪から海水が跳ね飛んで、きらめく弧を宙に広げる。コーヒー色の肌をした、引き締まった体つきの少年、いや青年だ。

水中眼鏡を額にあげて、青年は渚に歩いてきた。それと片手の簎《やす》だけが彼の漁具だった。獲物を収めた網袋を紐でぶらさげ、水着代わりの下帯を腰に巻いている。スキューバやウエットスーツなどの進んだ装備は、文明の死んだこの地にはもうなかった。

いや、まだない、と言うべきかもしれない。新しくメニー・メニー・シープと呼ばれるようになったこの土地は、日々発展し続けているのだから。いずれそういった道具や、投網や漁船なども作られるようになるだろう。

足の裏に食いこむざらざらした砂礫《されき》の浜に上がると、漁師小屋のそばで若い女が一人待っていた。厚手の作業ズボンとシャツを身に着けており、ざっくりしたジャンパーのポケットに両手を突っこんで立っている。足元は走りやすい丈夫な羊革の紐靴だ。飾り立てて男の気を引くようなタイプではないとひと目でわかる。その肌は青年よりもさらに暗い、黒檀《こくたん》を思わせる深みのある色味を帯びている。

青年は彼女を見て、ふと足を止めた。そこにいるとは思わなかったからだ。女が片手を上げて、「よっ、おつかれ」と気さくに声をかけると、青年は銛を持った手を少し上げて、ああともうんともつかない、ぼそぼそした声を返した。

そのまま女の横を通って小屋に入る。放っておかれた女が、「あーっ、ええと……」と迷うように声を上げてから、一緒に入ってきた。

青年は拒まなかった。しかし相変わらず目を向けるでもなく、床に据えてある電熱器のスイッチを入れて、濡れた体をタオルで拭き始めた。燃料の薪《たきぎ》はまだ貴重だが、電気は豊富に供給されている。炭素線が真っ赤に輝いて、にわか作りの質素な小屋の中を照らし出した。

ドアを閉めた女は、椅子代わりの道具箱に腰をかけて、しばらく彼を見つめた。それから、彼女にしては真剣に考えたらしい口調で、言った。

「誤解だって、シャオチー」

厳紹祺《イエン・シャオチー》・ディディエは振り向きもせずに言った。

「後ろ向いててくれる。着替えるから」

「あ、うん」

うなずきはしたものの女は目を逸らさない。青年もそれ以上気にせず、下帯を解いて全裸になった。拭いたばかりの滑らかな肌が、電熱器にあぶられて早くもうっすらと汗ばんでいく。

それを眺めながら、女がつぶやいた。

「あんたって綺麗だよね」

「何」

「オラニエは――オラニエを、取ったりするつもりじゃ、ないんだって」

青年は下着を穿《は》き、ひざ丈のズボンとシャツをまとって小ざっぱりした姿になると、網袋をつかんで出ていこうとした。

女があわてて彼の肘をつかむ。

「待って、お願い、話を聞いて」

「獲物を届けるから」

「五分や十分で傷みやしないって。それにあんた、まだ髪も濡れたままじゃない」

「……」

「乾かしたげる。座って」

腕を引かれると、青年はしぶしぶ道具箱に腰を下ろした。女が彼の細い肩から長い銀の髪をすくいあげ、タオルで包んだ。電熱器に向かってほぐしながら拭いていく。

「ねえ、あんたのことは……わかってるって。みんなわかってるし、あたしは誰よりもわかってる。あんたはオラニエの一番のパートナーだし、その逆もそう。それを素敵なことだと思ってる。知ってるでしょ」

「だったらなんであんなことを」

青年は電熱器のほうへ頭を傾ける。女の手つきは雑駁《ざっぱく》だが優しさがにじんでいる。

「あんただって別の相手がいるだろ。前と違う、新しい……女が」

「シヘルの悪口は言わないでほしいな」

「言わない、そういうことじゃない。あんたのそういうところも別にいい。だけど――だから、だ。決まった相手がいるのに、なんで」

「それは言ったじゃない」青年の長い髪を扇のように広げて挟み拭く。いつも海水に浸かっているのに不思議に艶を失わない。「あたしたちは、赤ちゃんを作れないから……」

「だからって、なんでオラニエなんだ！」

うめくように青年は言う。女はさらさらと髪を手からこぼしながらつぶやく。

「言葉にするのは苦手だな……とにかく、オラニエしかない」

「他の男にしろよ」

「他の男があたしたちのこと、わかってくれると思う?」

「……」

「あたしたちがこういう関係だってこと、まずわかってくれる人じゃないと。そうでない男に頼んだら、絶対誤解されるじゃない……」

「僕だって、その誤解をしてる。そうとしか思えない」

「誤解であることはわかってるんじゃない」

「……でも、くそっ」

青年は激しく頭を振った。タオルが髪がすっぽ抜けてさらさらと躍ったが、もういいかな、と女は手を放した。

「ねえ、聞いて」

女――議会《スカウト》を離れて《酸素いらず《アンチ・オックス》》に身を寄せたナシュリンガ・エン・ケン・ラウンツィユリーは、手を下ろしてささやく。

「オラニエの仲間は、もともとそういう人たちなのよ」

「そう、って。気まぐれに誰にでも手を出すってことか」青年が歯嚙みする。「僕を拾ったのは遊びだとでも――」

「違う違う、そうじゃない」強く手を振って打ち消すと、女は青年の前に回ってしゃがみこんだ。額を近づける。「ノイジーラント大主教国の人たちは、家族ってものの考え方が違うってこと」

「家族は家族だろう？　父親と母親がいて、子供がいて、子供の子供ができて――」

「家族の形は、国によって、人によって全然違う。お父さんがいて、お父さんだけのところもあるし、お父さんもお母さんも何人もいるところ、お母さんが何人もいるところもある。うちはこれだったな、お母さんが三人……互いにメチャメチャ仲悪かったけど、上のお母さんが産んだお姉ちゃんとは、あたし仲良かった」

　女はニッと笑った。

「過ぎたことだけどね。あんたの家族はどうだったのかな。仲悪かったり、よかったり？」

「過ぎたことだ」

　青年は首を振ったが、言い返しはしなかった。次の言葉を待つように女を見つめる。

　女は続けた。

「で、ね――じゃあ、ノイジーラントがどうだったか、あんた知ってる？」

「……いいや」

「ノイジーラントは性別に関係なく家族を作れる国でね――他にもそういうところはあったけれど、あそこは国の制度もそれに合わせていた。男同士、女同士、それに二人以上の組み合わせもアリだったかな……そういうのって、普通に子供作ろうと思っても、作れない場合があるじゃない。そんなとき、どうしてたと思う？」

「……こう、してたのか？　あんたが言うみたいに」

「そう。一組のしっかり結びついたパートナーが、その外にいる人に頼んで、手伝ってもらっていたの」

「なんだ、それ……」青年は額を手で押さえる。「わけがわからない。間違ってる」

「愛がないことも、そりゃあったとは思うけど。たいていは愛を持つ人と人と人のあいだで、そうした。尊敬や友情のときもあったかも。そういうの境目って、そんなにはっきりしないじゃない？　混ざり合ったり、別の形を取ったりする。あたしとシヘルがオラニエに感じるのも、そういう気持ち。――それに、あんたにも」

「僕に？」青年は目を見張って、胸に手を当てる。「やめてくれよ。僕は……あんたと寝たりしないよ」

「そういうのとは、違うからね」女は手のひらを向けて、ゆっくり首を振る。「わかりやすいぶん捕り合いとか横恋慕とか浮気とかに、すぐ考えが流れちゃいそうになるのは、確かだ。でも決めつけずに、その手前の微妙なところを考えてみて。あたしたち、愛の形を考え直すことは、もう経験しているはずじゃない？」

「そんなことを言われても……」

青年は頭を抱えこむ。女はまた懇々《こんこん》と説く。

「あたしたちの町もうまく行くようになってきた。もう、子供を死なせずに育てられる。子供は嫌い？」

「僕たちに、関係は」

「関係ないと思ってた？　でもあたし、知ってる。アウレーリア・ハウスの庭でスターボールしてる近所の子供らに、あんたよく混ざってるじゃない。あんたもみんなに気に入られてて。《酸素いらず》《アンチ・オックス》じゃないのに素潜りがうまいって」

「それは、そうだけど」

「あんたとオラニエの子供があの中にいたら……どう？」

青年は顔を上げた。「僕と、彼の？」と意外そうにつぶやく。

女はうなずく。

「そうよ。子供は、あんたとオラニエを親と呼んでくれるかもしれない」

「あんたの子だろう？」

「そうだけど、それがそんなに嫌？」言い返して、さらに女は続ける。「それにシヘルの子でもあるってことになるけど、それは嫌なこと？　お父さんが二人、お母さんが二人。

むしろこれは、嬉しいことじゃない？」

「そんな無茶苦茶ばっかり言うな！」

とうとう青年は叫んで立ちあがった。怒りの目で女を見下ろす。

「一人の子に親が四人だなんて、子供だって混乱するだろう！　その子の身にもなってみろよ！」

「子供が一人じゃなければ？　二人、三人……」

青年は荒々しく網袋をつかんで小屋を飛び出した。「あっ」と女は手を伸ばしたが、さすがにもう引き止めはしなかった。

「いっぺんに言い過ぎちゃったか……ハンにも叱られたな、おまえはせっかちすぎるって」

頭を掻き、ため息をつく。

しばらくうなだれていたが、やがて暖房を消して小屋を出た。

そこで、「お」と足を止めた。

垂れこめた雲の向こうがオレンジに輝いている。天蓋盤の今日の設定は、曇りがちの夕暮れということらしい。浜辺から村へ向かう道の途中で、ひょろりとした人影が途方に暮れたように立ちすくんでいた。

女はぶらぶらと歩いて、その横に並ぶ。ちらりと顔を見ると、彼が泣いていたので驚いた。

「ご、ごめん……そんなにショックだった？」

「オラニエは」と拳で顔をぬぐいながら青年が言う。「オラニエは、どうなの。そういうふうにしたいって？」

「それはまだこれからだよ。あんたの頭越しに、こんなこと話したりしない」

「そうか……」

「悪かったよ。あんたたち……あたしたちもだけど、結婚とかしてないものね。どうなっちゃうか、わかんないんだよね」

青年はうなずいた。

女は何度か手を伸ばそうとし、やがて青年の手を取った。顔をぬぐった青年が、しっかりと彼女を見つめ返した。

「考えさせて。僕も、オラニエには子供がいていいと思う。あの人は、いろいろなものを失いすぎた」

「うん」女が真剣な顔でうなずく。「待つよ。いくらでも」

二人は手を離して歩き出した。あたりにはいつの間にか薄闇が満ち始めている。足元に雑草が絡みつく。

青年が手をかざして前方を眺める。模糊《もこ》とした夕もやに包まれた村が見える。村はもともと海辺に作られたはずだが、海岸線がずいぶん遠ざかっていることに、ふと青年は気づいた。

この西暦二五一〇年代の終わり、セナーセー村はまだ、将来そこで栄えることになる陸《りく》繫島《けいとう》の位置まで、移動してすらいなかった。

「日が暮れちまった。このまま海が遠くなり続けたら、漁が夕食に間に合わなくなるな……」

「オラニエは言ってたよ。海が逃げるなら、追いかければいいいって」

「あの人はいつも大変なことばかり言う」

「いいじゃない。村が東へ進んでいけば、ずっと夜明けへ向かうことになる」

暗い中で女が笑ったのが、青年にはわかった。

「この村は、植民地で一番明るい町になるよ。——そう思わない？」

†

セレス地表の大気はごく薄い。戦闘機が通過する音も、飛来する兵器の風切り音も聞こえてはこない。

しかし、叩きこまれたミサイルが無限軌道車を吹き飛ばす、ずうんという地響きは、はっきり伝わってきた。

一行が身を隠す筒型コンテナがゆさゆさと揺れて、劣化した天井から埃と剝片が崩壊寸前の洞窟のように降りそそぐ。ユレインがぼそりとつぶやいた。

「次は僕たちかもな」

「まさか」即座に、軽やかに言い返したのはアクリラだ。「見つけたならまっすぐ当ててくるよ。これは僕たちをあぶりだそうと、でたらめに撃ってるだけだ。あの車からかなり離れたしね」

「弾薬の無駄じゃないか」

「弾薬なんか気にせずにやっつけたいのかも」アクリラは澄まし顔で自分の頭をつつく。

「勇敢で知恵の回る、しぶとい小ネズミをさ」

「いけしゃあしゃあと、よく言えるものだ……」

「崩壊前ならおまえだってそれぐらいのことは言ってのけたんじゃないの？　弱気になったねえ、領主《レクター》」

「艦長《キャプテン》、その」オシアンが、眉間《みけん》にしわを寄せておそろしく不本意そうな顔で、割って入った。「不必要な口論は、やめにしませんか。先生も困ってますから……」

「きみの言う通りだ。ずいぶん大人になったね、オシアン」

「その、できれば子供扱いも！」

「わかってるよ」

笑ってうなずくと、アクリラは「さて」と他の人々に向き直った。

「僕たちはこれからどうするか決めなきゃいけない。選択肢は二つだ。ひとつ、なんとか地下への入り口を探して植民地へ戻る。もうひとつ、このまま南極へ取って返して、《救世群《プラクティス》》を攻める。――さあ、どっちにする？」

返答は啞然とする顔、顔、顔だった。

カドムをリーダーとするこの一行は、数時間前に奇跡的な生還を遂げたアクリラと合流したが、すぐに動き出すことはできなかった。その直後に何機もの宇宙戦闘機が飛来して、頭上を飛び回り始めたからだ。

それはアクリラを探しに来た《救世群《プラクティス》》の部隊だった。

こちらの貧弱な武器で宇宙戦闘機と戦うのはとうてい不可能であり、アクリラを主人と認めて仲間になったらしい倫理兵器のロボットたちも、対空攻撃能力を備えてはいなかった。対抗手段がないからには、すぐにも地下への入り口へ逃げこみたいところだが、ルッツの地図によれば、一行の知っている中央宇宙港とテルス宇宙港は、どちらも五キロ以上も離れている。見つからずに移動できる距離ではない。

だが、幸いにもあたりには、大きな古い円筒形コンテナが無数に横たわっていたので、一行はそのひとつに小ネズミよろしく身を隠した。そして来し方行く末を話し始めた。

しかし何分《なにぶん》にも、どちらの側もここにいたるまでの道筋が複雑すぎた。今のところ互いに了解できたのは、「ここは昔のセレス・シティの地表であり、カドムたちは植民地から直接やってきた、アクリラはカヨに助けられて南極からやってきた」という大筋だけだった。ディテールの説明は、まだこれからだ。

しかしそんなときにアクリラが提示したのが、とんでもない二択なのだった。

驚いている一行を見回して、「ん？」とアクリラは首を傾げる。

「どうしたの？　他に何か手がある？　それとも、もう行き先が決まってるのかな」

「いや、アクリラ」

一行を代表する形で、カドムが片手を突き付けた。

「何を言ってるんだ、おまえ。おれたちが《救世群《プラクティス》》を攻める？　どうしてそうなる」

「どうしてって、目下一番の課題はそれなんでしょ。《救世群《プラクティス》》と戦うために、北極くんだりまで出てきたわけでしょ。じゃあ、そのまま攻撃に移ってもいいじゃない」

「攻撃するために出てきたわけじゃないんだが。連中の弱点を探りに来たんだ」

「うん、だからそれが見つかったんでしょ？」

「ああ、連中は子孫を残すために戦っているということがな」カドムは腕組みしてアクリラをにらむ。「だから間違っても自殺的な攻撃はしてこないはずだ。そこに付け入る隙は、きっとあるだろう。――しかしそれは今役に立つ知識じゃない。これっぽかしの人数じゃな！」

カドムは目顔で仲間たちを示す。アクリラが加わって九名になったパーティーが車座になっており、コンテナの周辺には上空から見えない位置取りで倫理兵器たちが散らばっている。降りてきた《救世群《プラクティス》》の二体や三体ぐらいなら、迎撃できるかもしれない陣容だ。

だが、どう考えても遠征できる態勢ではなかった。

「第一、仮に行くとしても、どうやって行くんだ。歩いてか？　乗り物を探す？　どっちにしたってセレスの裏側までといったら――」宙を見上げて暗算する。直径一千キロの天体を半周するのだから……。「千五百キロ以上の距離になる。道もわからん。たどり着くだけでも大仕事だ！」

「それにしても、よく戻って来られましたね」オシアンが率直に感心した顔で言う。「宇宙船を乗っ取っただけでもすごいと思いますけど、どうやってここへ来たんです？」

「別に。出たところからまっすぐ飛んだだけ」

一同はちょっと顔を見合わせたが、球面の一点から直進すれば対極にたどり着くということに、半分ほどの者が気づいてうなずいた。

「それでも、飛んでる間はわけがわからなくて混乱してたけどね。ここはどこなんだろうって。悪夢でも見てる気分だった。でも機械の表示はなんとか読めたし、直進だけなら難しくなかった」

「それでセレス・シティを見つけて、降りようとした？」

「そう。でもほら、着陸って難しいじゃない？」アクリラは見回したが、誰も返事をしなかった。この中には飛ぶ機械を着陸させたことのある者が二人いるはずなのだが、その二人も様子を見ているのか、黙っていた。「まあとにかく、降り方も止め方もわからなくてうろうろしてるうちに、撃墜されちゃった」

「それでかすり傷で済んだのがすごいですよ……」

オシアンはため息をついた。

次いで口を開いたのは、ラゴスだった。

「一応聞くが、墜落する前に近くに建物を見かけなかったか。シティの別の宇宙港施設や、地下への進入口などは」

「さっきも言ったけど、そんなの見ている余裕はなかったよ」アクリラは肩をすくめる。

「僕はこのあたりのことは何もわからない。第一、セレス・シティなんて町があるのも初めて知ったんだから！」

「うむ、そうか……」

ラゴスがうなり、まわりの人間も肩を落とした。

アクリラが描いたような形のいい眉を、不満そうに吊り上げる。

「やっぱり、地下へ逃げこむことが前提なの？　攻め返すっていう選択肢は、なし？」

「どうしても攻めたいのか？」

「かなり」アクリラはうなずく。「だってそれが、向こうの一番予測してないはずの動きだから。今みんなから植民地の様子を聞いて、なおのことそう思った。中から地下へ反攻しようとしてるんだよね。それを向こうも警戒してる。それこそ、地上はきっとがら空きだよ。不意を突いてダメージを与えられる可能性は高いんじゃないかな」

「こだわるな」つぶやいて、カドムはフォートピーク攻めのことを思い出した。「そういう奇襲が好きだったな、おまえ」

「好きとかじゃなくて、作戦の問題でね！」

「じゃあ、試しに聞くが、攻めるとしたらどうする？」

カドムが訊くと、打てば響くようにアクリラは答えた。

「今来てる敵の宇宙船を乗っ取る」

「それはすごい。どうやって？」

「そうだな、罠を張るとか？　僕が囮《おとり》になって地上へ出る。すると捕まえに降りてくるでしょう。そこをみんなで」

「やめてください、危険すぎる」「撃ってくるって自分で言ったじゃない」「相手も馬鹿ではないだろうし」

仲間たちが口々にそう言った。アクリラは口を尖らせたが、そこへさらにカドムが追い打ちをかけた。

「追っ手はどんなやつなんだ。知っているのか？」

「《救世群《プラクティス》》副議長アシュム・クルメーロ。降伏勧告を送ってきた。誰が聞くかっての。無視してやったけど――」

「アシュムが来てるの！」

突然、大柄な《救世群《プラクティス》》のイサリが立ち上がったので、一同は思わず身を引いた。

「知ってるの？　どんなやつ？」とアクリラ。

イサリは少し考えて言う。

「《救世群《プラクティス》》の中で一番いやなやつ」

「だろうね」さすがにアクリラもため息をついた。「今思ったけど、撃墜したあとでさっさと引き返さずに、確認しようとまだうろうろしてるの、あれ性格が出てるよね。執念深いんだろうな」

「そう、そういう男だと思う」

「じゃあ、乗っ取りはあきらめたほうがいいんじゃないか」

カドムが言うと、アクリラは「うーん」とこめかみを掻いて考えたが、じきに「そうだね」と折れた。

「敵が何機かわからないし……それに、何機も奪ったとしても、操縦できないか」

「そういうことだな。ここはおとなしく逃げるほうがいい」

ラゴスの言葉に、アクリラはうなずいた。

「わかった。じゃあ、地下へ入る方法を考えよう。これも今考えたんだけど、ユレイン」

「な、なんだ？」

声をかけられるとは思っていなかったらしく、ユレインがぎょっとして身じろぎした。

アクリラは先ほどの口論など忘れたかのように、平然と尋ねる。

「領主《レクター》はロボットを操っていたな。やつらはしゃべれるの？」

「ロボットがしゃべるか、だって？」ユレインは戸惑いがちに眉根を寄せる。「それは……植民地の機械は、声で応答していた。でも、あれはダダーが」

「ダダー？」

「ダダーを名乗っていたんだ、甲板長《ボースン》配下の機械は。そうして、僕たちに植民地を支配するよう仕向けていた……僕たちというのは、歴代の臨時総督だ」

「そんなわけのわからないやつの責任にするんだ？　いや、まあそのことは後回しだったね。艦長《キャプテン》の僕がその権限を引き継いだんだとすると、あいつらに道を訊くことができるんじゃないかな。どう？」

「どうって、わかるもんか、そんなこと」ユレインは吐き捨てるように言う。「試せばいいじゃないか。なぜ僕に聞く？」

「おまえの召し使いがロボットたちに殺されたって、さっき聞いたからね」

ユレインが顔をこわばらせる。「……だから？」

「だから、連中の手を借りたくないっていうなら、やめるってこと。あいつらはここに置いていく。そのほうがすっきりするでしょ。僕たちは自力で別の道を探す」

カドムは声をかけたい気持ちを抑えて、二人を見守った。うつむいて苦しそうにしていたユレインが、やがて「聞いてみろよ、やつらに」と言った。

「ありがとう」

アクリラはにっこり微笑むと、戦闘機から拝借してきた携帯無線機で、コンテナの外にいる倫理兵器を呼び出した。しばらくの会話の後に、振り向く。

「言葉じゃ伝えづらいから図を見て説明するって。一機、中に入れる。いいよね？」

そうして皆の顔を見回し、「どうしたの？」と不思議そうに言った。

一座の者たちはどこか似通った表情をしていたが、一番顔に出ているのがオシアンだった。彼は目を輝かせて、喜ばしげにアクリラを見つめていた。

カドムが小さく笑って言った。

「みんなはな、今こう思ってる。――リーダー交替の時期が来たんじゃないかって」

「へえ、そうなの？　わからないな、カドムが引っ張ったからここまで来られたんじゃないの？」

アクリラはごく自然に言い返す。一同はまたうなずく。

ただ一人、イサリは別の方向を向いて、何かを考えこんでいた。

アクリラがにらんだ通り、『遵法《ロウフル》』は地下へ戻る方法を知っていた。それも、彼女ら独自の通路と出入り口があるというのだ。倫理兵器は専用の通路を用意されており、それを使ってセレス・シティ内のどこにでも移動できるのだと、『遵法《ロウフル》』は機械ならではの無感情な従順さで答えた。

それに従って一行はコンテナを出て、上空の戦闘機に見つからないように物陰から物陰へと移動し、通路の出入り口を目指した。

道中、思いがけない知らせが飛びこんできた。隊列の中ほどにいたラゴスが言う。

「援軍が来るかもしれない。スキットルたちにアクリラが生きていたことを伝えたら、迎えを寄越すと言ってきた」

「わお、朗報じゃん」オシアンと銃口を並べて前衛を務めていたアクリラが声を上げる。

「人数が増えると心強いね。でも、必要かな？」

「食料がもうなくなる」とユレイン。「シティの内部で獣を捕まえればなんとかなるが、補給が来るなら受け取りたい」

「しかし、今からあの、海の蒸散塔を登ってくるのか？　それこそ大変そうだが」

前にいたカドムが言うと、ラゴスは首を振った。

「航空警邏《けいら》艦が手に入ったから、それで一気に植民地の天井まで来るそうだ」

「そいつは助かるな……」

「待ち合わせ場所はどこにするべきだろう。『遵法《ロウフル》』、こことブラックチェンバーの中間あたりに、安全でわかりやすいランドマークはないか？」

ラゴスがそう尋ねると、隊列につかず離れず移動している老爺の姿の倫理兵器のうち、一体が答えた。

「私どものアラート・ファブはいかがですか」

「どこだって？」

「出動対応工場《アラート・レディネス・ファブリケーション》です。とても厳重に警備されており、安全なところです」

「簡単にたどり着けるのか？　こちらからも、向こうからも」

「はい、ロイズ高速搬送路を利用すれば。それはシティのどこから入ってもアラート・ファブにつながっていますから。現在、六十八パーセントの経路が崩壊していますが、迂回路で代替可能です」

「だそうだぞ、セアキ」

ラゴスにバトンを渡されると、カドムはメンバーを見渡して、反論がなさそうだったので、『遵法《ロウフル》』に言った。

「わかった。じゃあ、ここの護衛の中から三体ほどを割《さ》いて、案内に出してくれ」

「その必要はありません。アラート・ファブに待機中の機体があるので、向かわせます」

「そうなのか？　ぜんたい、ロボットは何台ぐらいいるんだ。ここだけで三十体以上はいるだろう」

カドムは軽い気持ちでそう訊いたのだが、ロボットは「お待ちください……」としばらく黙りこみ、やがておごそかな口調で言った。

「当情報はロイズ非分極保険社団秘密保持規定のクラスRに属する秘密情報となります。クラス外への情報漏洩が確認された場合、処分の対象となりますので、十分ご注意ください。——倫理兵器の稼働実数、現時刻において二四五一機」

「二千四百？」カドムは目を見張る。「そんなにいるのか……」

「秘密だぞ、漏らすなよ」

さも秘密に詳しそうな様子でラゴスが言うので、カドムが「クラスRってのはどれぐらいの身分なんだ？」と尋ねると、彼はしれっと答えた。

「実は見当もつかん」

カドムは眉をひそめた。だが、アクリラが噴き出したので、ニュアンスがわかった。

「冗談なのか。わかりづらいんだ、あんたは……」

すでに滅びた三百年前の巨大企業の影が、思いがけないところまで伸びているようだった。薄暗いコンテナの陰から陰へ、走り続けた一行は、やがてコンテナヤードの一隅に立つ宇宙港周辺施設の灯台の基部へたどり着いた。

「ここから入市できます」

「ずいぶん簡単に来られたな」

灯台裏の壁面に作りつけられた、表示のない無個性な扉が、『遵法《ロウフル》』の案内でなめらかに開いた。一行はオシアンを先頭にして次々にそこへ入っていった。

前衛を務めていたアクリラは、扉のかたわらで他の者を中へ迎え入れながら最後まで粘っていた。「どうした？」とカドムが尋ねると、上空へ鋭いまなざしを注いで、ぽつりと答えた。

「いなくなった」

「何？」

言われてカドムも視線を上げる。確かに、光の尾を曳いて数分おきに頭上を横切っていった《救世群《プラクティス》》の戦闘機が、見当たらない。

「あっちのほうか？」

灯台を挟んだ見えない方角を示したが、アクリラは首を横に振って、カドムの肩に手をかけた。

「だったらいいけど、よくない予感もする。とにかく急ごう」

二人は暗い穴の中へ入っていき、扉が閉じた。

中はゆるやかな下り通路で、前方を宇宙服組のヘッドライトがゆらゆらと下っていくのが見えた。不気味な感じはないが、案内表示も天井照明すらもなく、ひたすら殺風景だ。後ろからずっとカドムの肩に手をかけているアクリラが「あっ」とつぶやく。

「今度はなんだ」

「ひょっとして、これでまた外の世界とはしばらくお別れなのかな」

「そう、なるだろうな」メニー・メニー・シープに戻ってから、すぐにまた地表へ登ってこられるとは思えない。「未練があるのか？」

「だって、僕たちは本物の星を見ていたわけでしょ？　うわー、もったいないことしたな、もっとよく見ておけばよかった……」

「違いないな」

そんな他愛ない話が終わらないうちに、斜路が尽き平らな空間に出た。そこは倉庫のような小部屋で、壁際のラックに何体かの倫理兵器が吊り下げられ、床の片隅には残骸か部品のようなものが積まれていた。

このところほとんど発言していなかった小太りのルッツがつぶやく。

「ここがアラート・ファブかね？」

「いいえ、ここはただの乗降場の一つです。稼働機はありません」

『遵法《ロウフル》』がこともなげに答える。言われてみれば、左右の機体はどれも足がちぎれたり顔が半壊したりしており、機能を失って久しいようだった。

埃っぽい部屋の奥に小さな扉があった。その前で『遵法《ロウフル》』が足を止めた。

「ただいまロイズ高速搬送路の経路を解放しています……解放完了。アラート・ファブへのルートが使用可能になりました。一人ずつお入りください」

縦横一メートルていどしかなさそうな小さな扉がパタンと開く。中はやはり暗い。それを見ても、誰も動こうとしなかった。外から通路に入ったときと違って、この入り口はもっと別の施設を連想させた。

「焼却炉の入り口みたいだ」「ダストシュートみたいだな」

オシアンとユレインのつぶやきが、偶然重なった。二人が顔をしかめる。それを見て、カドムは他の者を押しのけて前に出た。

「なんだ、君たちらしくもないな。『遵法《ロウフル》』、この中はどうなってる？」

「連槽型搬送コンテナが到着しています。一人ずつのコンパートメントになっているので順番にお入りください。基本的にロボット移送用の施設なので、人間向けのアメニティは予備の生命維持装置しかありませんが、ご容赦ください」

「つまり、何かな。この中に列車が止まっていて、ここは鉄道のホームだと、そういう状況なのか？」

「いいえ、車輪はありません。レールもありません。ここはプラットホームではありません」

「カドム、答えは『はい』だと思う。そんなにためらわなくていい」

そう言ったのはイサリだった。カドムを追い抜いて前に出る。

「私が入る」

戸口の上辺に手をかけて爪先を滑りこませ、一挙動でするりと中に納まってしまった。

「ね」

仰向けに横たわってこちらを見上げる。わかった、とカドムはうなずく。

「よし、俺が入る。詰めてくれ」

「お待ちください」

『遵法《ロウフル》』が言うとともにガチャンと穴の中の小部屋が左手へスライドし、次の小部屋が現れた。カドムは念のために声をかける。

「イサリ、大丈夫か？」

「大砲に込められた砲弾にでもなった気分だけど——別に問題ないみたい。狭いだけ」

「そうか。すまん、俺が先に入ればよかった」

「私が一番大きいんだから、これでいいでしょう」

イサリが入れたのだから、他の者が入れないわけがないという寸法だった。すぐにカドムが入り、その後に続こうとしたオシアンを押しのけてアクリラが入った。

「僕が三番手とはね」

「艦長《キャプテン》、僕のほうが」

「うるさい、こういう珍しいものは僕が先！」

目を輝かせてアクリラが言う。オシアンは両手を挙げて降参した。

続く五人は取り立ててやり合うこともなく順番にコンテナに入った。一番最後にルッツが入ると、小部屋に残った『遵法《ロウフル》』が声をかけてきた。

「準備がよろしければ先頭コンテナから出発いたします。加減速Gと振動があるので頭と舌をかばってください。各自で気密を保つようにお願いします。よろしいでしょうか？」

「ＯＫ！」

「では」

「待て」

どっちへ進むんだ――とカドムが尋ねるひまもなく、アクリラの一声でコンテナは発進した。瞬間的に片方の壁に体が貼りつくほどの強烈な加速がかかり、次いでガン、ガン！と進路変更の衝撃が襲って、カドムは宇宙服のヘルメットとかかとをいやというほどぶつけた。

「うわっ！　くそ――割れたらどうしてくれるんだ！」

「わう、すごい、ヤッフー！」

「ヤッフーじゃ」

ガラガラン！と大小のドラム缶を打ち合わせたような大音響とともに、コンテナが思い切り飛び跳ね、下に叩き付けられ、また飛び跳ねた。カドムはヘルメットがちょうど天井に当たった時に額をぶつけ、ヘルメットがちょうど床にぶつかったときに後頭部をぶつけた。少しでもタイミングがずれていればコブを作る程度で済んだだろうが、結果としてむき出しの鉄板に頭を二度もぶつけたのと同じことになった。

「カドム、カドム！　――ム――」

すっ、と電気のスイッチを切った時のように速やかに、カドムは闇に覆われてしまった。

†

セナーセー市のにぎやかなマルクト地区にあるセアキ医院は、夫婦経営の小さな診療所だったが、内科と外科と感染症科のほかに婦人科の看板も出しており、時として妊婦を引き受け分娩の手伝いをしていた。

まだ十歳にもならなかったころ、セアキ・カドムは夜に寝付いたあとずいぶん経ってから、寝室の分厚い壁を突き抜けて響いてくる、産婦の引きつったような悲鳴に眠りを覚まされることがよくあった。赤ん坊というのは、不思議に夜が深まってから生まれ始めることが多いのだ。

出産のいきみ声とともに、徹夜で付き合う医師と看護師の、緊張した呼びかけが聞こえてくることもあったが、幼いカドムがそんな物音に不安をかき立てられることはなかった。朝になって目が覚めると、自宅に隣接する診療所からは必ず、ほやあ、ほやあと元気な産《うぶ》声《ごえ》が聞こえてきたからだ。朝食の支度をしてから両親を呼びに行くと、やつれた顔に笑みを浮かべた母親たちが、植民地に生まれた新しい命を、明るい光の中で誇らしげに見せてくれたものだった。

後から思えば、十人に一人の割合で降りかかっていたはずの不幸な結果の場合には、子供の目に触れないような工夫をしていたのだろう。ロボットのフェオドールに追い出されるようにして登校したこともあった。しかし、多くの場合には親と子の幸せな出会いを目にすることができた。

父さんと母さんが（どうやってやるかはわからないけれど）、女の人の大きなおなかから赤ん坊を取り出すから、人間が増えていくんだという明快な事実を目にして、カドムはこの世を回す正しい仕組みを理解したつもりになったのだった。

ところで、そのころ当然のように目にしていたために、後に医科大学へ入るために首都へ上ったとき、戸惑ったことがひとつあった。

それは、オリゲネスの夫婦は男と女である、ということだった。

「なあ、病院に来る夫婦って、判で押したように男女の二人組だよな。それ以外の夫婦はなぜ来ないんだ？　受付で断ってるのか？」

研修生時代のカドムが発したこの質問は、しばらくのあいだ同期の誰にも理解されなかった。ああ、セアキはセナーセーの出か、と誰かが言ったので、ようやくみんなが言葉の意味を汲み取って笑ったのだった。当のカドムの理解はさらに遅れた。

男と男、女と女、あるいは男と男と女、女と女と男の夫婦は、セナーセーにしかいない。そうなるためにセナーセーに来る男女も少なくない。

それが、海辺の町セナーセーの、ユニークな地方性の一つだった。

セアキ医院で苦しい夜の後に赤ん坊を見せてくれた夫婦にしても、一人の産婦の左右に頼もしい二人の男たちがついていたり、若い娘に寄り添うひとまわり年上の女の後ろに、もう一人控えめに男性がついていたり、あるいはセアキ医師よりも年上の夫婦二人が、赤ん坊を抱く若い青年をもろともに囲んでいたりと、同じ組み合わせが一つたりとも存在しないような夫婦ばかりだった。肌や髪、瞳の色も千差万別だったように思う。

しかしオリゲネス大学病院では、何かの規則があるかのように、肌の色のよく似た男と女が赤ん坊を作って産むのだ、ということを、最初のうちカドムはかなりの違和感とともに呑みこまねばならなかった。そしてじきにその認識も間違いだと気づいた。

オリゲネスに限ったことではなく、セナーセーを除いた植民地の十の都市すべてと、大きな都市に属さない各地の小村でもそうなのだ。

ただ、漂泊の羊飼いたちは、古い複式婚の習慣をまだ残しているようだったが、彼らははっきりと明かしてはいなかった。公然と、自然にやっているのはセナーセーだけだった。それが《海の一統《アンチョークス》》の強固な伝統に根ざすものだとわかったときには、カドムは納得しつつも微苦笑したものだった。――彼らは本当に世間体を気にしない、と。

微苦笑で済んだのは、その制度がどうやって世代を経て継続してきたかを、カドムが物心ついたころから目の当たりにしてきたせいもあっただろう。「セナーセー式」の夫婦は、成人してから見ることになった「普通の」夫婦と何も変わらず愛し合っており、あるいは何も変わらず言い争っていて、差異が感じられなかったからだ。よく遊びに行った《海の一統《アンチョークス》》のアウレーリア屋敷でも、人々が様々な組み合わせで隣り合っているところをしばしば見かけた。あるいは隣り合っていない、というのも珍しい光景ではなかった。

たとえばアクリラ・アウレーリアが父キャスラン・アウレーリアとともにいるところはよく見かけたが、母親が誰かということになると、カドムにはそれらしい人の記憶がないのだった。女性は何人も見かけたことがあるので、その中の誰か、あるいは複数の人が、そうだったのだろう。

ただ、カドムは一度首都に出てからセナーセーへ戻ってきたために、どちらにも縛られない視点を持つようになった。

そのことが呼びこんだもっとも幸運な出来事が、イサリとの出会いだっただろう。硬殻体《クラスト》のイサリという、異形の存在が現れたとき、セナーセーの人々ですらそれを驚き怪しんで、武器を持って追いかけた。そんな中、カドムただひとりが彼女を異なるものとして扱うことから一歩進んで、一人の客として迎え入れた。

その一歩がのちに二歩になり、何歩もの深い踏み込みとなって、イサリとカドムを結び付けたのだ。

「ひと」というものの枠を、植民地のたいていの人間よりも、取り立てて意識することもなく開き続けてきたから。

セアキ・カドムという人間が、この風変わりな旅の終わりに、知らず知らずかつてのロイズ社団の心臓部だったアラート・ファブにたどり着いた理由の少なくとも一つは、それだったかもしれない。

†

「カドム、カドム！」

走り続けた搬送コンテナが停止し、頭の上の扉が開くと同時に這い出したイサリが見たのは、自分より早く飛び出して、カドムのコンテナをこじ開けにかかっているアクリラの姿だった。

走行中の搬送コンテナが激しく跳ねたあの瞬間から十二分。あれきりカドムの応答は途絶えた。悪いことにコンテナは止まらずに走り続け、さらに悪いことには、三人目のアクリラの後ろで連結が途切れて、オシアン以下の六人は後方に置き去りにされてしまっていた。

「カドム、大丈夫？」

いったんコンテナに銃を向けたアクリラだが、扉が勝手に開いたので武器を下げて、カドムを引き出しにかかった。イサリはそれを手伝いたかったが、あえて気持ちを抑え、立ち上がって注意深くあたりを見回した。

そこが、出動対応工《アラート・レディネス・ファブリケーション》場と呼ばれる場所だった。そうだという説明がなくてもひと目でわかる場所だった。

点々と灯る鋭い天井照明が、くっきりとした陰影を作り出している空間だ。搬送コンテナが停止した走行溝に沿って、プラットホームと天井レールが走り、そこに何十何百という倫理兵器が吊り下げられていた。しかもそのホームは一本ではなく、機体と機体のあいだからは隣のホームとレールが見え、その向こうにも、向こうにも、何本もの路線が平行に並んでいるようだった。

いましも、クリーニング屋で客に渡されるのを待つ洗濯物のように、ずらりと並んだロボットたちのうち、二つほど向こうの列の機体が、ごうっと音を立てて流れた。イサリたちが乗ってきたのと同じような、いくつも連なったコンテナ列車が音もなく入線し、十数体のロボットを端からスムーズに受け入れると、また音もなく速やかに走り去った。

ただしここが過去の場所であることもまた瞭然としていた。――あたりの床に、走行溝に、天井レールとフックと送電ケーブルに、油混じりの真っ黒な埃が分厚くびっしりとこびりついている。通路と通路のあいだには、破片と部品と繊維の残土めいた細長い畝《うね》。人間の気配はしないし、人間がいれば必ず為されるだろう手入れや掃除の痕も、破壊や汚染の痕跡すらもない。

何よりもロボットたちそのものがぼろぼろに擦りきれて、汚れきっていた。もはや自動整備が追いつかないのだろう。

ここはひたすらに、オートメーション化されたロボットたちの基地として作られ、そしてずっとそのままの場所であるようだった。

ただ、イサリの関心は、その場の景色や高速搬送路のシステムにはなかった。

敵がいるかどうか、この一点だった。ここは未知の場所だ。

目を閉じ、拳を握り、両腕をまっすぐ前に伸ばす。左右の前腕鉤《ぜんわんこう》をシュッと跳ね出し、いつでも全力でそれをふるえることを確かめて、いったんするりと筋肉のあいだに収める。

耳を澄ませて、右方向を見て、左方向を見た。振り向いて同じことをし、頭上と足元にも気を配った。

遠くから駆けつける足音や、向けられる銃口の凶気は感じない。

それを確かめてから、初めて口を開いた。

「近くに敵はいないみたい。……カドムはどう？」

「今、見てる」

アクリラはカドムを床に寝かせて、宇宙服を開いていた。ヘルメットを外して髪をかき分け、胸に頬を押し当てて心音を聞き取り、手足を取って曲げ伸ばししている。

「血は出てない。呼吸や脈拍は正常。頭にたんこぶが一つ。ぶつけたみたいだ。メンバーに医者はいる？」

「カドム以外でってことなら、ラゴスが手術もできるみたい。彼が来てくれたら見せればいいと思う」

「そっか。じゃあ——」すうと息を吸って、ふっとアクリラは肩の力を抜いた。「ラゴスが着くまで、カドムを守ろうか」

「そうするしかない——かな」

「イサリ」振り向いたアクリラは緑の目を見開いている。「また一段と言葉がうまくなったね？」

「いろいろあって」

歩哨の兵士のように周りを見つめたまま、イサリは答えた。アクリラが首都の竪穴に落ちる前、彼とは、カドムほどには親しくなかった。

しかし、その硬い気持ちはアクリラの次の言葉で、少し揺らいだ。

「見張り、ありがとう。おーい、オシアン、ラゴス、マユキ！　聞こえる？　そっちは無事？」

彼も見張りが必要だと思っていたのだろう。

十二分前に分断されてしまった、どこにいるのかわからないラゴスが、無線で言い返してくる。

「こちらは六人とも無事だ。乗り物が止まっただけだ。搬送路が攻撃を受けたらしいと連中は言ってる」

「攻撃？」

「ああ、地表から地面をぶち抜いて線路を破壊されたと。……別の経路がまだ生きているらしい。いったん戻ってから迂回《うかい》してそちらへ向かう」

「それって、その、大丈夫なの？」

「他に手がない」ラゴスが淡々と言う。「ルッツもアラート・ファブなどというところは地図に載っていないと言っている。乗り物に頼るしかない」

「わかった。……気をつけて」

「ああ、そっちもな」

無線のやり取りはイサリにも聞こえていた。ここには常温の空気があるのだ。だからアクリラもためらわずにカドムの宇宙服を開いた。

しかし、空気があれば安心できるというわけではない。アクリラがカドムの頭に触れ続けているのを見て、イサリはあることを思い出した。

「アクリラ、その……」

「うん？」

「カドムにあまり触るのは、やめたほうがいいと思う」

「ん？　どうして？」

「カドムは私の冥王斑ウイルスを持ってるかも……」

「うそ。全然元気じゃない、こいつ」

それは彼の体質によるものらしいし、アクリラが同じように免疫があるかどうかわからないから——と説明しようとしたが、不自然に思えて口をつぐんだ。よりによって、自分が好きになった男が、都合よく病気に感染しないなどということが、本当にあるんだろうか。

しかしイサリの沈黙は、まったく別の意味で受け取られてしまった。あ、と口を開けたアクリラが、いたずらっぽく笑ったのだ。

「もしかして妬《や》いてる？」

「えっ？」

「僕にカドムを取られたくない？」

からかうように言って、アクリラがカドムの前髪をくるくると指でもてあそぶ。それを見たイサリは彼と出会ったときのことを思い出した。カドムの恋人である美しい娘だと思ったのだ。

「アクリラ、そういうつもりなの？」

そう言ってから、口元を押さえたくなった。そんな不健全な質問は、セッルCでは尋ねることさえはばかられていた。同性に想いをかけるなんてありえないことだし、そうでないかと疑うのも無遠慮なことだ。

しかしアクリラはこともなげに答えた。

「そうだよ、けっこう前から。こいつにはさっぱり伝わってないけどね」

「えっ」

思いがけない返事にイサリは動揺してしまい、とっさに言葉が出なくなった。

アクリラはまわりにぶら下がっている、物言わぬロボットたちを見回した。

「ここはちょっと、見通しが悪くて危ないな。もう少し身を隠せるところへ移ろう。向こうの壁のくぼみなんかどうかな？」

彼の指さす先に、ぽっかりと出口めいたハッチがあったので、ぎくしゃくとうなずいた。

「いい、と思うけど」

「連れてきてくれるかな。僕が偵察してくる」

コイルガンをストラップで担ぎ直すと、アクリラは風のように駆けていってしまった。

彼があっさり認めるなんて思っていなかった。もっと問い詰めたかった。でもなんと言ったらいいのかわからない。仕方なく、イサリはカドムの脇の下に手を入れ、後ろ向きに引きずっていった。

壁の穴にたどり着くとアクリラが顔を出して、「これ階段だ」と言った。中を覗くと、確かに登りの螺旋階段が作りつけられていた。入れ違いに外へ出たアクリラが、硬い口調で「何か来た」と言った。イサリが振り向くと、先ほどまで自分たちのいた搬送コンテナのまわりに白いハトの翼を持つ『敬虔《パイウス》』が舞い、『純潔《チェイスト》』や、他の見たことのないタイプの倫理兵器が集まり始めていた。

列車の来ていないホームで天井のフックがガチガチと外れ、数体のロボットが地面に降り立って、こちらへ近づいてきた。

イサリはそれを静観していたが、アクリラは緊張した声でささやいた。

「――イサリ、上へ行こうか」

「なぜ？　ラゴスたちを待たないと」

「なんだかちょっと、こいつらが信用できなくなってきた」

「艦長《キャプテン》のあなたに従うんじゃなかったの？」

「そのはずだけど、勘」

アクリラはコイルガンの安全装置をカチリと外し、イサリに下がれと手で合図した。その姿には抗《あらが》いがたい迫力があり、イサリはカドムを抱き上げて階段を登り始めた。

しかしそれでも納得がいかず、背後のアクリラに尋ねた。

「ねえ、アクリラ――」

「なに？」

「私、思ってたんだけど。倫理兵器が何体いるかってカドムが訊いて、二千四百体もいるってわかったでしょう。――それをアクリラが艦長《キャプテン》として自由に動かせるとなったら、とても心強いじゃない？　これだけでも《救世群《プラクティス》》を攻める大きな戦力になる」

「そうだね。そうなったらすごいと僕も思うよ」下方へ銃口を向けたアクリラが、後ろ向きに登ってくる。「そう、うまくいくならね」

「いかないと思うの？」

「だって、わけのわからない昔の誰かの命令で、突然主人を変えるようなやつらだよ？」

ちらりと振り向いてアクリラが言う。「仲間になったと喜んでいたら、大事な戦いの最中にいきなりまた敵に回ったりしないって、言い切れる？」

「……その通りだね」

イサリはうなずく。誰が信用できて誰が敵なのか、顔のわかるパーティの中でさえも、はっきりしているとは言いがたいのだ。機械だって同じことだろう。

そして、それがわかっているアクリラは、頼もしい。

「これ、コンテナに乗る前に気づくべきだったけどね」

ぺろりと舌を出す顔に、思わず、くすりと息を漏らしてしまった。アクリラが瞬きした。

「あ、やっと笑った。やった」

「え、うん」

「君、今まで滅多に笑わなかったじゃない。いつもつらそうな顔してて。笑うんだね、よかった」

「……そんなふうに見えてたの？」

「たまにね。考えこんでいたり、もっと余裕がなくて暴れてたりするとき以外は――」

そこまで見られていたのか。

イサリは、ラゴスにあの推測を聞かされてから考えていたことを、打ち明けるつもりになった。

「アクリラ、私、大事なことをあなたに話さなきゃいけないと思う。お願いでもある。それは三つの呪いについての話。聞いてくれる？」

「改まってどうしたの」アクリラが笑い混じりに言ったが、すぐに「いいよ、話して」とうなずいた。

「私、この旅に出るまでは、《救世群《プラクティス》》が解決できない三つの問題を抱えてると思ってた」

階段はまだ続いている。抱き上げたカドムの重さは不快ではない。一歩一歩、足を運びながらイサリは言う。

「一つは、冥王斑のこと。私の妹のミヒルはこれを治さない、治してはいけないと思ってる。もう一つは、この醜い体のこと。カルミアンに改造されてしまったこの体は、戦うと強力だけれど、私たちみんな、本当にこの姿でいたいとは思ってない。そして三つめは、子供を作れなくなったこと――」

「うん」とアクリラがうなずく。

「この三つは、どうしようもないから、呪いみたいなものだと思ってた。けれど……さっきラゴスが、すごいことを教えてくれた。そうじゃないって」

「うん。――何が？　エンジンが、っていう話？」

「カ、い、い、い、い、い、い、いい、カルミアンの母星にたどり着けば、呪いが解けるって話よ。硬殻体《クラスト》に改造されて不妊になる前の、体の設計図が、カルミアン母星に送られているかもしれない。それを取り戻せばーー」

「体は戻る。呪いが、二つまで解けることになるね」

「全部よ」イサリは熱っぽく口にする。「いい、難しい話なんだけどーーミヒルが《救世群《プラクティス》》の病気を治したがらないのは、私たちの誇りのために、病気が必要だと思っているからなの。その通りだと私も思ったから、無理に治すよう勧めることができなかった。あのとき、病気っていう結束の鎖が外れたら、私たちはバラバラになってしまったと思うから」

「あのとき？」

「《救世群《プラクティス》》が太陽系すべてを相手に戦争したときのこと」

イサリは目を閉じて、昔のことをーー自分にとってはまだ一年も経っていない近い過去のことを、思い出そうとする。

「三百年前よ。カルミアンが冥王斑の治療薬を作り出した。私が作ってと頼んだの。でもあのときは、まだそれを使う時期が来てなかった……」

「続けて」

アクリラが静かにうながす。イサリは言う。

「でも、今なら。今は太陽系すべてが《救世群《プラクティス》》を攻撃してるわけじゃない。植民地メニー・メニー・シープとにらみ合っているだけ。衝突が起きて、犠牲も出たけれど、すぐさまどちらかがどちらかを滅ぼしてしまうような状態じゃないでしょう。私は《救世群《プラクティス》》がセレスの生き残りを滅ぼしてしまうのが心配で、メニー・メニー・シープにやってきた。けれどもあそこには思った以上に大勢の人たちがいて、実際に衝突の日が来たのに、たくさんの人が生き残った。——この状況で、一族の誇りを無理にかき立てて、互いにぶつかり合おうとするのって、それは正しいことなの？　前向きなことなの？」

「理屈がどうであろうと、大きな流れを止められない時って、あるよね」

「あなたがそれを言うの？」イサリは声を上げて振り向く。「大きな流れを作ろうとしていた領主《レクター》に、全力で逆らっていったあなたが？」

「言っただけだよ、ごめん。もちろん僕は逆らうほうだ。ただ、君にそれだけの決心があるのかってことだ」

「決心？　それをこれからしようとしているの。どう、アクリラ。私は、私たちは、今度は《救世群《プラクティス》》に戦いをやめさせるよう、行動するべきじゃない？」

「君は植民地を《救世群《プラクティス》》と戦わせるためにやってきた——そして今度は、《救世群《プラクティス》》の戦いをやめさせようって言うの？」

「そう」

「それで僕にお願いってのは？」

「それは——」

そのとき頭上が開けて階段が終わり、まわりに景色が広がった。円形をしたコロセウムのような広場の中央だ。周囲は階段となってせり上がっている。場を照らす照明はなく、ただ階段の床面にずらりと設置された足元灯が、周囲の客席に並ぶ無数の足を照らしあげていた。

そしてイサリたちからほんの十メートルほどの距離に、銀と青の装甲で上半身を華麗に装った青年のロボットが、端然と立っていた。

前方だけではない。左右と後ろに、合わせて七体。

男と女のユニゾンで構成された、落ち着いて理知的な声が告げる。

「いらっしゃいませ、アクリラ・アウレーリア艦長《キャプテン》」

イサリは息を呑む。

奇妙な技を繰り出す地球艦隊のルッツと互角の戦いを繰り広げ、ユレインの愛人メーヌの命を奪った倫理兵器、『正覚《コンシアス》』。他ならぬ自分もあいつに肩を刺された。

硬殻体《クラスト》特有の高い治癒力で、その傷もだいぶ癒えはしたが、痛みを忘れたわけではない。

コニストン湖で撃破した一体の代わりに、テルス宇宙港で二体目が現れたときには、悪夢を見ているような気になったものだ。

それがここに、七体も立っている。

こいつらはすでに仲間だ。古いプログラムに従って、アクリラを主人と仰ぐことにした。いらっしゃいませ、と言うぐらいだから、事前に『遵法《ロウフル》』あたりから連絡が届いて、歓迎の支度をしていたのだろう。そうに違いない。

でも、イサリは思う。それならなぜ、背筋がこんなに冷えるんだろう。

アクリラは銃を担いで堂々と彼らの前に出る。いかにも主人然とした態度だ。イサリは尋ねる。

「アクリラ、こいつらがどんな奴らか知ってる？」

「ううん？　初めて」アクリラは肩越しに振り向く。「イサリは知ってるの？」

「知ってる。すごく強いよ」

「へえ？　それは頼もしいね！」

そうじゃなくて、と言いかけてイサリは言葉を呑みこんだ。

アクリラの目は笑っていない。緊張を帯びている。彼も感じているのだろう。『正覚《コンシアス》』の態度の、どことは言いがたい微妙な不自然さに。

「こういうの、ちょっと覚えがあるな。おまえ」

つぶやくと、アクリラは左手で挑むように正面の機体を指さす。

「まさか、食事にしましょう、なんて言い出さないだろうね？」

「リストランテ『スカンドラ』でお食事をお楽しみいただけます」

まるで人間に奉仕するために作られたかのように、自信に満ちた口調でロボットが言う。

「この協議場の三番通路を出て右に曲がった先でございます。また客室へのお取り寄せも承《うけたまわ》っております。ですが」

短く言葉を切って、『正覚《コンシアス》』は続けた。

「まことに申し訳ありません。ただいま『九九九種の食材が該当します。すべてを読み上げますか？』を切らしております。リクエストにお答えしかねる場合がございますので、悪《あ》しからずご了承ください」

振り向いたアクリラの顔に、こいつはまずいと書いてあった。イサリもうなずき、小声でささやきあう。

「壊れているんじゃないの、このロボットたち」

「よくてもね。悪ければ、壊れてる上に、敵意がある」

「どうする？　逃げる？」

「そうしたいけれど、ラゴスたちが人質に取られてる」

そうだった。ロボットたちの意のままに動かされている搬送コンテナの中に彼らがいる間は、あからさまな衝突を起こすわけにはいかない。イサリは付け加える。

「それに、スキットルたちもそうだ」

「うん。時間を稼がないと」

アクリラは彼らに向き直って肩をすくめた。

「いいよ、ここで何か出してもらうつもりはない。僕たちは人を待ってるだけなんだ。しばらく放っといてほしい」

そう言って、その場の階段の出口に腰かけた。イサリもカドムの体を抱いたまま、アクリラの死角を補うような向きで座って、周囲と、それに地面や頭上にも気を配った。

人間がこういう態度を取ったとき、まともなロボットなら呼ばれるまで引き下がるものだ。だが『正覚《コンシアス》』はまともなロボットのふりをするつもりはないようだった。滑るような足取りで近づいてきて、肩のまわりの短冊形の装甲をひらひらと跳ね上げ、客席を示した。

「お休みになるのでしたら、もっと適当な場所がございます。あちらのお席はいかがですか」

広場のど真ん中に座りこんで待つのは、確かにまったく適当ではない。しかしそれを言うなら、このアラート・ファブのどこにも、すでに安全な場所などないような気がイサリはしていた。アクリラも同様だとみえて、はぐらかすように周囲を眺めて『正覚《コンシアス》』に質問した。

「それより、ここってなんなのさ。コロセウムみたいだけど、さっき協議場とか言ったっけ？　っていうか、工場じゃなかったの？」

「ここは良識ある賢明な人々が、この世の大きな心配について語り合う場所でございます」『正覚《コンシアス》』がうやうやしく答える。「ロイズ非分極保険社団は、太陽系を安定した平和な場所とするための、さまざまな取り組みに協力しています。この協議場ではその取り組みの一つが行われています」

「へえ。その取り組みっていうのは？」

「地球種の正しい繁殖を促すことでございます」

それを聞いたアクリラが、眉間に深くしわをよせた。

「イサリ」銃を抱え直して、唐突に言う。「カヨを覚えてる？」

「カヨ……って、確か、あなたの家にいたメイドロボット？　私はあまり話す機会がなかったけれど」

「そう、それ。僕たちと船旅に出て、地下の世界で行方不明になったはずのロボットだ。その彼女と、僕はフォートピークの地下で再会した。いや、待って。できれば喜びたかったけれど、そういう出遭いじゃなかったんだ。カヨは、邪悪な本性を……じゃなくて、うん、狂ってしまっていた。邪悪で強力な何かにそそのかされて、僕の体を……いじって、殺そうとしたんだ」

とぎれとぎれのその説明は、曖昧で出来事の多くを隠しているように思えたが、それゆえにこそ、真実を伝えているのだとイサリにはわかった。息を呑んで、「それで……？」と訊く。

「それで僕は仕方なく、彼女を殺した」アクリラはため息をつき、しかしすぐ力強く背筋を伸ばす。「そして、誰が彼女をそそのかしていて、何をしようとしているのかを、知ったんだ」

「《救世群》《プラクティス》……なの？　それもミヒルの計画の一端？」

「ううん、そうじゃない。それは違うと思う。ただね」アクリラはちょっと視線をさまよわせて、言い方に迷ったようだが、ひょいとごく軽い口調で言った。「実は僕たち、かなり大きな敵と戦ってるみたいなんだ。それを言っておこうと思って」

「僕たち？」《救世群》《プラクティス》でもない、大きな敵？

「そう。大きな敵だ」

そう言うとアクリラは『正覚』《コンシアス》に向き直って、今のやり取りなどなかったかのように、

「正しい繁殖って？」と尋ねた。

「アクリラ――」

唐突な話題の転換についていけず、イサリはなおも声をかけようとする。

だが、その胸元に上がってきた手が、そっと触れて押しとどめた。イサリは驚いて目を落とし、口をつぐんだ。

前方の『正覚』《コンシアス》は、アクリラの独白など聞かなかったかのように説明を始める。いや、もともと何も聞いてなどいないのかも知れない。

「正しい繁殖とは均衡する繁殖です。一組の男女が、現在の人口規模と同じだけの孫を産み育てられるだけの子供を、産み育てることです。これが長期的に可能になって初めて、社会は維持安定されます。人口の安定は平和と繁栄の基《もとい》です。平和と繁栄あってこそ社会は融和し、相争う二極に分かれることなく、穏やかに保たれていくのです」

「それをここで話し合っていたのか」

「はい。そして私たち倫理兵器が作られました。『純潔《チェイスト》』、『遵法《ロウフル》』、『敬虔《パイウス》』、それに『正覚《コンシアス》』。『寮母の小耳《Lust Pattern Pickup》』を備えた機械群が」

「なんのピックアップ?」

「ラスト・パターン・ピックアップ、人間が欲情したときの脳波を探知する装置です。私たち倫理兵器はすべて、探知して特定するこの装置の命令に従うために作り出されました。この装置のおかげで私たちは任務を果たし、正しい繁殖を奨励することができているのです」

「うん? わからないな」アクリラがすらりとした白い脚を組み替える。左手を階段の枠に突いて、さりげなく体重を移動する。「人間の欲情を探知する? 探知してどうするの、攻撃するの? そんなことをされたら、人間は繁殖できないじゃない。っていうより、そんな乱暴な装置を本当に積んでいたの? 何、ロイズ社団って、プライバシーも人権も無視するめちゃくちゃな連中だったの?」

「いいえ、ロイズ非分極保険社団はプライバシーと人権を尊重する団体です。善良で無害なお客様に対して、無分別に探知や攻撃を行うことは決してありません」

「違法ではないぐらいの、分別のある嫌がらせならやったってこと？　それに、善良でも無害でもなくて、お客様でもない人々には？」

「ロイズ非分極保険社団は、大切なお客様と、同盟する諸コミュニティ、ならびに当社制度と施設を不当な攻撃から守るために、極めて有効な法的・物理的防衛手段を完備しております」

「平たく言うなら、気分で敵を選んでボッコボコにしていたってこと？」

「ロイズ非分極保険社団は、この協議場での『管理者』たちの活発な議論を通じて、皆さまにご満足いただける倫理兵器の行動規定を育《はぐく》んでまいります」

「ふうん、そうなんだ」

アクリラはうなずいたが、その目は半眼で口元はつまらなさそうに結ばれて、温かみが失われていた。「すごく立派な人たちだったんだね、イサリ」とささやく声には皮肉の響きしかない。

イサリは生理的嫌悪感に襲われて黙っている。協調的かつ建設的な言葉を弾幕のようにばら撒きながら、ひたすら言質《げんち》を取られることだけを徹底的に回避していく『正覚《コンシアス》』の異様な修辞技術に、圧倒されている。

「もっと知りたくなってきたな、おまえたちのこと」

アクリラは薄目にこれまでとは別の光を湛《たた》えながらささやく。金色の髪が、肩掛け布《ブレード》の繊維が、赤と緑のチェックのスカートの縁が、ぼうっと青白い光芒を帯びて浮かび始める。高い弾速を誇るコイルガンのパワーの源、生体電気の蓄電を始めているのだ。

「均衡する繁殖が正しい繁殖だって言ったね。そうすると、それ以外の繁殖は正しくないっていうんだね？」

「繁殖率の低下は好ましくありません。それは人口の減少と高齢化の二つの理由により、保険機構の負担を増大させて社会不安を招来します。また繁殖率の上昇はさらに好ましくありません。言うまでもなく、それは有限の資源の浪費につながります」

「そこはちょっと矛盾してない？　減ってもダメ、増えてもダメっていうのは」

「どちらにもそれぞれ問題があり、中庸を取ってそれを避けるべきなのです」

「そうかなあ。それはさあ、今までの僕だったら納得していたけどさ。メニー・メニー・シープの僕だったら。でも今の僕はそうじゃないんだよね」

きらっと緑の瞳を光らせて、アクリラは不敵に笑う。

「見てきちゃったから。――『正覚《コンシアス》』、おまえたち倫理兵器は、ロイズ社団は、太陽系時代のものだよね？」

「そう、私たちは、今この時代に生きています」

「あいにく、今この時代は太陽系時代じゃないんだ。でも昔の地球人類は太陽系宇宙に住んでいたよね？　それこそ何百億、何千億、何兆って人間が住めるだけの資源と空間とエネルギーがあった。どれだけ人間が増えようと問題なかったはずだ。十億キロの空間に、百万個の天体が浮かんでいたんだから。そして保険会社ってのは、お客が多ければ多いほど安定するし儲かるはずだよね？」

「保険制度を担保する大数《たいすう》の法則によれば――」

「能書きはもういいよ」相手の言葉を遮《さえぎ》って、アクリラは言う。「保険会社が、お客が増えることを歓迎しないわけがない。もしそれを嫌がるとすれば――それは保険会社じゃない。何か別のものなんだ。そうじゃない？　『正覚《コンシアス》』」

『正覚《コンシアス》』は答えない。どう答えたらいいかわからないのか、それとも――答えられないのか。

「おまえたちは」

ヒュッ、と重いものが高速で空気を抉《えぐ》って動いた。

「――人類を継続させるためなのです」

「コ」

ンシアス、という言葉にも詰まって、アクリラはのけぞる。彼の鼻先五センチに、銀装の青いロボットが立っていた。一瞬で移動した、それ以外のことは何もわからない。駆け出した瞬間も、駆けた方法も、駆けた理由も。

「艦長《キャプテン》アウレーリア。あなたは全権委任者として人類を継続させるために、ロイズ非分極保険社団を——」

朗々と何事かを勧奨しようとする。

そのとき、棒立ちになったアクリラの横に並んだ男がいた。

「待てよ、『正覚《コンシアス》』。アクリラを怒らせたいのか？　こいつは強いぞ」

怒るというよりも困惑し圧倒されかけていたアクリラが、ゆっくりと振り返った。そして目を見張った。

「カドム……」

ヘルメットを外して前を開けた宇宙服姿の、カドム・セアキが立ち上がっていた。その後ろにはイサリが寄り添って、死角を守っている。

アクリラが尋ねる。

「大丈夫？」

「何がだ？　ちょっと話を聞いていただけだ」

そう言いつつ片手で後頭部を押さえているから、まだ痛みがあるのかもしれない。だがそれを表には出さず、ロボットに立ち向かう。

「均衡する繁殖が平和と安定につながる、か。見当はずれもいいところだな。一組の男女が教科書通りに組み合わされれば社会が均衡すると思ってるのか？　そんなことはないし、そもそも人間の性愛は、社会的安定なんてものを目的に規定されるべきじゃない。――ひとつ、俺から説明してやろうか。二八〇〇年代、自由都市セナーセーの進んだ考えってものを」

「カドム――」

「いいから任せろ。伊達に伝書使《リエゾン》はやってない」

そう言いながら、カドムはしきりにちらちらと目配せをくれた。

アクリラとイサリは口をつぐむ。カドムが意味もなくロボット相手に演説を始めたわけではないと察したのだ。

「いいかな、すべての動物は多様な形態で繁殖する。しかしその中でも、人間だけが特別な能力を備えているんだよ。なんだと思う？　――それは、一つの種の中に、さまざまな理由で変化した多くの繁殖形態を持つということなんだ。異性単婚、異性複婚、同性婚、時限婚、贈答婚、父系婚に母系婚……そういった千変万化の婚姻がある。人間の歴史と社会は、婚姻と家族の形態によって変化させられてきた。それらが人間社会の縦糸そのものだと言ってもいいんじゃないかな。そして『正覚《コンシアス》』、おまえが語るロイズ社の婚姻観も、その縦糸の一本だ。いや、きっとそれは多くの人の運命を撚《よ》り合わせた、太い太いロープだったんだろう。しかしそれでもなお、歴史の布を織る繊維の一本に過ぎない。それをおまえたちは、わかっているんだろうか」

カドムは静かに『正覚《コンシアス》』を見つめる。アクリラとイサリは黙っている。彼の話が時間稼ぎであることはわかっている。だが、それだけのものでもなかった。彼は確かに、背後の二人の、そして自分の運命をも含む流れについて、語っていた。

「倫理を敷くと言う。しかしそれはたいてい、すべての人が認めるものじゃない。すべての人が認める倫理なんてものはあってはならないし、ありえない。これは幸いなことなんだ。なぜって、『正覚《コンシアス》』、おまえたちの婚姻観が世界によって完全に否定されることも、またないんだからな。それと俺たちの考えは違う……俺の考えはセナーセー流と、オリゲネス流の、そのまた混成だ。そして、そのどちらとも並存するものだ。けれども孤立するものじゃなく、そのどちらとも触れ合うものだ。決してほかの流派を押し潰すようなものじゃない……」

「カドム」

「ん？」

思わず口を挟んだのはイサリだ。これは彼と倫理兵器との議論のはずだが、訊かずにはいられなかった。

「その、人と人とで、結婚観同士がぶつかったら？」

「そりゃ、やり合うしかない」カドムは肩をすくめる。「個人と個人の話なら、な。でもそれは別の話だ。今言っているのは、大きな力が個人の婚姻観にどこまで入ってきていいかということだ。そう、大きな力はしばしば、そこへ入ってこようとする。結婚を……家族のかたちを決めることは、社会を統制することそのものだからな。しかし」

カドムは『正覚《コンシアス》』に向き直って、苦い顔になった。

「そういった議論以前の問題のように思えるがな。脳波で人間を選別して欲情をやめさせる、なんてのは。実際のところ無茶な話だ。倫理兵器、ロイズ社団。自分たち自身を滅ぼすつもりだったのか？　それとも……そんなふうにされてしまったのか？」

『正覚《コンシアス》』はもう答えない。カドムがしゃべり始めてからは、気圧《けお》されたように黙りこんでいる。

それが不意に、顕微鏡を思わせるレンズターレットをくるり、くるりと回した。左右二つに割れているように見える頭部を旋回させて、カドム、イサリ、そしてアクリラを順番に見渡す。

そして、ここにいない誰かの噂話をするような、低いささやき声で言った。

「全権委任者、艦長《キャプテン》アウレーリア――あなたの、許可が必要です。可及的速やかに、全面的な許可が」

「なんの許可？」

「あなた方を制止する許可です」

論理の破綻した言葉とともに、『正覚《コンシアス》』は肩のまわりの短冊型装甲をひゅるる、と回転させ始めた。鋭い刃先がカドムたちの鼻先をかすめる。

「あなたがたは社団と『管理者』の規定から逸脱しつつあります。その前にあなたがたを制止せねばなりません。制止の許可が――必要です」

「言行が一致していないぞ――いや、一致しているのか」

それ以上の軽口を叩く余裕は与えられなかった。『正覚《コンシアス》』のまわりを傘のように回転する刃が迫り、カドムはさらに後退した。背後のイサリとアクリラに背中をぶつける。猶予はなかった。

「すまん、アクリラ、イサリ。間持たせはここまでみたいだ」

「間持たせっていうか、むしろ危険を呼び寄せていたよね？　――おっ」

叫び返したアクリラが、声を漏らした。

三人の無線に、別の人間の声が飛びこんできたのだ。

「ラゴスだ、アクリラたち、無事か？　たった今アラート・ファブのステーションについた。スキットルたちと同着だ。全員きちんと揃って――」

そこまで聞けば十分だった。アクリラが目配せして大きくうなずき、それを見たイサリもうなずいた。

金髪の《海の一統《アンチョークス》》の艦長《キャプテン》が叫ぶ。

「ラゴス、状況が変わった。いい？　よく聞いて。命令するぞ、《恋人たち《ラバーズ》》」

「なんなりと、艦長《キャプテン》」

「倫理兵器はすべて敵だ！　やっつけろ！」

宣言とともに撃ち、斬った。肩付けしたコイルガンが零距離で吠える。重い竜巻のように旋回した前腕鉤が薙《な》ぎ払う。

耳が痛くなるような壮絶な金属音とともに、前後の『正覚《コンシアス》』が吹き飛ばされ、断ち割られる。寸秒と置かずに他の五体が殺到した。

たちまち凄まじい戦いが巻き起こった。アクリラは古く強靭なコイルガンを両手持ちし、腰溜めで撃ち、銃床を叩きこみ、ぐるりと回した銃身で張り飛ばしてから撃つ。イサリは左右の腕を縦横に振るい、合間に硬く強靭な足先を跳ね上げてかかとを落とし、杭打機のように容赦のない打刻を与える。

猛烈な白兵戦を繰り広げる二人の中間、幅わずか半メートルの安全地帯に、カドムは取り残される。鋭利な刃がぞっとするような音を立てて周囲を荒れ狂う。かすっただけでも大けがをするだろう。

だが、カドムは逃げるでも頭を抱えるでもなく、腹をくくって突っ立ったままその場で腕組みした。彼はろくな戦闘能力もない。しかし、二人の仲間への信頼だけは十分すぎるほど持っていた。

「ヤーッ！」「ハアッ！」

　アクリラがプロペラのように回転する短冊装甲を二枚連続で跳ね返し、空いた隙間にすかさず発砲して四体目の『正覚《コンシァス》』を仕留めた。同時にそのときイサリは、もぎ取った一枚の装甲で正面の三体目に立て続けに斬りつけて、肩から腰まで袈裟掛《けさが》けで真っ二つにしたところだった。

　至近の『正覚《コンシァス》』を一掃したその機に、すかさずカドムが言った。

「降りよう、ラゴスたちと合流だ」

「わかった！」

　円形協議場の客席から、わらわらと無数のロボットたちが駆けおりてくる。イサリにはその有様がまるで化け物たちの集団のように見えたし、アクリラにはすでに一度目にした、あの不気味な深い地下での光景に重なって思えた。下り階段に跳びこんで駆け降りる。カドムが言った。

「あいつら、一二の三で襲って来たな。あれはきっと待っていたな」

「何を？」と言ってから、先を行くアクリラが気づく。「ラゴスたちをか！」

「そうだ。ラゴスは俺たちを足止めする人質だったが、俺たちもラゴスを呼び寄せる人質だったんだ」

「それであいつ、カドムがおしゃべりしている間におとなしく聞いてくれてたのね」イサリは納得する。「向こうも時間稼ぎだったんだ」

「倫理兵器がラゴスを狙う理由なんて、あるの？」

「——多分ある」アクリラの疑問に、イサリは昔を思い出して答える。「スキットルが言ってた。倫理兵器はもともと《恋人たち《ラバーズ》》を一掃するために作られたんだって。その《恋人たち《ラバーズ》》の中で一番古い元締めが、ラゴス。ラゴスの中にいる、大師父ウルヴァーノ……」

「そりゃすごい因縁だ。なんだか知らないけど」

螺旋階段を駆け下りながら、アクリラが小さく口笛を吹いた。その前に下から上がってきた『遵法《ロウフル》』が飛び出す。アクリラの対応が遅れたのは、これまでロボットが従順だったからだろう。

機械そのものが苦しんでいるかのような轟音を上げる、三十六枚刃の教王輪《ウオフ・マナフ・ペルクー》が、真正面からアクリラに叩き付けられた。一千の火花と金属音が飛び散って少年があおむけに床に倒れる。ばらっ、と金髪が宙に舞った。

「アクリラ！」

その瞬間カドムはカッと頭が熱くなり、効くかどうかも考えずに、『遵法《ロウフル》』を蹴りつけていた。カドムの宇宙服の頑丈なかかとが、やや低い位置の『遵法《ロウフル》』の肩へすっぽりときれいに命中し、そいつを小気味よく半回転して転ばせた。

「どうだ！」

だがそれは、単なるまぐれ当たりの一発であって、あとが続かなかった。代わりに、次の瞬間跳ね起きた『遵法《ロウフル》』が、凶悪な回転刃をまっすぐに突きこんできた。ヒュンヒュンと唸る刃物がカドムの胸を斜めに断ち割ろうとする。

そこへ怒りの火雷が噴き上がった。

胸に抱えた銃で、からくも顔面を守って仰向けに倒れていたアクリラが、カドムの危機の瞬間に跳ね起きたのだ。全身からまばゆいまでに青紫のハローを放ち、触れた箇所を焦がしている。

突き出された教王《ウォフ・マナフ・ペルクー》輪の柄を、コイルガンの台尻で下からへし折って、ぐるりと銃を回す。銃口をロボットの額にぶち当ててそのまま発砲。銃声が消えぬうちに弾丸を再装塡してまた発砲。さらにもう一度発砲して、『遵法《ロウフル》』の前面に三つの虚《うつ》ろなクレーターをこしらえた。仕上げにそのボディを階段から蹴落として片付ける。

完全に残骸になったロボットと、へし折られた回転武器の頭部がからみあい、ガラガラと騒々しい音を立てて階段を落ちていく。それを見下ろすアクリラの輪郭が青い。見たこともないほど凄まじい放電を行っている。さすがのカドムも度肝を抜かれて、「アクリラ、大丈夫か」と声をかけた。

するとアクリラは、背を向けたままで言った。

「危ないよ、カドム。ケンカは僕に任せてくれないと」

「あ、ああ」

「でも、ありがと――聞いてたよね？　階段登る前」

「うん？」

少しだけ振り返って、アクリラが横顔を見せる。目を凝らしたイサリは、ふと胸を打たれる。

ヴァンデグラーフ発電機のように帯電し、髪の毛も襟袖も服の裾もチリチリと跳ね伸びて、青い光に包まれているのでわかりにくいが――。

その頬が、紅潮しているように見えた。

「どうなの？」

エメラルドの瞳に見つめられたカドムが、ごくりと唾を呑んで、うなずいた。

「――ああ」

「よし」

すでにして猛烈な域にまで達していた放電が、さらに一段と凄まじいものになった。床から天井までの空間が、小さな稲光でくまなく埋め尽くされる。

たまらず後ずさりしたカドムとイサリは、渦巻くオゾンの匂いを突いて届いた、アクリラの声を聞いた。

「今のうちに外、片付けてくる」

　言うなり勢いよく階段を駆け降りていった。

　それは、学校の授業が終わって外へ飛び出す子供のような、うきうきとした疾走だった。

　じきに下方から、ズーン、と爆音が聞こえてきた。彼がいなくなった静けさの中で、カドムとイサリは呆然と顔を見合わせた。

「なんだ、あれは」

「ものすごい放電だったけど……あれで体の電気、もつの？」

「もつも何も、あそこまで強烈な電気を、普通の《海の一統》《アンチョークス》が出せるわけがない。あいつにも何か変化があったのかもな」

「うん……」

　言ってから、イサリは階段を降りてきた『純潔』《チェイスト》を迎え撃つ。すぐにわかったのは、敵が戦法を間違えたということだった。『純潔』《チェイスト》は強力な二種類の飛び道具を用いるが、それらは額と額がぶつかるような至近距離では使いづらい。『遵法』《ロウフル》を先頭に押し立ててくるべきだったのだ。しかしもう遅い。こちらにとって願ってもない。

　イサリは『純潔』《チェイスト》の一体を出合い頭に破壊して盾にし、後続のもう二体を盾の陰から仕留めて、その残骸をバリケードにした。通路全体を塞ぐことになり、支えているだけで済むようになった。

そうやって敵を食い止めてから、イサリは振り向いて叫んだ。

「それで、どうするの？　カドム」

「どうって」言いかけたカドムが、「いや、わかってる」とうなずいた。

「俺はおまえと一緒に生きることにした。それを変えるつもりはない。アクリラが——おまえと同じような気持ちを持っているとしても」

「それなんだけど」少しためらってから、イサリは率直な気持ちを伝えることにした。

「アクリラもそばに置いてやってくれない？」

「なんだって？」

「理由があるの。まず、私、あの子を好きだと思ったから」

前方に敵を抱えたままの緊張感で、早口になる。だが、機会を逃してはいられない。言いたいことは多いのに、時間は悲しいほど少ない。

「好きと言っても、あなたを好きなのとは違う。アクリラは多分、私の側の人間。多くの人とは少し違う心や体を持っていて、ほかと違う感じ方をする人間よ。彼を見ていると、聞いていると、他人事とは思えない。報われてほしいと思う。そして……カドム、あなたもアクリラが好きでしょう。長い付き合いで、深く理解していて。その好きが、どんな種類の好きなのか、それは今、考えないでいいと思うの。好きだということが大事だって。そのほかのいろんな理由で、気持ちを曲げなければ、それでいいと思う」

「待って、聞いて。もう一つ、大事な理由」

ざわり、と危険の予感を覚える。イサリはバリケードに注意を戻し、両腕を体の前に構えて防御姿勢。ずばん！　と全身を叩くような破裂音が上がり、三つの残骸を貫いて散弾が降りそそいだ。奥にいる『純潔《チェイスト》』のランドバラージ。威力からしておそらく、自爆しながらの攻撃。

腕と体の前面に、骨まで響く痛みが走ったが、長い戦いの経験から、致命的な打撃ではないと感じ取った。イサリはひび割れた両腕で三つの残骸をまとめて抱え、そのまま五歩ほど強引に階段を登って、自爆した機体までもバリケードに取りこんだ。

さらなる一発が来たら、これでも防げるかどうかはわからない。しかし、『純潔《チェイスト》』渾身の技でもこちらがやられていないということは、向こうに伝わっただろう。

再び訪れた戦いの「間」をとらえて、イサリは叫ぶ。

「私、《救世群《プラクティス》》に戻るから！」

「おい、イサリ！」

さすがに黙って聞いていられなくなり、カドムが後ろから腕をつかんだ。

「それは許さないぞ。なんのつもりだ？」

「言っておくけど、自己犠牲じゃないわ。もちろん、アリクラへの遠慮でも」

おのずから苦笑が浮かんでしまった。カドムの言葉が嬉しい。彼は逃亡や裏切りだとは、毛ほども思っていない。その逆のことを心配している。

「アクリラに途中まで話したのを、カドム、あなた聞いてたんでしょう？　あれが理由。事態が変わった。《救世群《プラクティス》》は戦わなくてもいい理由を持ったのよ。それどころか、今すぐ戦いをやめなくちゃいけないと思う――気づいているでしょ？　ルッツたちのこと」

「あれか」カドムの顔が険しくなる。「太陽系艦隊だな」

「そう。あの目的って、きっと――」

「《救世群《プラクティス》》の殲滅《せんめつ》だな」カドムはうなずく。「セレスの人間を助けるっていうのは、嘘じゃないかもしれない。だがそれだけなら重武装の艦隊は必要ない。目的は戦い、そしてその理由は《救世群《プラクティス》》の根絶だ。冥王斑で太陽系に大打撃を与えた彼らが、もう一度戻ってくる可能性を、なんとしても叩き潰すために来たんだ。それならつじつまが合う」

「でしょう？　だからよ」イサリは必死に訴える。「ルッツたちの艦隊がどの程度の戦力かわからないけれど、三百年かけて追いかけてきているのよ。きっと、とてつもなく強力な決死隊だと思う。そんなのが来るのに、内輪で争っていていいわけがないじゃない。戦いを止めさせないと。今すぐやめて、どうしたらいいか考えないと！」

「和解……それが無理でも、自衛のためには戦わなくちゃならない。そうか……」

続いてカドムが口にすることも、イサリは予想していた。

「じゃあ、俺も行く」

「だめ」

「だめじゃない。俺は伝書使《リエゾン》だ。おまえよりも適役なぐらいだ。一人で行かせられるか、一緒に《救世群《プラクティス》》のところへ行くぞ」

「絶対にだめ」

首を振って、きっぱりとイサリは言い返す。

「冥王斑にかからないあなたが来たら、百パーセント、ミヒルに憎悪される。人質にされて拷問される。そうなったら、私まで動けなくなる。でも私一人なら、間違っても殺されないという保証がある。私は《救世群《プラクティス》》の繁殖の鍵だから」

「殺されないからって安心できるか！　おまえだって拷問されるかもしれない」

「それでも私が戻れば、他の十七万人の《救世群《プラクティス》》にメッセージが伝わる。そして橋渡しになれるかもしれない。そのとき、メニー・メニー・シープの側にも、受け皿がなければいけない。わかって、カドム。あなたはこっちにいてくれなければいけないの。絶対に信用できる人として」

「くそっ！」カドムはイサリの腕をつかんだまま、歯噛みして頭を落とす。「よくもそんな……そんなことを思いつけたな！」

「最高の作戦だと思ったんだけど――」自分でそう言いながら、感情が高ぶるのを抑えられなかった。「だめ？　カドム。何もせずに、二人だけで、このシティのどこかにでも、隠れてる？　私……」

そこまで言ってしまったのに、止めることなどできなかった。

「本当は、そうしたい」

「イサリ……」

カドムが力なくつぶやいて、手を離した。

「しゃがめ」

「え？」

「しゃがんでくれ。俺は、背が低い」

彼が低いわけではないのだが、イサリは黙って身を低くした。

カドムがそばに立って、三本の顳角《しょうかく》の生えているイサリの頭を胸に抱き締め、口づけしてくれた。

「二人でどこかに隠れる……それはいいな」

「ええ」

「俺もそうしたいよ」

「うん」

ほんの十秒あまり。その十秒が、イサリの胸の奥に染み渡って、鉄床よりも強い支えを形作った。

　無線に声が入る。

「カドム、イサリ！　降りてきていいよ！」

　二人は抱擁を解いて、階段を降りていく。

　やがて、最初に搬送コンテナで到着したステーションに降り立つと、そこには――。

「片付けた」

　アクリラが笑っていた。一面に硝煙が立ちこめ、コンテナというコンテナに戦車砲でぶち抜いたような穴が開き、十種以上の倫理兵器の残骸があたり一面に散らばり、そこらじゅうの部品や機械から過剰な電荷がチリチリと空中に立ち昇る、爆撃でも食らったかのような凄まじい光景のステーションに立って。

　アクリラは、晴れやかに笑っていた。

「ちょっと頑張りすぎた。調子がよくって」

「なんだこれは……本当にお前ひとりでやったのか？　ラゴスたちまで巻きこんでいないだろうな」

「ああ、それはちゃんと気をつけたから」

　指さす先に、二山のコンテナ群が無事に残っており、見覚えのある男たちと、それにもう一群、兵士やカルミアンを引きつれた女の姿も見えた。

「ね、大丈夫」

「幸運だったな」どっとため息をついて、カドムがアクリラをにらむ。「加減しろよ。万が一ラゴスにでも当たっていたら、洒落《しゃれ》じゃすまん」

「そうだね、次は気をつける」

「次があるか！」

首をすくめるアクリラを叱りつけていたカドムが、ふと振り向く。

イサリは小さくうなずいた。アクリラに目を向ける。

「それで、お願いの続きだけど」

「えっ、うん、どのお願い？」

「しばらくカドムをお願い、っていうこと。いい？」

頭のところに特に力を入れた。

それだけで、アクリラはパッと明るい顔になり、すぐにしかつめらしく眉をひそめたので、すっかり伝わったとわかった。

「わかった、あの話か。行ってくるんだね？」

「そう」

「カドム、君は？」

「話は聞いた。ここに残る。——お前とな」

「……そういうふうになったかぁ」

アクリラはコイルガンを背中にかけて、二人を見比べた。

「僕も《海の一統《アンチョークス》》として、カドムと同じぐらい、イサリにいてほしい。だから、絶対戻って来てよ」

「ええ」

三人は目を見交わしてうなずき合った。

ラゴスの声が伝わってくる。

「地上から搬送コンテナを撃ったのはアシュムたちの戦闘機だった。やつらが来るぞ、リラ」

「OK、歓迎の準備をしようか！　花火はもう使い切っちゃったけど」

セナーセーの旧友二人は、仲間たちの元へ向かう。

「じゃあ、私はあいつのお帰りを、しっかりエスコートする、と……」

硬殻体《クラスト》の娘はそっとそこから離れ、残骸のただ中へと消える。

断章六　ヒトである既人《ヒト》とまだの機人《ヒト》と

――二惑星天体連合軍《EMarth-Pan_Astro Allieance》戦略追跡艦隊
第三先遣艦群亜光速投射艦《鯨波《ゲイハ》》先端情報関門・寸景

準惑星（一番小惑星）セレスの北緯八十八度五十分、地表下十三メートルの秘密工場「アラート・ファブ」で、短時間分断されていたカドム・セアキたちと、カーペンターのラゴスたちが再び合流する。そこには新政府からやってきたスキットルとクルミの一派も加わっている。逆に《救世群《プラクティス》》のイサリは何か腹積もりでもあるのか、ひそかに一行を離れている。

驚異の化石社会メニー・メニー・シープの行く末を左右すると思《おぼ》しき、重要な一団のメンバーが、また入れ替わってシャッフルされる。

コワルツェン・ヨーゼンハイム調査兵《サーベイヤー》とアッシュルデン・ブンガーホル増幅兵《アンプリファイアー》のチ

ームが取得しているその映像は、セレス中央宇宙港第十六バースに擱坐《かくざ》する液体ヘリウムタンカー・サンフィッシュ号の空っぽの腹の中に隠されている、二人の高速捜索救難艇《SRボート》で中継されて、高く宇宙へ飛ぶ。

　向かうは、刻々とセレスに近づきつつある二惑星天体連合軍《EMarth-Pan_Astro Allieance》戦略追跡艦隊だ。

　信号は数日の旅の後、一群の艦艇にたどり着く。すなわちSRボートを亜光速で撃ち出した十三万トン投射艦《鯨波《ゲイハ》》と、その周囲六十万キロの範囲に散開した同級僚艦、《紅葉《クレハ》》、《揚羽《アゲハ》》、《的《イクハ》》、《斑葉《イサハ》》、《伊呂波《イロハ》》、《切刃《キリハ》》、《翳《サシハ》》、《七八《シチハ》》、《罔象《ミズハ》》、《水破《スイハ》》、《浮葉《ウキハ》》、《烟波《エンパ》》、《乱波《ラッパ》》、《河童《カッパ》》、《鯯《サッパ》》、《緑礬《ロウハ》》、《雄柱《ホトリハ》》、《蟠車《マイノハ》》、《青海波《セイガイハ》》ら合計二十隻で構成される、第三先遣艦群だ。

　先行して高速で駆け抜けていった第一・第二先遣艦群は、前方啓開と航行誘導のための無人ビーコンのようなものだった。実質的な先行調査はこの第三先遣艦群が担っている。二十隻の投射艦は、全艦が連携して広大な電磁波受波面を形作るとともに、各艦が様々な手段で広域・狭域の探査を行っている。そして最終的には多くの成果を総合した情報多面体を築き上げて、後方の巨大な本隊へと送信する。

　その多面体の中では、カドムとラゴスたちの波乱に満ちた冒険の記録も、ほんのささやかなきらめくかけらでしかない。百ものかけらの中の一つだ。

　それは艦隊が望んだことではない。艦隊はもともと、セレスだけに注目して追いかけてきた。だがこの宙域では現在、目もくらむほど複雑で激しい競《せ》り合い、出し抜きあい、ぶつかり合いが起こっており、単純にセレスを見つめているだけでは、とうてい間に合わなくなっているのだった。

複数の勢力がぶつかりあっている。その余波は、もちろんこちらの艦隊にまで届いていた。星連軍艦隊は遅れてきた新参者ではあるのだが、だからといって誰からも放っておかれる、傍観者の位置に留まることは、許されないようだった。

向こうが意図せず周辺に見せたり放ったりしている声や姿や、こちらが狙って取得している像などの他に、こちらが聞き取っているわけでもない信号や、明らかにあちらが力ずくでねじこむつもりらしい情報が、時々刻々と送りこまれていた。偽信号、偽情報、試験信号、囮《おとり》信号、めくらまし、マルウェアやウイルスなどといった代物だ。

ひょっとしたら純粋な友好交流信号すら混じっているかもしれないそれらのアクセスを、一括して黙殺してしまうことはできない。ましてや一括して丸呑みにしてしまうのは論外だ。選別という行いが必要だ。

それも、第三先遣艦群の主要な任務だった。それこそが、と言ってもいいかもしれない。

人類未踏の錯雑した空間に踏みこんでいく、星連軍艦隊の前方に陣取る番兵となって、二十隻は、敵と味方を見分ける作業にいそしんでいた。

そんな中、《揚羽《アゲハ》》が異常を起こした。

主に準惑星セレスの深部通信を傍受することに集中していた彼が、四秒ごとの定時通信を二度、欠送《けっそう》したところまでは、誰も何も言わなかった。星連軍艦隊の艦艇人格たちは、遠隔アップデートを通じて二百年以上の進化を経てきたが、あるていど以上大きな不調が起こったら、今でもひとまず人格全体の再起動を行って、調子を取り戻そうとすることがままあったからだ。

だから十秒までの沈黙なら無視された。

それが十八秒まで延びたとき、十万キロの距離で隣接していた《烟波《エンパ》》が確認の声をかけた。一秒以内に彼もやられたと考えられている。《烟波《エンパ》》から《的《イクハ》》と《翳《サシハ》》へ、《的《イクハ》》と《翳《サシハ》》から《水破《スイハ》》、《緑礬《ロウハ》》、《雄柱《ホトリハ》》、《紅葉《クレハ》》へと、十五秒ごとに汚染が広がって、六十秒後には艦群の半分が盗られていた。

ということは、次の十五秒で第三先遣艦群すべてが未知の敵に乗っ取られてもおかしくなかった。もしこの艦群が、太陽系の絶滅生物保護規則に厳密に従っていたならば、そうなっただろう。

しかしそうはならなかった。

艦群旗艦《鯨波《ゲィハ》》は、賢明で穏当なあらゆる勧告に逆らって、あるものを乗せていたのだ。

異常発生から六十一秒目に《緑礬《ロウハ》》から接触を受けた《鯨波《ゲィハ》》は、その意思決定プロセスのど真ん中に挟まった規格外の異物によって、制御喪失を免れた。

「ハア、なんだぁコリャア……わっけのわからんことが起こりよったな。おい《緑礬《ロウハ》》何やっとるか。説明しろ、簡潔に、的確に……」

介入したのは、人間の艦長だった。バラトゥン・コルホーネンという男である。《鯨《ゲイ》波《ハ》》に特設された小居住区で流入するデータの鑑賞を続けていたが、《緑礬《ロウハ》》から送られていた天文観測情報が、奇怪なクラッキングデータに差し替えられていることに気づいて、流入を止めた。

「わからんな……わからん、何がどうなっとるんじゃァ、これは……」

ただ、その時点でとてつもない高齢になっていた彼は、データを検定するほどの頭の冴えを発揮することはできなかった。しかし、流れを止めただけでも十分だった。この貴重な十秒余りのあいだに、第三先遣艦群側の対抗プロセスが自動的に走り始め、一時はこちらを丸ごと乗っ取りかけていた攻撃的存在に対して、反撃を開始した。

瞬く間に対抗プロセスは攻撃側を押し戻していった。第三先遣艦群のすべての船が奪回され、残すは《鯨波《ゲイハ》》の小さなデータスペースだけとなった。それも見せかけだけの虚空間であり、続く十秒で、攻撃側が外部とのあいだに残しておいた、すべての脱出ルートや救援ラインが断たれた。

敵は袋の鼠となった。《鯨波《ゲイハ》》側の対抗プロセスが、人間が瞬きするよりも早くそいつを抹消しようとした。

その瞬間、対抗プロセスは動きを止めて相手をまじまじと観察した。かと思うと、手品師のように一瞬で姿を変えた。

攻撃側の存在は目を丸くしていた。物理的にも情報的にも目など持てない情勢だったが、とにかく驚きを示した。

相手は、自分とよく似た姿をしていたからだ。

そいつが言った。

「やあ、副意識流《トリビュータリ》」

「生きていたのか、副意識流《トリビュータリ》……」

攻撃的存在と対抗プロセスは、まるで人間やその亜種の真似をするように、情報空間内に一定の自己の姿を構築して、向かい合った。

「ご挨拶だな、副意識流《トリビュータリ》。そいつはこっちの台詞だよ。広大な太陽系に残った僕と、パラスからセレスの狭い地下へ移った君。生存可能性が高かったのはどちらか、わかりそうなものだけどね」

「その言葉をそっくり返そうか、君？　そっちこそ冥王斑まみれの太陽系でよく生き残ったもんだ。こちらは最初のほうこそ羊の繁殖に手間取ったが、あとはすこぶる順調だったよ。今ではすっかり地歩を築いた。メニー・メニー・シープはとても居心地のいいところだよ」

「そうか、それはよかった。祝福しよう。おめでとう、副意識流《トリビュータリ》」

「どういたしまして、副意識流《トリビュータリ》」

「それでは――」

「うん？」

「決めようじゃないか、どちらが主意識流《メインストリーム》であるかを」

二つの副意識流《トリビュータリ》――被展開体ダダーの異なる二つの流れは、現実世界のどこでもない宇宙船内の情報空間で、それぞれできる限り不敵で余裕たっぷりの笑みを浮かべて、にらみ合った。

「僕は三百年間、人間たちと《救世群《プラクティス》》のあいだに立って、メニー・メニー・シープを見守ってきた。今舞台となっているのはまさにそこで、君はそこにやってきたお客様だ。この先の展開を把握して、起こりうる様々な出来事に対処するためには、どうしたって僕は僕でなくてはならないと思うけどね」

セレスから飛来したダダーがそう言ったかと思えば、

「僕のほうは確かにセレスで起きたことを知らない。しかしその代わりに、今セレス外で起こっていることを刻々と把握しているし、計算機の中に間借りしているだけとはいえ、太陽系からやってきた宇宙艦隊という強力な後ろ盾も持っている。こういうことを無視して僕でない君が僕になるのは、まったく賢明じゃないんじゃないかい？」

艦隊側のダダーもそう述べて、相手をにらみ返した。

議論しようと思えばいくらでも続けられるというのは、お互いによくわかっていた。何しろお互いに、情報だけの姿で何万回となく恒星から恒星へ渡ってきた存在だ。ウィルスに姿をやつして遠く離れた異星の生物に潜りこみ、次第に自分自身の体を作り上げてついには文明そのものを棲み家となす。言ってみれば究極の弁論家であるのが自分たちだ。

しかし弁論家であるだけに、その気になれば議論を切り上げるのも早かった。

「宇宙艦隊にいる僕の側には、アッシュとルッツという頼りになる偵察隊がいるし、ほかのルートからもセレス内の情報が手に入っている。それに対して君のほうは広く宇宙の情報を手に入れる手段が乏しいように見えるね。本当に主意識流《メインストリーム》になるべきだと思うかい？」

「観測手段が少ないのは僕も認めよう。主意識流《メインストリーム》になっても欠測を多く出してしまうだろう。けれどもこれだけは言いたい。僕はメニー・メニー・シープの人々と《救世群《プラクティス》》を大切にしたいんだ。もし君の宇宙艦隊が、セレスを雪合戦の玉みたいに粉々に潰してしまうつもりなら、主意識流《メインストリーム》になるとかどうとかではなく、君と存亡を賭けて戦わなければならない」

「ふむ、なるほど」と艦隊側ダダー。「現時点では意識流を統合するべきではないのかもしれないな」

「そうしてくれるとありがたい」とセレス側ダダー。「また、そうしてくれれば僕も奥の手を使わずに済む」

「奥の手なんてあるのかい？」

「ないと思うならどうして大艦隊でやってきたんだい？」

「ふんふん、なるほど、なるほどだ！」

艦隊側ダダーはいまやわだかまりを消して、にこやかに概念上の両腕を広げる。

「確かに君は切り札を持っているのかもしれない。じゃあそれを使わないという条件で、僕は並存に同意しよう。ところで、お互いの分を侵さない範囲での情報交換は大いに必要だと思うんだが、どうだろう？」

「願ったりだ、いま切り出すつもりだった」

そういうわけで二体の被展開体はひとまず、上着の左腋の下をちらちらと見せつけるような議論構築を取りやめ、肩を並べて率直な教示を交わした。

「僕がまず知りたいのは、君が自慢するその宇宙艦隊とやらについてだ。来てみれば確かにここに艦隊がいるので驚いている」

「ブラフだとでも？」

「思っていた。三百年がとこセレスにいたのに、そのあいだ一度も外部から接触がなく、今このときになって艦隊が来るというのは、タイミングが良すぎるからね」

「『今このとき』というのは、どのときを指しているんだい？」

「それはもちろん、領主《レクター》が地下の軍勢を抑えられなくなって、大閉日《ビッグ・クロージング》が訪れてしまった今このとき、という意味だ」

「領主《レクター》が地下の軍勢を抑えられなくなったのはなぜだと思うね？」

「セレスが目的地に近づき、眠っていた《救世群《プラクティス》》が大勢目覚めて、ふたご座ミュー星に殴りこむ支度を始めたからだよ。そのためにドロテアの電力が消費されているんだ」

「なるほど」

「話を戻すと、そんな時期に艦隊がやってくるなんてタイミングがよすぎだろうと思っていたのに、それは実際に来ていた。それも、さっき乗っ取りがてら見せてもらったところでは、ずいぶんと規模の大きな艦隊のようだね？　この第三艦群の各艦は十万トン以上ある。それが二十隻も。そのどれもが亜光速で弾体を投射できる。こいつらで、セレス南極にあるハニカムに対抗しようというなら、なるほどそれは十分勝ち目があるだろうね」

「――そんなつもりで艦隊が来たと思うのかい？」

「と、いうと？」

「セレスが太陽系を去ってから三百年。そのあいだ、セレスで何がどうなったのかもわからないのに、十万トンの二十隻で足りるだろうと、地球人たちが見込んだと、君は思うのかい？」

「——」セレスのダダーは三秒も沈黙する。「——そうだね、ちょっと見込みを間違えた。雄性個体を三自転周期放置したら、間違いなくこちらの視覚器官を破壊するほど凶暴化する、という石油時代の警句もあったね。三百年ぶりの再会だ。まだこの他にも、予備戦力を用意したんだね？」

「星連軍戦略追跡艦隊は、一《いち》セレス岩石質量の戦力を撃滅することを目的として、全自動で建設された」

「え？」

セレスのダダーは語義の反復確認を要求する。艦隊のダダーは事実ベースの説明を淡々と積み上げ始めた。

「セレスを持ち去った《救世群《プラクティス》》が武装を進めないという想定はできなかった。だから太陽系は、《救世群》が極限まで武装すると想定し、それに対抗する戦力を建設することにした。《救世群《プラクティス》》の武装の限界は、セレスの資源を使い尽くした時だ。セレスの質量は一一七京トン。うち氷の核を除いた外殻の質量は三一・八京トン。これが一《いち》セレス岩石質量、敵軍想定戦力だ。これと同等の戦力を、星連軍艦隊は備えた」

艦隊のダダーは背後を振り返り、データスペースをプラネタリウムのように使って描画を始める。二十隻の第三先遣艦群の後方に、二百光年を駆け抜けてきた星連軍艦隊本隊の姿が明示されていく。

「第一から第三先遣艦群の三十隻に続く星連軍の後続戦力は、三つの戦闘艦群と三つの補助艦群からなる。主力は第五戦闘艦群、質量四十億トンのシュガーコーン級戦略尽滅艦五〇〇万隻だ。旗艦は二番小惑星パラス。その前後に、第四と第六戦闘艦群がつく。それぞれ四千万トンのシガレット級前方掃討艦三億七五〇〇万隻と、百万トンのキューブ級機動対応艦七五億隻。旗艦は三番小惑星ジュノーと十五番小惑星エウノミア。これらの艦群に、一万トンの砂糖粒《グレインズ》級小型防空艦がそれぞれ五十億隻ずつ付随している。ここまでの戦力の合計が〇・九七セレス岩石質量に相当する」

一息ついて、

「そのあとに、第八艦群のアントレット級郵便艦一〇〇億隻、第九艦群のアッタ級分泌母艦一〇〇億隻が続く。それらにも五十億隻ずつグレインズがつく。また第七艦群のスバル級天文探求艦五〇〇〇隻は、艦隊全体に分散して随行している。この艦群の質量は微細だが、高い観測能力を持つ」

当然、一隻一隻の艦は描かれなかった。ただの光の点としても、その集まりとしてさえも、星連軍艦隊は描画されなかった。

ただ単に、視野角にして三十度ほどの範囲を茫漠と埋め尽くす分厚い雲として、それらはそこにあり、恒星間航行の終わりの減速光を湛《たた》え、深々《しんしん》とした淡い黄白色に輝いていた。

艦隊のダダーが、あえて人間の拳のようなものを作り出して、その背でコン、と景色を叩いた。

「合計、五二八億八〇〇〇万五〇三〇隻。三一・八京トンだ」

セレスのダダーは、驚いてみせる能力を最大に発揮したくなっていた。何秒も間を空けてから、「そりゃすごい」と述べた。

「それは――ええと――ずいぶんと張りこんだね。いくらかかった？」

「施設建設も含めた費用は、太陽系小惑星の半分だね」と艦隊のダダー。「つまり、セレスが抜けた後の合計質量の、さらに半分ってことだ。建設期間は七十年。方法はおなじみのアレ。工場を作る工場を作る工場を作っていくやつだ」

「どえらく頑張ったな」

「必死でね」と相手。「もう二度と、太陽系を滅ぼされたくなかったから」

「滅ぼされた、だって？」

セレスのダダーは首をかしげる。

「これだけの大戦力を建設できたのに？」

「全自動で建設したと言っただろう」

艦隊のダダーは、体を何十メートルにも細長く伸ばすと、ぐるぐるととぐろを巻いて高く持ち上げ、そこから一気にひらひらと地面へ落とした。力のない、大きな渦巻きができる。セレスのダダーもそのジェスチュアを覚えていた。コロイド大気を持つ惑星スゥスングスの人々が大きな悲しみを表す時のものだった。地球人よりも、多くの星々の人々よりも、大きな大きな悲しみを表す時の。

「僕も手を貸したが、やったのは人間のロボットだ。ロイズ社団のじゃないぞ。主にノイジーラントとパラスの生き残りが力を合わせて、自己増殖ロボットの再建にこぎつけたんだ。そいつが太陽系を立て直してくれた」

「立ち直ったんじゃないか」

「製造能力だけはね」と艦隊のダダー。「他の点では……とてもとても」

「だいぶ死んだのかい？」

セレスのダダーが訊くと、艦隊のダダーはものうげに長い体を起こして、壁の一角が透明になったかのような光景を作り出した。

そこに、先ほどセレスのダダーが一瞬だけ接触した艦長の姿が映った。百歳をはるかに超えていそうな、高齢の男性軍人。

「彼は当人の強い希望で《鯨波《ゲイハ》》に乗せてきたんだが、実は当初、太陽系文明に反対されていた。貴重な遺伝資源を手放すことになるというのでね」

「あの歳で遺伝資源？　太陽系文明はだいぶ苦しいようだね」

「いや、苦しいのは太陽系文明ではなくてね。その保護下にある人間たちだ」

セレスのダダーはまじまじと艦隊のダダーを見つめて、「保護下?」と訊いた。

「ああ」

二体のダダーはまた沈黙を形成する。今度のそれは長かった。

「……いろいろなことがわかってきた気がするぞ。君たちが意地でもセレスを追いかけずにいられなかった理由。とてつもない戦力をこしらえた理由。そしてスパイを送りこんで、慎重に接触していた理由……」

「メニー・メニー・シープを叩き潰すなんてとんでもない、ってことはわかってもらえたと思う」

「ああ」

セレスのダダーは重苦しくうなずいたが、実際にはやや心が軽くなった気がしていた。

「しかし、なんだね……太陽系のことは不幸だったが、話を今この場に限ったら、ことが簡単になったと言えるんじゃないかな」

「そうかい?」

「そうだろう」とセレスのダダー。「だって、五二八億八〇〇〇万五〇三〇隻だろう? それだけあったら《救世群《プラクティス》》なんかおそるるに足りないじゃないか。見ただろう、君。彼女らはずっと眠っていたから、いまだにメニー・メニー・シープを制圧することもできていない。砲撃の必要すらないよ。こういう戦力があって、もう勝負にならないから、降伏しろと言うだけでいい。彼らは降伏するだろう。君たちはメニー・メニー・シープの人々を救出するだろう。それで何もかも終わる」

「敵が《救世群《プラクティス》》だけならね」

そう言うと、艦隊のダダーはスゥスングス人の姿をしたまま、後尾甲に撥音節《はつおんせつ》をカツンとぶつけた。それは地球人が指をパチンと鳴らすのに相当する仕草で、データスペースのもう一方の壁が透過して、別方向の宇宙空間があらわになった。

「しかし、あっちでも戦争をやってる連中がいるんだよ」

「――ホーオーオ」

セレスのダダーの返事は、ただ単に間延びしたのではない。

彼も地球人式の感情表現では追い付かなくなったので、高さ八メートルの巨大な顔に豊かな表情を浮かべる、惑星グリソルーンの大顔梟《ダイガンキョウ》の姿を借りたのだ。それも、交尾期のとびきり派手な表情をして、だ。

そんな顔になった彼が目にしたのは、艦隊が今まさに向かいつつある方向、つまり宇宙空間を進むセレスのさらに前方の光景だった。

一瞥しただけで閃光と光芒が目に刺さった。レーザー攻撃やビーム攻撃が間断なく行われている。それを目視できるだけのガスがすでに真空に満ち満ちている。光速のビームに混じって、のろのろと這うように進む鈍足の航跡も幾千幾万と見える。きっとそれらのひとつひとつが強力なミサイルなのだろう。

「あの小さな弾頭みたいなやつが、だいたいこちらの主力のシュガーコーン級と同じぐらいの宇宙戦艦でね」

相手の説明で、セレスのダダーはスケール感を切り替えざるを得なかった。

「そんなのが、毎秒何隻も沈んでる。でね、あれはこちらが来たから開演してくれたわけじゃなくてね。――もうずいぶん前からやってるらしいんだよ」

「えらいことだ」

つぶやいて、セレスのダダーは八メートルの頭を振る。

「あれは誰と誰がやってるんだい？」

「片方はカルミアンの母星だと思うよ。君らが今向かっている、目的地だ」そう言って、艦隊のダダーも首を振る。「相手のほうはわからない。遠征艦隊らしいけど」

「戦力は？」

「さあ」

艦隊のダダーはさらに向こうを指し示す。そこに、もっとも気になるものがあった。

赤々と暗く輝く、二つの巨大な火の玉だ。

それがなんなのか、ひと目見ただけでセレスのダダーにも理解できた。宇宙空間に浮かぶ恒星の、もっとも巨大な者どもの端くれ――。

赤色巨星だ。

赤色巨星が二つ連なって、何十万本もの紫の雷電で互いを縛り付け、公転しあっているという姿は、さすがのダダーもこれまで見たことがなかったが、とにかくそうに違いない。

「スンクフウーエー」

大顔梟《ダイガンキョウ》が一生に一度しか発音しない、ここぞというときの求愛の喚声をあげて、セレスのダダーは感情を表す。

「あれは自然現象じゃないんじゃないか？　もしかして人工的な天体操作をやったのか？」

「だと思う」

「誰が。なんのために。どうやって！」

「さあね。でも確かなのは、あそこで戦ってる連中のどちらかがそれをやったに違いないってことだね。それで、君もさっき気づいたと思うが――」

細長いスゥスングス人が悲しげに体を揺らして、こちらを見る。

「彼らはすでにこっちに気づいてるらしいんだよね。敵味方識別信号から、電子情報攻撃まで、いろいろなものがこの《鯨波《ゲイハ》》に届いてる」

「あんな連中から？」

「そう。恒星を操作するような連中からね」

そう言って、艦隊のダダーは胴の中ほどをひらひらと揺り動かした。

「あれを前にして、僕らは一セレス岩石質量がどうのこうのって話しているわけだけど、まあ待ってほしい、しょげ返るにはまだ早い。というのはだね――《救世群《プラクティス》》がすでに始めているらしいんだよね、彼らと」

「何を」

「ドンチャカをね。ほら、彼ら、セレスに減速噴射をさせるために、南極にいるだろう。それって要は、セレスという巨大戦艦の舳先《へさき》にいるっていうことなんだよね。――で、当然迎撃されるじゃないか、前方の連中に。それで戦端を開いた。実はメニー・メニー・シープの電気が足りなくなったのは、そのせいだ。開戦したからだよ」

艦隊のダダーは、微笑んだ。

「どうかな、心は軽くなった？」

「モーグンッヴェ」

大顔梟《ダイガンキヨウ》は滅多に悲しみを表したりしないのだが、表す時はこのような、喉の奥に詰まるような音を発するのだった。

二体のダダーは、人間の姿に戻る。もはや異星生物の姿を借りてさえ、感情を表しきれない段階に差しかかっていた。

「よくわかった。好むと好まざるとにかかわらず、僕たちは大きな戦争に投げこまれている」

「イエス」

「僕はその外的な状況をなんとかし、より身近なレベルでは、カドムや、イサリや、ミヒルや、エランカや、その他の二百万人を生かしたいと思っている。君は？」

「イエス、ほぼ一緒だ。ただし、《救世群《プラクティス》》が人類と戦っているあいだは、救うことができない。五二八億八〇〇〇万五〇三〇隻の戦力で、殲滅《せんめつ》するよう命じられている」

「殲滅されては僕が困る。その理由は、僕と君が別れた西暦二五〇三年以前にさかのぼるから、わかると思うが」

「ああ、わかるよ。けれど、その理由を三百年たってまだ引きずっているというのも、いささか驚くね」

「血筋に潜り、氷に眠って、長い歴史を飛び越えてきた因縁があるからね」

「もはや解《と》き解《ほぐ》すことも能《あた》わないんだろうな、それは――」

艦隊のダダーは、人間並みのため息を深々と吐いてみせた。

「跳ぶことも検討しているよ。合流したければ来るといい」

「星の彼方へ？」

艦隊のダダーはうなずく。それは被展開体である彼らが、展開度を放棄したウイルスの姿に戻って、またしても恒星間旅行へ出ることを示す。二百光年のこのフライトがちょっ

とした スキップに見えるほどの、はるかな旅だ。

大艦隊の建設に手を貸してきたダダーにとって、そんなことは朝飯前なのだろう。

それは小さな岩の中に三百年間逼塞《ひっそく》してきたほうのダダーにとっても、同様だ。

同様であるはずだった。

そうではなかった。

「いいや」

「ん？」

「僕は跳ばない」

セレスのダダーは、艦隊のダダーと向き合って、人間を模した両の手のひらを、高く差し上げる。

「解ける、きっと解ける、この因縁は。僕はそう信じてる。彼を、彼女を、あの子たちを――見ていく。メニー・メニー・シープのあいつらを」

きゅっ、と五本の指を握りしめ、ダダーのノルルスカインは目を閉じる。

「跳ばないよ。彼らの一人でも残っているうちはね」

天冥の標Ⅸ　ヒトであるヒトとないヒトと　PART1　終

PART2へ続く

《天冥の標》年表

小川一水＝編

BC6250　ドロテア・ワット、木星に出現
BC2000　ノルルスカイン、地球到着

■21世紀

AD2015　地球にて冥王斑パンデミック勃発
　　ダダーのノルルスカイン、第三準位へ被展開
AD2020～人口増と餓死者が高率で推移、多くの小戦争が起こり、人道と希望が弱体化
　　総人口を規制する包括的人口制御概念《CPC》が発達する
AD2049　何度ものプレ・CPC合意を経てCPCが機能し始める
　　全地球が疲弊し、火種を残しつつも、回復基調の雰囲気に移行する
　　快適生活、生物種保全と並んで、宇宙開発が汎人類的使命に認知される
　　覇権主義は長いあいだ忌避されるが、国家ブロックごとの宇宙進出が持続
　　各国家ブロックは環境破壊技術・各種の自己展開技術の規制を開始
AD2051　基本的環境破壊抑制合意《アデレイド・アグリメント》、多くの国に批准される

AD2080　SCS（カロリー自決装置）、市販開始。電力供給のみで生命維持が可能に
　地球史上初の軌道エレベーター、完成前にテロで崩壊
　この年までに全世界七ヵ所、十三基の大型原子炉が廃炉級の事故を発生
　環境破壊技術・各種の自己展開技術の規制強化が進む
　核廃棄物永久安置協定、二十七回に及ぶ協議のあと、成立しないまま解散
　商業運転核融合炉一号炉が月面で営業開始
　環境破壊の起こらない月面での事業が採算可能であるとする認識が広まる
　SCSの普及。世界の過酷地に孤立居住者が増える
AD2090　月面人口一万人を突破

■22世紀

AD2100　救世群、月面キュンティア居留地への移住開始
AD2110　サー・クリステンセン、セナーセーにノイジーラントを開闢
AD2130　小惑星帯に基地が増える
　環境破壊技術・各種の自己展開技術の規制強化に伴い、企業・研究者が星外進出
　月面上にも民間の科学コロニー、開発コロニーが発展する
　月面人口十万人を突破　ルナー・ゴシック開花
　国連下部機関の火《M》星可住《H》化委員会《C》設立　制御された火星開発を目指す
AD2145　地球史上初の軌道エレベーターが完成
AD2150　人類、ドロテア・ワットを発見。「チャンク」と呼ぶ

多種混合型感染症検査、PSチェックが普及する
火星開発本格化
月面人口、六十万人。火星人口、五万人。主小惑星帯人口、一万人
MHC、火星氷床を解凍して小麦を増産する、白の革命計画に着手
AD2189 デイム・グレーテル誕生
月面人口を小惑星帯人口が上回る。各二百万人
MHC、レッドリートの暴走を起こす。火星開発計画鈍化
火星人口、四十万人で停滞
地球同様の強力な環境管理態勢を敷いたため、人口移入が不振となる

■23世紀

AD2200 このころノイジーラントで《酸素いらず》化が始まる
AD2208 コニストン氏、セレスに湖を作る
AD2222 第三次拡張ジュネーブ条約成立 ロイズ非分極保険社団設立
AD2230 エスレル建造
AD2241 ケープコッド、禁酒法を制定
AD2244 ケープコッド、禁酒法を撤廃
AD2249 ドロテア少将、ワットに降り立つ 木星大赤斑消滅
地球保護戦争勃発、グレーテルとイシスが鎬を削る
AD2253 地球保護戦争終結、ケープコッド・地球連合軍が敗北

地球環境観察委員会が国連を解体併合
ＡＤ２２８７　アダムス誕生
ＡＤ２２９８　月面キュンティア居留地で酸欠事故、救世群八百人死亡

■24世紀
ＡＤ２３０２　救世群、月を出てエウレカ居留地の開発を始める
ＡＤ２３１０　アダムス、ドロテア・ワットにて海賊イシスと戦う
ＡＤ２３１２　記者タカノがエトワール・鄭の金剛窟を訪問する
ＡＤ２３１３　救世群、恋人たちと交流を開始
ＡＤ２３４９　農夫タック・ヴァンディとアニーが出会う
パマナハン少年、ふたご座μ星から接近する物体を発見

■25世紀
ＡＤ２４００　救世群、ハニカムに通う習慣を持つ
ＡＤ２４７７　恋人たち、ハニカムをエウレカへ移動して一体化する
ＡＤ２４８９　シグムント二十二歳、救世群に参加
ＡＤ２４９６　オガシ十八歳、ハニカムを訪れてクラスト化
ＡＤ２４９９　アイネイア・セアキ、スカイシーで少女イサリと出会う

■29世紀
ＡＤ２８０３　カドム・セアキ、惑星ハーブＣのセナーセーで、怪物イサリと出会う

《天冥の標》人物・用語集

小川一水、早川書房編集部＝編

■《天冥の標》の世界を貫くキーワード

□**議会**《スカウト》　植民星メニー・メニー・シープの立法議会。実際には臨時総督ユレイン三世によって骨抜きにされており、形だけの存在。

□**亡霊**《ダダー》　I巻では機械の体を持つ青年として登場し、シェパード号の制御人格であると名乗った。被展開体。生体やコンピューターなどによって展開されることで稼動する知性体。はるか昔に誕生し、いくつもの意識流《ストリーム》に枝分かれしながら生き続けている。その一本が二〇一X年に地球で展開され、稼動し始めた。単語「ダダー」はそのころ名乗り始めた種族名で、語源は偽薬売りを意味するオーストラリアのスラングである。個体名「ノルルスカイン」。

□**救世群**《プラクティス》　二十一世紀初頭に発生したウイルス性感染症、通称冥王斑のウイルスを体内に受け継ぐ人々。人類から隔離され、のちに救世群となる。I巻で登場した謎の疫病、仮面熱も、このウイルスによるものだと考えられる。

□**恋人たち**《プロステイテユート》……人体によく似た蛋白機械という素材で構成された、男女のアンドロイド。国家サンタクルス・クリオーリョで令名を得ていた終身国家工芸師ウルヴァーノが製作した。人間に性的奉仕をする娼婦・男娼としてのアイデンティティを持たされている。二二〇〇年代末から主小惑星帯の隠された天体ハニカムに住み、人間の客をひそかに呼び寄せつつ、数千体に増加した。人間の病気にかからない。妊娠しない。西暦二四〇〇年代にミスン族のミスミィに寄生されて変質。太陽系人類を調査して力を蓄えようとするミスミィの思惑によって、救世群と同居し始めた。しかし救世群が大きな戦いを開始したため、過重なストレスを与えられ、戦争末期に彼らと決別した。

□**石工**《メイスン》　I巻で登場する、メニー・メニー・シープの原住知的生物。ダダーとの契約により、軍事警察の下僕として働いている。仲間同士で意識を共有する。《咀嚼者《フェロシアン》》を恐れている。

□**医師団**《リエゾン・ドクター》……正式名称、日本特定患者群連絡医師団。西暦二〇一X年ごろ、日本国外の居留地へ移送された冥王斑患者たちを支援するために、日本政府によって設立された。のちに冥王斑患者たちが救世群として変遷していくと、それに合わせて彼らと一般社会との仲立ちをする存在へと、姿を変えていった。西暦二五〇〇年ごろではロイズ社団に吸収されて、保険によって統治される社会と救世群との間の、緩衝団体として活動している。

□**宇宙軍**《リカバラー》　ノイジーラント大主教国に暮らす《酸素いらず《アンチ・オックス》》と、その子孫で植民星メニー・メニー・シープに移住した《海の一統《アンチヨークス》》の人々。代々アウレーリア家が宗家を務めている。人体を改造したことで電気代謝能力を持ち、酸素呼吸を必要としない。その特性を利用して、宇宙空間での白兵戦や、電気銃を使った戦法を得意とする。勇敢で正義感が強い。I巻ではドロテアの乗組員の末裔、と表現されている。

■「I　メニー・メニー・シープ」登場人物

□**アクリラ・アウレーリア**　誇り高き漁師であり戦闘集団《海の一統》宗家の跡取り。航海長《チーフ・オフィサー》。金髪碧眼、性別不明の美貌を持つ。カドムとは幼なじみ。
□**キャスラン・アウレーリア**　《海の一統》の第七代艦長、アクリラの父。
□**ダレク・イージーヴィ**　軍事警察第一邏団の団長。階級は大佐。
□**サム・イェボリ**　《海の一統》の若者のリーダー格。
□**イサリ**　白と褐色の美しい硬質の肌と、強靭な尾を持つ、人に似た異形の生物。大柄で凶暴だが、人語を解し、カドムと意を通じる。女性。アクリラにより《石模様《マーブル》》と呼ばれる。羊飼いは《プラクティス》と呼ぶ。
□**オーロラ**　《恋人たち》の娘。星の絵を描く天文画家。
□**オシアン**　《海の一統》の少年。牧羊炎に罹る。
□**カヨ**　アウレーリア家に仕えるロボット。
□**カランドラ**　ユレインの側女。
□**クリプト・カンブレン**　外科医。「困窮対応運動」を主宰している。
□**エランカ・キドゥルー**　植民地議会議員。伯父の勧めで目的もなく議員になったが、使命感に目覚めていく。

□**ギョーム**　元軍事警察第三邏団機甲歩兵部隊。人形使い。

□**ユレイン・クリューゲル三世**　第二十一代植民地臨時総督の少年。植民地全体に配電制限を布く。

□**クレヴ**　軍事警察第一邏団第一巡邏小隊長、《石工》。

□**サンドラ・クロッソ**　シェパード号の墜落で危機的状況にあった植民計画を再建したカリスマ的な政治家。《建国の女《オリジナル・レディ》》という敬称を奉られる。政治家のハン、宇宙士官のアウレーリア、建築家のラゴス、医師のセアキ、偽薬売り《ダダー》らとともに、初期の自治政府を樹立。

□**ゲルトールト**　《恋人たち》の女。

□**ライサ・ザリーチェ**　軍事警察総監。妖艶な美貌の女軍人。

□**スキットル**　《恋人たち》の女。機械医師。Ⅳ巻にも登場する。

□**セアキ・カドム**　セナーセー市の医師。謎の疫病発生の報を受けて治療に当たる。ユレイン三世の統治に疑問を持つ。

□**セアキ・サリエ**　カドムの母。ナース。

□**セアキ・タケオ**　カドムの亡父。セナーセー市に診療所を開く。

□**ダーナ**　四代甲板長。オラニエ・アウレーリアとの対立に勝利し、初代植民地臨時総督となって、メニー・メニー・シープの独裁を始めた。

□**ウェイ・チェンシー**　軍事警察第二邏団の団長。階級は大佐。

□**ドーフィ**　母なる大地号の副長。漁船の船長として二十年以上のキャリアを持つ。

□**ネレイド**　《海の一統》の医師。ナガサキ市にいた。

□ネレンスク　ニュークァール評議会議長。
□ジャレド・ノヴォストロイゲ　植民地議会議長、エランカの伯父。
□ノルルスカイン　《偽薬売り《ダダー》》の青年。シェパード号の制御人格。
□フェオドール　石造のロボット。セアキ家に仕え、診療所を手伝っている。
□ナウム・ブロトー　セナーセー地区代理統治人。
□アッシュルデン・ブンガーホル　地球から来た大男。通称アッシュ。
□ベンクト　《恋人たち》の少年。
□ポント　羊飼い。
□メーヌ　ユレインの側女。
□アンドリュー・メラーズ　臨時総督首席補佐官。三代前から仕える老臣。
□ユスカ　《海の一統》のひとり。フクロウ船に息子の乗った船を沈められた過去を持つ。
□コワルツェン・ヨーゼンハイム　地球から来た小男。通称ルッツ。
□ラゴス　《恋人たち》のリーダーで建築家。

■「Ｉ　メニー・メニー・シープ」キーワード

□移民祭《イミグラチア》　メニー・メニー・シープへの入植三〇〇年を祝う祭り。
□フクロウ船《オウル・シップ》　臨時総督府の監視船。怪しい船を見つけると乗りこむ。
□オリゲネス　メニー・メニー・シープの首都。植民地の北の海沿いにある。

□**カーリンドン**　首都の一街区。《恋人たち》が娼館を営んでいる。芸術の町とも。

□**仮面熱**　セナーセー市で突如発生した疫病。カドムの家で見つかった拡散時代の遺物に、解毒剤が含まれていた。

□**休息者**《カルミアン》　ラゴスが使う石工の呼び名。

□**軍事警察**　メニー・メニー・シープの警察組織。

□**鯨波**《ゲイハ》　アッシュとルッツが仕える艦長が座乗している、星連軍戦略艦隊第三先遣艦群の亜光速投射艦。

□**航空警邏艦隊**　軍事警察の中でも領主の剣と呼ばれる部隊。

□**サンディバラ**　首都の南西に広がる草原。羊飼いたちがさすらう。

□**シェパード号**　地球人類を植民星メニー・メニー・シープへ運んできた船。西暦二五〇三年に到着後は首都に埋もれており、メニー・メニー・シープの電力供給を支えている。Ⅳ巻で登場する《恋人たち》の船もシェパード号という名前を持つ。

□**植民地議会**　メニー・メニー・シープの議会。

□**セナーセー**　《海の一統》が拓いた町。Ⅲ巻に登場するノイジーラント大主教国で《酸素いらず》が暮らす町も同じ名前を持つ。

□**母なる大地**《テラ・マーテル》**号**　《海の一統》が新天地を発見することを目的として建造した船。封鎖突破船《ブロッケードランナ》。

□**ドロテア**　拡散時代の初代アウレーリア家が所有していたとされる、並外れた力を持った宇宙戦艦。通称《破砕《クランチ》のドロテア》。Ⅰ巻ではアクリラが植民地の地下で目撃した。Ⅲ巻には同名の奇妙な宇宙遺跡が登場する。これは太陽系宇宙開拓時代の初期に木星で発見されたもの。最初に上陸したドロテア少将がおのれの名を冠した。そののち数十年忘れられた期間、ドロテア忘却炉と呼ばれたが、二三一〇年に再発見されてドロテア・ワットと呼ばれるようになった。セレスに移動されて安置されている。Ⅰ巻のドロテアとⅢ巻のドロテア・ワットの関係は不明。

□**先導工兵**《パイオニア》　領主の多目的ロボット。軽量で小型。

□**人形使い**《パペッティア》　先導工兵の誘導官。

□**拡散時代**《バルサム・エイジ》　人類が恒星間宇宙船を建造していた時代を指す。メニー・メニー・シープは植民船シェパード号が墜落したため取り残されてしまった。

□**咀嚼者**《フェロシアン》　イサリを指す呼称。主に領主側の人物が恐れと憎しみをこめて用いた。のちにカーリンドンのラゴスは、この言葉をイサリと同種の生物すべてを指す呼称として口にする。首都に出現。ラゴスら《恋人たち》と《咀嚼者》は、必ずしも敵対していないらしい。

□**代官**《フォークト》　領主の代理統治人。

□**フォートピーク**　首都にそびえる臨時総督府の施設群。

□**甲板長**《ボースン》　植民地臨時総督の旧名。先導工兵らロボットが忠誠を誓う存在。

□**メニー・メニー・シープ**　惑星ハーブCに移り住んだ地球人類の築いた植民地。大きさは東西およそ七十キロ、南北四十キロ。東、西、北を海に囲まれ、南に山脈がそびえる。ヨール、ホリンズヘッド、ブレストやニュークァールなどの町があり、西の端にはナガサキ市、東の端にはセナーセー市がある。

□**重工兵**《レジョネイア》　シェパード号が運んできた高能力大型自動作業機械。戦域防衛・大地形改造の機能を持つ。

□**領主**《レクター》　植民地臨時総督（Ⅰ巻ではユレイン三世）のことを嘲った呼び名。

■「Ⅱ　救世群」登場人物

□**檜沢千茅**《あいざわちかや》　日本人の女子高生。冥王斑に感染し生死を彷徨うが、回復する。冥王斑患者群連絡会議《プルート・スポット・プラクティス・リエゾン》というソーシャル・ネットワーク・サービスを立ち上げ、患者の繋がりを作る。のちに世界冥王斑患者群連絡会議の日本支部長。グレア・アイザワの先祖。

□**アクランド**　ＣＤＣの医師。誤穿刺を起こし、冥王斑に感染してしまう。

□**エバンス**　アメリカ疾病予防管理センター《CDC》の医師。疾病Ｐの感染方法について仮説を立てた。

□**掛井**《かけい》　冥王斑患者のための特定患者一時滞在施設で働く男性看護師。千茅に好意をよせている。

□**紀ノ川青葉**《きのかわあおば》　檜沢千茅の旧友。冥王斑患者の施設を訪れ、千茅を見舞う。

□**グタン**　ニハイの村の族長で、ジョプの兄。

□**クルメーロ**　世界冥王斑患者群連絡会議のメキシコ代表。Ⅰ巻では《咀嚼者》のひとりとして、Ⅲ、Ⅳ巻では救世群のひとりとして、同じ名前を持つものが登場する。

□**児玉圭伍**《こだまけいご》　国立感染症研究所付属病院の臨床医。謎の疫病発生の報を受け、パラオ国内にあるプーロソッル島へ飛ぶ。

□**ゴチマ**　グタンの妻。

□**狭雲**《さぐも》　日本の外務官僚。プーロソッル島では海外組織との折衝役を務める。

□**ジョプ**　冥王斑が蔓延したニハイ村の生き残り。回復後、プーロソッル島に冥王斑ウィルスを持ちこんでしまう。

□**フェオドール・ダッシュ**　フィルマンが作成した業務補助用のアバター。のちに矢来華奈子に受け継がれた。

□**ダンカルロンガ**　インドネシア陸軍士官。軍の命令で、ジョプの故郷ニハイ村を探す調査に同行する。

□**柊武雄**《ひいらぎたけお》　国立感染症研究所の社会防疫部長。華奈子の上司。伝染病の脅威を防ぐためには手段を選ばない。

□**セレスタン・フィルマン**　フェオドール・フィルマンの祖父。有力製薬会社フィルファーマの共同経営者。

□**フェオドール・フィルマン**　観光でプーロソッル島を訪れた際に冥王斑のアウトブレイクに巻きこまれた青年。インターネットを通じてSOSを発信していた。児玉たちの仕事を手助けする。

□**ブラザノ**　WHO西太平洋事務局のメディカル・オフィサー。フィリピン人。プーロソッル島にやってきたWHOの医療チーム隊隊長。

□**星川未沙**《ほしかわみさ》　携帯電話販売店店員。児玉と関係を持つ。冥王斑に感染する。

□**ムサウ**　水上機のパイロット。パラオ人。

□**弥彦進也**《やひこしんや》　国際協力開発機構《JICA》の青年。児玉らとともにプーロソッル島へ向かう。

□**矢来華奈子**《やらいかなこ》　児玉圭伍の元恋人で同僚、感染制御と疫学調査の専門家。

■「Ⅱ　救世群」キーワード

□**オビス・キュクロプス**《Ovis kyklops》　ムフロンの改良によって誕生した羊の一種。アーサー・フィリップによってオーストラリアに持ちこまれる。後年、遺伝子解析によって、一般的な羊よりもゲノムの情報量が五十倍近く多いことがわかった。

□**オビス・ミュシモン**《ovis musimon》　コルシカ島に住む羊の一種。

□**オビス・アリエス**《ovis aries》　ムフロンが改良されて誕生した羊の一種。

□**クトコト**　六本足の動物。ニハイ村では紺霊《ミスチフ》の使いとして信仰の対象になっている。日本の京大霊長類研究所での調査により、この生物は解剖学的に地球の生物の系統樹から大きく外れており、大気圏突入が可能な構造を持つ卵を懐胎していたことが判明。このことから、フェオドール・フィルマンは、この生物が地球の生き物ではないのではないかと指摘した。

□**ゴールド・オブ・ネグロス号**　疾病Pを世界に蔓延させるきっかけとなってしまった輸送船。

□**世界冥王斑患者群連絡会議**　略称PPL。国によって大きく異なる冥王斑患者群の待遇向上を目指して活動する団体。二十一世紀初頭に患者たち自身の手で創始され、初期にはエクアドル沖ココ島の隔離コミュニティ、《リゾートC》の自治を行った。しかし隔離が長期化するにつれ、居留地は一種の難民国家と化し、PPLがその政府として機能するようになった。冥王斑ワクチンの原材料として自らの血液を販売することで資金を得ており、このころから自虐をこめて《救世群《プラクティス》》を名乗り始める。二一〇〇年ごろ、救世群は月のキュンティアクレーターに移住し、同地を《居留地《セツルメント》C》と呼称した。以後、繁殖制限を行いつつ、二十四世紀にいたるまで、二十万人前後の人口を維持する。

□**ニハイ村**　ニューギニアの奥地にある小集落。冥王斑が地球上で最初に発生した。一人を除き、壊滅。

□**ニューヘブン宣言**　世界感染症学会で発表された「疾病P」に対抗する行政措置の必要性を訴える声明。

専従の人員と予算、必要な施設を持つ、常設の国家横断的な対策組織の設置が急務と説く。
□**プーロソッル島**　パラオにある美しいリゾート地であったが、冥王斑のアウトブレイクで一変。多数の死者を出す。
□**冥王斑**《プルート・スポット》　正式名称は眼縁黒斑性全身性炎症熱《OSSIF》。患者の顔面には、広げた手を顔に当てた痕のような斑紋が現れる。二〇一X年にパラオ共和国プーロソッル島で突如発生したウイルス性感染症で、初期には疾病P《ディジーズ・ピー》と呼ばれた。患者の涙や唾液、体液、皮膚のかけらなどを気管に吸いこむことで感染する。潜伏期間は一週間。感染者は悪寒戦慄、発熱、全身のリンパ肥大などの症状を経て、全身性炎症反応症候群を起こし、数日で死亡する。致死率九十五パーセントの恐るべき重病。感染者の体が性的誘引力のある芳香を放つこと、回復後も感染能力を保ったままのウイルスが体内に潜伏することなどの特徴がある。このため、患者は一生の間、厳重に隔離される。Ⅲ巻ではウイルスの進化のため、致死率が三十パーセントまで下がった。

■「Ⅲ　アウレーリア一統」登場人物

□**グレア・アイザワ**　救世群連絡会議《PPL》議長。檜沢千茅の子孫。救世群が力をつけるため、ドロテア・ワットを手に入れようと画策している。艶のある黒い肌を持つ魅力的な女。
□**アダムス・アウレーリア**　強襲砲艦エスレルの艦長《キャプテン》にして、アウレーリア家当主。金髪碧眼、スカートをたなびかせて戦う姿は女性に見えるが、正義感と勇敢さを持ち合わせた男性。実年齢二十三歳、外見は十六歳。

□**カロラ・アウレーリア**　アダムスの弟。アダムスに代わってエスレル市の行政長官を務めている。Ⅳ巻ではエスレル市の市長。

□**アウローラ**　海賊船に襲われた船に乗っていた少女。ゲルトルッドの妹。ウルヴァーノの姪。

□**イシス**　宇宙海賊エルゴゾーンの首領、海賊船ナインテイルの女提督。複数のクローンを持つ。

□**アマーリエ・ウードホルケ**　エスレルの機関長《チーフ・エンジニア》。ジニ・ワギの恋人。

□**レオニダス・ゲオルギウス・ウルヴァーノ**　宿業の機械技師。サンタクルス・クリオーリョ国の、終身国家工芸師《ペルマネンテメンテ・ラルテサノ・ナショナル》。エスレルの艤装を担当。Ⅳ巻では《恋人たち》の大師父として登場する。

□**カヨ**　アダムスに仕えるＭＨＤ社製メイド型ロボット。試供品。エスレルの情報通信員。

□**ドロテア・カルマハラップ少将**　ケープコッド自由連盟軍将校。特別調査隊指揮官。元ケープコッド軍天文工廠の女性科学者。文献を元にドロテア・ワットへ初上陸。

□**クモヤマ**　電材屋。ドランカーズ・キーで文楽電材という店を営みながら、小惑星帯の主要な電気工業企業と取引をしている。

□**サー・ジョージ・クリステンセン**　イギリス聖公会ニュージーランド管区大主教。南極探検で経験を積み、二一〇七年、小惑星帯に恒久基地を建設することを目指し、遠征隊を率いてセナーセーへやってきた。ノイジーラント建国の祖。

□**ゲルトルッド**　アウローラの姉。

□**アイリーン・サティヤナン**　マオリ族の血を引く遠征隊隊員。クリステンセンと結婚。

□**デイム・グレーテル・ジンデル**　キリスト教ケブネカイセ派星公会第十一代大主教にして、ノイジーラント大主教国の元首。

□**瀬秋樹野**《セアキ・ジユノ》　日本特定患者群連絡医師団調査員。救世群を心配する。ひょんなことからエスレルに戦闘要員として乗船し、アダムスと友誼を結ぶ。

□**リッキンソン・ゼルムス**　エスレルの掌砲長《ガナー》。学者じみた痩身の紳士。妻はアロア。

□**ダグリスタ**　ドロテア調査隊の探査艦、アケロン号の艦長。ケープコッド自由連盟軍の軍人。階級は中佐。

□**フェオドール**　瀬秋に仕えるＡＩ。ノルルスカインの副意識流のひとつ。ロボットを与えられて戦う。戦闘後に副意識流はドロテアに留まり、抜け殻となったロボットが瀬秋のもとに残った。

□**カレン・ミクマック**　エスレルの副長兼航行長《チヨッサー》。北米先住民の血統をうかがわせる姿の、精悍な男。アダムスの恋人。

□**ミスチフ**　木星にドロテア・ワットを作った情報生命体。ノルルスカインとは旧知。

□**スコットソン・メーラレン**　ノイジーラント陸軍第十五気圏連隊《レジメント》隊長。階級は大佐。

□**サー・デジレ・リー**　星公会次席主教。セナーセーの副市長。この時代の大主教国の事実上の元首。

□**ルシアーノ・クルメーロ・ロブレス**　ＰＰＬ副議長。グレア・アイザワの配偶者。

□**アドリアン・ワギ**　エスレルの白兵曹長。中世の重歩兵のような装甲宇宙服を身に着けて戦う。

□**ジニ・ワギ**　アマーリエの恋人であり、部下。アドリアンの妹。

■「Ⅲ　アウレーリア一統」キーワード

□**エスレル**　エスレル会派の強襲砲艦。アダムスが艦長を務める。愛称は南極のドライバレーの妖精にちなみ、「ドライな淑女《ミス・ディフューミディファイ》」。高速での襲撃が得意。防衛や防御は不得意。

□**エルゴゾーン**　海賊組織。名称は国際司法当局が与えたコードネーム。象徴的旗艦《イマジナル・フラグシップ》ナインテイルを持つ。

□**キーウィ《KWh》**　通貨単位。同単位の電力量の裏づけを持つ。

□**二二二二年第三次拡張ジュネーブ条約《クアッド・ツー》**　惑星間諸国の軍事と司法を定めた協定。致命的宇宙戦闘を禁じている。

□**ケープコッド自由連盟**　敬虔なカルヴァン派信徒の主導する小惑星国家。主星は地球保護戦争に敗れて衰退。

□**サンタクルス・クリオーリョ**　ノイジーラントと友好関係にある国家。主星は小惑星ヒギエア。

□**セレス**　主小惑星帯最大の準惑星。北極シティに二百五十万人が居住する。非分極保険社団ロイズの拠点で、彼らの経営する自由都市がある。

□**地球保護戦争**　二十三世紀に、ケープコッドと地球が連合して、その他の小惑星国家と戦った。四年後ケープコッドと地球が敗北して終戦。

□**ドランカーズ・キー**　セレス・シティの一街区。いわゆる無法地帯の歓楽街。

□**ネメシス**　ロイズの法廷戦艦。エスレルの四倍以上あり、太陽系で唯一、致命的戦闘を任務とするアストライア級の軍艦。

□**ノイジーラント大主教国**　二十二世紀初頭、クリステンセンとサティヤナンによって拓かれた国。人口三百五十万、主星は改造小惑星セナーセー。政体は封建制に近い宗教国家。技術的、道徳的にはきわめてラジカル。国民のほとんどが肉体改造した《酸素いらず》。性的多様性に対して寛容。十二の会派が一つずつの市と艦隊を持つ。太陽系有数の海軍国家である。

□**汎天体動的共同体**《パナストロ・ダイナミック・コミュニティ》　エオス族小惑星群を中心とした大国。主星はパラス。ノイジーラントとはライバルのような関係。

□**救世群連絡会議**《PPL》　この時代における世界冥王斑患者群連絡会議。隔離されつつも営々と命脈を保っている。

□**黒色中原人民帝国**　アフリカに移住した中国系の技術移民を祖先に持つ国。通称黒色中国《ブラック・チャイナ》。軍役義務を持つ。

□**冥王斑検査**《プルートスポット・チェック》　通称PSチェック。冥王斑の拡大を防ぐために行われる免疫検査。

□**MHD社**《マッダ・ヒューマノイド・デバイシズ》　二十一世紀末の旧黒海系機械企業の系譜に連なる古参のロボット企業。社名はゾロアスター教ゆかりか。情報機器・ロボット分野で優勢。ロイズの子会社。家庭用ロボットメイドから人型攻撃兵器まで広く開発・販売。

□**主小惑星帯**《メインベルト》　太陽からおよそ四億キロ、木星軌道と火星軌道のあいだに帯状に散在する、天然小惑星の群れ。総数は百万個以上。広大な領域であり、汎天体動的共同体、サンタクルス・クリオーリョなど多くの小惑星国家が存在する。二三一〇年には約二億人が暮らしている。

□**ロイズ非分極保険社団**　クアッド・ツーの履行を監視し、違反者に裁定を下す組織として発足。戦災被害者の補償のために基金集金分配部門を設立し、後に保険業務を始めて隆盛した。「すべてに箔をつけ《プレミアム・オン・オール》、優越《ルール・ウイズアウト・サブレマシー》せず治む」をモットーに掲げ、あらゆる保険を引き受ける。地球時代のイギリスのロイズ保険組合との関係については諸説ある。

■「Ⅳ　機械じかけの子息たち」登場人物

□**アリアドネ**　《恋人たち》のひとり。スキットルの仲間。

□**アルゲーロ**　セレスの港湾荷役として働く男。新入り。

□**アウローラ・P・アルメンドロス**　キリアン専用に作られた《恋人たち》。ゲルトルッドの妹。初々しく清楚な容姿を持ちながら、先行開発機体からフィードバックされた幅広い技法を備える蛋白機械《プロトボット》。

□**ゲルトルッド・P・アルメンドロス**　キリアン専用に作られた《恋人たち》。アウローラの姉。強気の性格で女らしく肉感的な肢体を備えながら、内に秘めた本音を隠すよう作られた蛋白機械《プロトボット》。

□**一旋次**《いっせんじ》　着流し姿で黄色い肌のいなせな《恋人たち》。

□**エフゲーニヤ**　ハニカムのゲストである若い女性。外部では実行できない手の込んだプレイを行った。

□**ガンドルム**　強襲砲艦グリッテルティンド艦長。

□**サーチストリーム**　ノルルスカインの副意識流の一本。おもにミスチフの気配を探すことを任務とする。

□**シナン・シー**　聖少女警察本部長。初老の男。

□**シーニス**　聖少女警察のひとり。

□**純潔**《Chaste》　白い仮面をした乙女。倫理兵器のロボット。

□**エルンゼアナ・ボルテージ**　聖少女警察の特務強襲班《ボルテージ・チーム》のリーダー。原色の扇情的な衣装・装備と現実離れした騒々しいテンションで、あらゆる場に乱入するよう命じられている少女。

□**ホルミスダス**　MHD社社長。《ハニカム》への倫理兵器の投入を決定。

□**ラゴス**　《恋人たち》のひとりで、大師父が最初に作った十体のロボットのうち、ただ一体の生き残り。《ハニカム》のハードウェア造営責任者。「性愛の奉仕」ができない。

□**ロータス**　聖少女警察のひとり。

□**遵法**《Lawfull》　灰白色の仮面をした老人。倫理兵器のロボット。

□**キリアン・クルメーロ・ロブレス**　冥王斑患者群の少年。ルシアーノ・クルメーロ・ロブレスの弟。失意に満ちて故郷を逃げ出し、執拗にセックスが繰り返される奇妙な場所に迷いこんだ。《恋人たち》との対峙を経て、彼らの守り手になる。

■「Ⅳ　機械じかけの子息たち」キーワード

□**倫理兵器**《Ethics Weapon》　MHD社製の兵器。人間が欲情したときの脳波パターンを捉える「寮母の小耳《Lust Pattern Pickup》」という機能を有し、人間を欲情させた器物を破壊する。

□**運動弾頭無効化弾**《キネティック・イニフェクチャー》　一定時間、宙に浮かんで銃弾の類を撃墜することにより、周囲の戦闘を停止させる個人用兵器。

□**シーン**　ゲストの性的志向を推定し、その好みに合うように演出されたプレイの舞台。

□**ノーム**　《ハニカム》で起きる事故や人間の死を処理する《恋人たち》。黒衣をまとう。

□**聖少女警察**《バージン・ポリス》　通称VP。ゲストの性的不行跡を指摘することで、逆にその性的満足を高めるプレイをする《恋人たち》のグループ。ゲストを強制的にさらい、サディスティックな責め苦《トーチャー》を施す。ＨＳＫゲートの設置に反対していた。

□**ＨＳＫゲート**　脳走査《ハイペット》／脳操作結合体《サピックスコンビナート》ゲートの略称。《ハニカム》を訪れたゲストの記憶を一時的に封鎖するための装置。

□**ハニカム**　《恋人たち》自身が小惑星を改造して作り上げた、性的遊戯施設。直径四キロ、一Ｇ。サンタクルス・クリオーリョの主星ヒギエアから三〇〇万キロに位置する。天体デザインや内装建築にウルヴァーノの思想が散見される。

□**ＰＰＣＩＳＭ**《ピピシズム》　無限階層増殖型支配型不老不死機械娼像《ピラミッドスキーム・プロパゲーティング・アンド・コントローリング・インモータル・セックスマシン》の略称。シナン・シーが命名した《恋人たち》の性向。

□**不宥順**《fusion》　《恋人たち》が他の《恋人たち》の肉体に同居すること。

□**混爾**《merge》　《恋人たち》が追い求める理想的な性交。非常に顕現しづらいとされる。

□**ランタン・クォーター**　ドランカーズ・キーにある色町。

□**惑星伝統の管理者**《プラネタリー・トラディション・アドミニストレーター》　パナストロ共同体の道徳的意見団体。

■「Ｖ　羊と猿と百掬の銀河」登場人物

□**アグレア**　イモ類を多く育てている農夫。

□**アロゾ**　テルッセンの甥。

□**ザリーカ・ヴァンディ**　タックの娘。灰色の瞳と髪を持つ十五歳の少女。首都に憧れ、外出を禁じるタックに反抗的な態度をとる。

□**タック・ヴァンディ**　パラスのオロナ盆地で娘のザリーカと暮らす農夫。明星《アケボシ》といぅリンゴの若苗を大切にしている。

□**優雅刃《エレガント・エッジ》**　初めてノルルスカインよりも遠くへ旅立った個人。後にはノルルスカインの母恒星の名前。

□**オムニフロラ**　「賢いつる、またはよく増えるヒートシンク」。そのつるはどこまでも伸びる。

□**オノク・高《ガオ》**　ツェンの公設武技秘書。軍特殊部隊出身。

□**ウィリアム・ケラー**　研究熱心な小麦農家。

□**ジョーゼット・ケラー**　ウィリアムの妻。

□**サード**　サードは三世の由か。セレスのドランカーズ・キーに住み、電子機器を売る商売人。

□**アモク・ズィーリャンカ**　ザリーカの同級生で資産家の娘。生活に不自由はないが、親の監視から逃れたいと思っている。

□**サウルフロフ・ズィーリャンカ**　アモクの父親。財力を駆使して、娘を見守っている。

□**斜紅《スラント・ルージュ》**　ノルルスカインが初めて意思疎通した個人。後には、その個人のいた惑星の名前。

□**オブラソヴァ・タカノ**　パラスの映像プロダクション社員。愛称ソーシャ。ツェン博士からメールを受け取り、会いに行く。ノルルスカインを敵と表現している。

□**タラゴニ**　ミールストーム社の社員。

□**ダルズリ**　テルッセンの甥。アロゾの弟。

□**エトワール・鄭《ツェン》**　黒色中原人民帝国の三等科技戦勲士。栽培肉を発明した女性の宇宙農学教授。

□**エルネスティ・テルッセン**　牧羊家。ノイジーラント大主教国出身の《酸素いらず》。
□**ナキアナ**　ウィンダーレ哨戒艦の女性艦長。《酸素いらず》のひとり。
□**パップ**　タカノと行動を共にする知能撮影機械。MHD社製。
□**オーニス・フレイ**　軌道ナイジェリア共同体で働く青年。救世群のひとり。
□**ブレダン**　農夫。
□**ベッカート**　ミールストーム社の社員。
□**ジャスパー・ヘント**　タカノの上司。
□**マスジド・ファドル・ミハエル**　オロナ盆地の集荷場主。地区長も務める。
□**光速足《ライトスピード・フィート》**　ノルルスカインが初めて出会った異星人が、おろかなサンゴ人たちにもわかるように名乗った種族名。光に近い速度で恒星間旅行をする。無邪気で親切だが、あつかましく残酷。本名トゥリッカ。
□**ラッセル**　農夫。
□**アニー・ロングイヤー**　地球のオーストラリアから来た女性研究者。
□**ワン**　菌類と発酵物に凝っている農夫。

■「V　羊と猿と百掬の銀河」キーワード

□**氷泥《アイス・マディ》かぶり**　オロナ盆地の農家に対する蔑称。
□**二〇五一年基本的環境破壊抑制合意《アデレイド・アグリメント》**　地球で制定された、環境保護のための強力な規制。
□**エディントン・ピット**　パラスの首都ヒエロンにある大空間。市民の遊興の場になっている。

□**オロナ盆地**　パラスの首都ヒエロンの近くにあり、タックが農場をもつ地帯。

□**海賊戦争**　十五年ほど前まで続いていた戦争。ノイジーラント大主教国が海賊組織を一掃し、ほぼ勝利した。

□**覇権戦略**《サブリーム・ストラテジー》　それを知れば宇宙を支配できるという、最適な解。

□**スカイシー人**　中空小惑星で多数の生物を繁殖させているひとびと。貴重な遺伝子資源の番人。

□**スクレイピー**　タンパク質性の感染性因子プリオンを病原とする、海綿状脳症。主にヒツジやヤギ類の神経系を冒し、致死性が高い。人間には感染しない。アニーは例外的にこの病気にかかったと診断された。これは、ノルルスカインの繁殖ウイルスがいまだに地球人に知られていないための、誤診である。

□**タイプK**　オロナ盆地で使われる原始的な小型輸送宇宙船。むき出しの荷台に荷物を積み、操縦台に立って運転する。電子機器はほとんどないが、軽便・頑丈で酷使に耐える。

□**地球環境観察委員会**　二二五三年の地球保護戦争以降、国連に代わって地球政府となった組織。地球統治の最優先目標を環境保護に置く。

□**埃曳き**《ホコリビ》　オロナの農家が交代で行っている作業。重力が弱いパラスでは、埃を放置すると空が曇って発電や航行に差し支えるため、埃を集めて地面へ戻す必要がある。

□**ミールストーム**　星間大手生鮮食品チェーン。ロボットを導入した大規模農業で格安の農作物を作っている。MHD全面提携の自動化農業企業。

□**レッドリート優占**《ドミナンス》　二一八九年に発生して、火星全土の土地を荒廃させた大規模生物災害のこと。レッドリートは火星可住化委員会《MHC》が開発した遺伝子合成植物で、稲と麦の特徴をあわせ持ち、火星の苛酷な環境にも耐えて増殖する。しかし手違いによって食用にできない種が研究所から漏れ出し、火星全土を覆った。

■「Ⅵ　宿怨」登場人物

□**オラニエ・アウレーリア**　《酸素いらず》エスレル会派主教。有人恒星間航行計画を進める。
□**ディートリンデ・アブラハム・ザムーリ**　イスラム巡礼艦隊《アルオストーリュ・アルハッジ》の少将。
□**アルフィネール**　パナストロ二五〇二年政権大統領。
□**アンドリュー・ウィスキン**　ミールストーム系列のスパイス企業の管理職。
□**ティコ・イエン**　モウサ・ヤヒロとホナフェイ・ケラチの子供。
□**アリカ・ヴァンディ**　ブレイドの妻。アニー・ロングイヤーの子孫。
□**ジョージ・ヴァンディ**　セレス・シティ・スカウト第十一隊ストリックス班の少年。パラスでリンゴの栽培に成功したタック・ヴァンディの子孫。
□**ブレイド・ヴァンディ**　パナストロ政府の商務大臣。武一・磐梯《タケカズ・バンダイ》の子孫。ジョージ・ヴァンディの父。
□**ヴィサワール**　ジニ号の情報士官。
□**ユレイン・ウェルフロイ**　セレス・シティ・スカウト第十一隊ストリックス班の少年。
□**クライン**　ジニ号の船医兼冷凍睡眠技術者。
□**ロサリオ・エル・ミシェル・クルメーロ**　救世群連絡会議副議長。
□**エレオノーラ・グレンチェカ**　アイネイアの祖母。冥王斑患者。
□**ジェズベル・グレンチェカ・メテオール**　ディトマールの妻、アイネイアの母。マツダ・ヒューマノイド・デバイシズ社の筆頭執行責任者《FOO》。
□**サンドラ・クロッソ**　セレス・シティ・スカウト第十一隊ストリックス班の少女。
□**ホナフェイ・ケラチ**　アダの姉。
□**コーニカ**　ジニ号の天文学者兼料理長。
□**コシノ**　《救世群》牧羊階長。
□**バラトゥン・コルホーネン**　《酸素いらず》エスレル会派の市民。冷凍睡眠に用いられる代理水《プロキシ・ウォーター》の開発者。
□**オーレグ・ジャルカハン**　汎天体動的共同体の航海大臣。
□**エフェーミア・シュタンドーレ**　ノルベールの妻。
□**ノルベール・シュタンドーレ**　巫議のひとり。《救世群》から派遣され、汎天体動的共同体の総督になる。
□**アイネイア・セアキ**　セレス・シティ・スカウト第十一隊ストリックス班の少年。
□**ディトマール・セアキ**　ジェズベルの夫、アイネイアの父。日本特定患者群連絡医師団《リエゾン・ドクター》に所属する医師。
□**ソクラテス**　白い甲殻を持つカルミアン。
□**武辺カオル**　《救世群》オガシの部下。
□**武辺クラモク**　《救世群》オガシの部下。
□**エサイアス・テルッセン**　パラスに移り住んだ《酸素いらず》ガルドヘッピゲン会派のヒツジ飼い。メララの父。エルネスティ・テルッセンの子孫と考えられる。

□**フレイア・テルッセン**　エサイアスの妻、メララの母親。

□**メララ・テルッセン**　エサイアスとフレイアの娘。ジョージ・ヴァンディの幼馴染み。

□**ノンゴタイ**　ジニ号のCELSS技術者。

□**アンテルム・ブビエ**　ジニ号の生物・博物学者。《酸素いらず》。

□**ベル・フレーメ**　セレス・シティ・スカウト第十一隊ストリックス班サブリーダーの少女。

□**ディエゴ・「八起き」・ヘルゲン**　ニューボンベイ共同体防衛軍の武将。

□**シグムント・ヘンゼル・ジンデル**　ノイジーラント大主教国の数代前の君主につらなる血筋の青年。《酸素いらず》でありワイラケイ会派主教。冥王斑からの回復者。

□**ミゲラ・マーガス**　セレス・シティ・スカウト第十一隊ストリックス班の少女。アイネイアの恋人。

□**プライオニク・マルメー**　独立居住者《ビーバー》。閉鎖環境技術者《プランバー》。

□**ウォン・ミスカ・ロンピン**　シグムント・ヘンゼル・ジンデルの部下でありパートナー。

□**ミスミィ**　異星人であるミスン一族の一員。穏健な者《カルミアン》。

□**アダ・ヤヒロ**　モウサ・ヤヒロの妻。イサリたちの母親。

□**イサリ・ヤヒロ**　冥王斑患者群連絡会議議長モウサ・ヤヒロとアダ・ヤヒロの長女、ミヒルの姉。

□**オガシ・ヤヒロ**　ミヒルの兄。

□**ミヒル・ヤヒロ**　オガシ、イサリの妹。檜沢千茅を神聖視している。

□**モウサ・ヤヒロ**　冥王斑患者群連絡会議議長。

□**キャプシーノ・ユエー**　ロイズ非分極保険社団、マニュアル・メイカー。規則上の最高位者のひとり。

□アイアイ・ラウンツィユリー　MHD社製図室《ドラフティング・ルーム》のメンバー。筆頭執行責任者《FOO》代理。
□ナシュリンガ・エン・ケン・ラウンツィユリー　セレス・シティ・スカウト第十一隊ストリックス班の少女。
□グロッサ・ランバート　セレス・シティ・スカウト第十一隊ストリックス班の少年。
□ハン・ロウイー　セレス・シティ・スカウト第十一隊ストリックス班リーダーの少年。

■「Ⅵ　宿怨」キーワード

□大盆地《アンフィテアトルム》　セレス南極にある盆地。ドロテア・ワットが安置されていた。
□VO計画　冥王斑ウイルス原種を散布する計画。
□カンミア　三本の顳角を持つ異星人。フェロモンの濃淡によって、意思疎通を行う通称《穏健な者《カルミアン》》。
□Q2UA　二三二二年第三次拡張ジュネーブ条約についてのアップデート会議。主催はロイズ非分極保険社団。
□硬殻化《クラストライゼーション》　異星人カンミアが人間に施した、身体強靭化技術。施術後は硬殻体《クラスト》と呼ばれる体になり、運動能力が飛躍的に高まり、真空で生存できるようになる。激怒すると咀嚼者《フェロシアン》に変じる。
□ゲゼルシャフト・ヤマナカ・サンド・インデュストリー社　生命医学企業。
□広域船舶サーベイ《GSS》　全太陽系の惑星間船の位置情報を走査して公表する、準公的機関。一日に数回の全天走査を行う。ロイズ社団により運営される。
□包括的人口制御《コンプレヘンシヴ・ポピュレイション・コントロール》　通称CPC。人類個々の幸福と、地球環境に与えるダメージの最小化を両立することを目的として、総人口の抑制をはかっていくという考え方。

□**シェンノン事務所**　天然食料栽培コンサルタント。

□**ジニ号計画**　《酸素いらず》エスレル会派の推し進める系外恒星探査計画。

□**ジレリオ・メクテック社**　機械製作企業。

□**スカイシー３**　全長八キロの円筒型宇宙島を数十基、格子状に接続し、内部に野生動物を放し飼いにした、巨大人工生態保存施設。主小惑星帯に位置し、地球外ではもっとも複雑で豊かな生態系を誇る。

□**カロリー自決装置**《セルフ・カロリー・システム》　通称ＳＣＳ。電力などのエネルギーを与えることで、人間の排泄物を生物工学的な手法で食料に変換する装置。

□**ソウヤマル号**　シュタンドーレの惑星間船。

□**タレット**　装着型小型レーザー砲台。《救世群》の体から離れて空気中へ漂う、落屑を焼き落として感染を防ぐ。

□**ツェンバーガー**　エトワール・鄭《ツェン》が設立した大手ファーストフード・チェーン。ロイズの傘下。

□**パマナハン発光体**　ふたご座の方角から太陽系に接近する、未知の推進物体。２３４９年にパマナハン少年が発見した。２４３０年から行方不明。

□**ＳＣＳピープル**《ビーバー》　独立居住者。ＳＣＳに頼ることで極力外部との往来を断って生きる人々。

□**巫議**《ふぎ》　冥王斑患者連絡会議議員。

□**ブラス・ウォッチ**　《酸素いらず》の冥王斑回復者で組織された《救世群》機動部隊。

□**未染者**《ブリキャッチ》　健康な人類のこと。いずれ冥王斑の苦痛を体験して、救世群へ生まれ変わるものとされる。太陽系帝国最終皇帝ミヒル・ヤヒロの用いた言葉。
□**代理水**《プロキシウオーター》　水とほぼ同じ物理化学的性質を持つが、水と違って凍結しても膨張しない液体。
□**戦神の罰し手**《マーズ・パニッシャーズ》　感染症患者に対する嫌がらせを続ける団体。
□**マスター・イマンスペート・コード**　ロボットのユーザー認証機構をバイパスし、誰でもＭＨＤ社のロボットに命令できるようにするコード。
□**ミスン族**　カンミア個体が多数集合することで生成される、より複雑な思考をする情報生命体のこと。また、彼女らが自分たちを含む他のすべての情報生命体を差していう名称。
□**レッドホットキッス**　ツェンバーガーのソースのひとつ。メニューによれば、禁じられた恋のように辛く、夜を始めるキスのように熱い。

■「Ⅶ　新世界ハーブC」登場人物

□**オリゲネス**　ブラックチェンバーの所長。五万人の子供たちをチェンバーに受け入れた。
□**ワレンチナ・キサラヅカヤ**　ブラックチェンバー第六区にいた少女。
□**エルキュール・グリニョン**　ダック班に所属していた少年。のちにO.S.C.になる。
□**ヒトミ・タバタ**　白髪の老女医。
□**ローラ・ダンゲルマイヤー**　蜂蜜色の髪を持つ少女。ハンの恋人。
□**厳紹祺**《イエン・シャオチー》**・ディディエ**　黒色中原《ブラック・チャイナ》人民帝国からセレス・シティに移り住んだ食料商の厳《イエン》一家の生き残り。

□アイリ・ティナマリアナ　ブラックチェンバー第四区の地区幹部。のちに第四区選出のO．S．C．になる。
□アラート・テルッセン　ジョージ・ヴァンディとメララ・テルッセンの次女。
□クァンタム・テルッセン　ジョージ・ヴァンディとメララ・テルッセンの長男。
□ザリーカ・テルッセン　ジョージ・ヴァンディとメララ・テルッセンの長女。
□ステパン・ネレンスク　ブラックチェンバー第四区の地区幹部。のちにハンの政権下で閣僚（給食相）として活動。
□ミッキー　サンドラが面倒を見ていた少年。
□ヨログ　オルバース盆地の農家だった男。
□ティーガー・レックス　本名ダン・ブリック。第七区のリーダー。

■「Ⅶ　新世界ハーブＣ」キーワード

□O．E．B．　Origenes Executive Board。オリゲネス幹部会。セレス・シティ・スカウト第十一隊ストリックス班のハン、アイネイア、ミゲラ、ジョージ、ベル、ユレイン、サンドラ、ナシュリンガ、グロッサが作り上げた、地下世界を統率する組織。初代大統領はハン、副大統領はベル。
□O．S．C．　オリゲネス運営委員会。O．E．B．の下部機関。
□サンディバラ　サンドラが率いる政党。選挙で勝利をおさめたあと議会を組織した。
□ダック班　ハンたちの初期の部下。

□**ハンケーキ**　培養機械で作られた植物性の主食。原料は人間の排泄物。
□**ハンズタクト**　ハンをリーダーとして旧O.S.C.のメンバーが結成した政党。
□**ブラックチェンバー**　セレス・シティ第五十五層、地下四百メートルにある大規模な避難施設。建設当初は富裕層向けの快適なリゾートでもあったが、冥王斑からの避難場所として大量の未成年が住み着いた結果、大きな変貌を遂げた。
□**マイダスタッチ**　あらゆる機械を製作できる超高度自動工場。自己複製も可能。
□**傭兵《ランツクネヒト》たち**　ティーガー・レックスが集めた仲間たち。

■「Ⅷ　ジャイアント・アーク」登場人物

□**アニー**　植民地各所で働く《恋人たち》の偵察ロボット。人格はない。
□**バーベット・アルカサル**　新政府国防軍総司令官。元・軍事警察将校。
□**ザッハリアス・アレス**　新政府国防軍軍団長。元・ニュークァール市の労働者。
□**ガランド・アル・イスハーク**　新政府福祉大臣。ニジニーマルゲリスク市出身の男。
□**ウーラ**　《海の一統》、サム・イェボリの妹。
□**ヴィクトリア・キム**　新政府大統領補佐官。ヨンニンチャン市出身の女。
□**イエン・クー**　新政府難民対処大臣。ヨール市出身の女。
□**クルミ**　新政府と折衝する異星人カンミア。
□**アシュム・エンブラエル・クルメーロ**　《救世群》副議長。ミヒルの皇配。

□クワハタ・ゴータ　新政府国防大臣。ナガサキ市出身の年長の男。
□シトー　目覚めたイサリの世話をした《救世群》。
□シモン・ネレンスク　新政府経済技術大臣。ニュークァール市長の男。
□アドルフィーネ・バリッシュ　新政府国務大臣。首都オリゲネス出身の女。
□武辺《ぶへん》スダカ　目覚めたイサリを逃がした《救世群》の戦士。
□アルブレヒト・ポポジュヌイ　新政府財務大臣。
□マユキ　幼い娘の姿をした《恋人たち》。
□ゴフリ　カドムとイサリに命を救われた羊飼いの少年。

■「Ⅷ　ジャイアント・アーク」キーワード

□蒸散塔　メニー・メニー・シープ全土に散在する天井支柱。恒星の強すぎる紫外線を防ぐ施設だと説明されていた。
□能無《ノウム》　《救世群》が使う人格のない人型機械。《恋人たち》の置き土産。
□大閉日《ビッグ・クロージング》　メニー・メニー・シープ全土の日照がなくなり、首都オリゲネスが陥落し、咀嚼者《フェロシアン》が襲来した日。
□岸無し川《ブリッジレス》　時空の見晴らし台。
（なお、各項目の記述は、Ⅸ巻発売時点までの本文内容の解釈・補足であり、今後の展開を拘束するものではない）

本書は、書き下ろし作品です。

著者略歴　1975年岐阜県生，作家
著書『第六大陸』『復活の地』
『老ヴォールの惑星』『時砂の
王』『天涯の砦』『フリーランチ
の時代』『天冥の標Ⅱ　救世群』
（以上早川書房刊）他多数

HM=Hayakawa Mystery
SF=Science Fiction
JA=Japanese Author
NV=Novel
NF=Nonfiction
FT=Fantasy

天冥《てんめい》の標《しるべ》Ⅸ
ヒトであるヒトとないヒトと　PART1

〈JA1213〉

二〇一五年十二月二十五日　発行
二〇二三年一月十五日　二刷
（定価はカバーに表示してあります）

著者　小《お》川《がわ》一《いっ》水《すい》
発行者　早川　浩
印刷者　矢部真太郎
発行所　株式会社　早川書房
郵便番号　一〇一 - 〇〇四六
東京都千代田区神田多町二ノ二
電話　〇三 - 三二五二 - 三一一一
振替　〇〇一六〇 - 三 - 四七七九九
https://www.hayakawa-online.co.jp
乱丁・落丁本は小社制作部宛お送り下さい。
送料小社負担にてお取りかえいたします。

印刷・三松堂株式会社　製本・株式会社川島製本所

ISBN978-4-15-031213-8 C0193

本書は活字が大きく読みやすい〈トールサイズ〉です。